巧手回春 1

風 文創 429

芳菲 著

目錄

序

芳菲

一開始寫《巧手回春》的時候，是源於一種母性的昇華，也是對古代婦女的一種心疼。在現代化生活中的我們，享受著先進的醫療條件，給產婦和嬰兒最好的照顧，基本上不用擔心那些懷孕、生產過程中可能會發生的意外。

可是在古代，有一句老話說：「女人生孩子就是在鬼門關上轉了一圈。」對於古代的女子，生兒育女可謂是一生中最危險卻又不得不經歷的事情。我們如今的存在，離不開古代婦女們的付出，是她們克服了重重困難，堅持不懈地繁衍子嗣。

如果我真的可以穿越，我想帶回最先進的技術幫助她們解除痛苦；如果我真的可以穿越，我希望能依靠自己掌握的知識去改變她們的生活。懷著這樣強烈的心情，劉七巧這個人物應運而生。

她在現代是一個婦產科醫生，每天迎接無數可愛的小生命，可在古代只是一個農村小姑娘，雖然因為幫自己的母親接生而聲名大噪，卻不得不藏匿自己的特長，在古代的背景下循規蹈矩地生活。

她渴望幫助別人，卻也懼怕因此給自己和家人帶來不必要的麻煩，但最後一顆醫者之心戰勝了一切，十四歲的少女開始了她的穩婆之路，甚至有「送子觀音」的美名。這種在古代被認為是離經叛道的行為，卻得到了某人的支持和欣賞，那就是本文的男主角杜若。

杜若出生在醫藥世家，從小博聞強識、才思敏捷，為了家族事業放棄了仕途，被譽為少年神醫。當他第一次遇見劉七巧的時候，便被劉七巧的果敢、膽大、聰慧所吸引，心中已萌生了娶她進門的想法。對於劉七巧的每一個構想和行為，他都無條件百分百的支持。只是，在他和劉七巧之間卻橫亙了「門第」這一座封建社會的難關……

對於現代穿越女劉七巧來說，要以高中生的年紀戀愛結婚、生兒育女，真的是一件挺有挑戰性的事情，不過在大雍朝，她和杜若的故事才剛剛開始呢！

翻開這本書，你將會邂逅一個精彩絕倫的故事、一段無比豐富的人生。

第一章

東邊的天剛濛濛亮，一縷清爽的晨風吹在劉七巧的臉上。她剛從屋裡出來，看著不遠處群山環繞之中，紅日緩緩升起，不由舒展筋骨深吸了一口氣。

她的身後是幾間修繕一新的茅屋，牛家莊的佃戶們並不富裕，能住上這樣獨家小院的已經算是不錯的人家。

屋裡頭傳來幾聲孩童哭泣的聲音，折騰了一晚上，李姨婆家的媳婦總算是生出了一個大胖小子。

劉七巧連連打了幾個哈欠，就著一旁的水井打了水洗上一把臉。裡頭出來一個五十來歲的老婦人，手裡抄著一籃子雞蛋，送到劉七巧的手中道：「七巧啊，姨婆家沒啥好東西，這一籃子雞蛋就算妳的分紅，等妳嫂子身體好了，我讓她為妳繡幾個好緞面，將來給妳添嫁妝。」

劉七巧擺擺手道：「姨婆，這可太見外了，我不過就是幫個忙。嫂子身子好，一夜折騰還能有力氣，生下這樣白白胖胖的娃兒，這雞蛋我可不能要，留著給嫂子月子裡補奶吧，嫂子身子好了，娃兒才能長得快啊！」

古代的鄉下人家，十四、五歲做爹娘的人比比皆是，三十歲出頭當奶奶的滿大街跑，李姨婆熬到了五十歲才抱了第一個孫子，簡直都快成了牛家莊的難產戶了。這回媳婦好不容易懷了孩子，結果孩子太大，難產了！

李姨婆見劉七巧不肯收，心裡也感激。這雞蛋她從兩個月前就一直存著，就怕到時候不夠付分紅。她放下籃子，看看天色道：「這天都亮了，折騰一夜，妳等著，姨婆給妳去下碗麵條來。」

劉七巧這時候不只睏，還難受。她昨天白天來癸水，原本就打算好了這幾日窩在家裡，可昨晚聽說姨婆家的嫂子難產了，被老娘半夜給扯了起來。她這會兒真覺得彆扭。

到了古代沒啥不好，空氣清新、食物有機、生活悠閒，那都是她上輩子打著燈籠都找不到的好日子，可唯獨每個月的這幾天，真真是要了她的小命。

劉七巧搖了搖手道：「姨婆別忙了，回家就幾步路的事，我先回去補個覺。」

李姨婆見劉七巧溜得快，也不強留，千恩萬謝地送到了柵欄門口，這才折回了屋子。

牛家莊的人日出而作日入而息，劉七巧剛過小橋，就見幾個小夥子趕往田裡，見了她從外頭回來，招呼道：「七巧啊，又去幫人接生了？」

劉七巧一邊哈欠一邊向那幾個人點點頭道：「可不是？樣樣事都能自己挑時辰，唯獨這生死兩件由不得自己。」

幾個大漢憨厚笑笑。王二哥看了眼劉七巧，有些不好意思道：「七巧，我家那婆娘下個月也該生了，到時候七巧可得抽空。」

劉七巧連忙擺手。

「我真不是穩婆，我就是給穩婆打打下手。我一個黃花大閨女，整天做這事，我娘老踹我。昨晚去的是我姨婆家，換了別人家，我娘才不會讓我出門半步的。」

劉七巧前世是個婦產科醫生，穿越過來時是六歲，七歲的時候因為大水封路，穩婆進不了村子，劉七巧親自給難產的娘接生，硬生生把自己弟弟給掏了出來，從此便在牛家莊聲威大振。幾次穩婆搞不定的事情，大夥兒請了她，沒想到就母子平安了。所以，牛家莊但凡有人懷了孩子，都私下往劉家送東西，只望劉七巧能給自己接生。

「王二哥，你讓嫂子平日裡少吃些，該下地的時候下地，別跟我李家嫂子一樣，孩子生出來足有九斤重，到了要使力的時候，反倒沒力氣了。」

劉七巧交代了幾聲，才沒走多遠，王老二身邊的人就蹭了蹭王老二道：「你們家真的要讓七巧去接生？人家還是個黃花大閨女呢，沒得壞了名聲！」

王老二看看劉七巧遠去的背影，心裡也犯起了嘀咕。劉七巧會接生，那是整個牛家莊甚至整個和橋鎮都知道的事情，但挨著她是姑娘家，沒幾個人當真請她，都是穩婆搞不定的時候才想起來請她，她接生過的女人，十個裡有八個是難產的……

王老二越是這麼想，心裡就越戚戚然了。

劉七巧回到家趕緊進廚房，揭開鍋蓋，裡面放著一碗熱騰騰的紅糖粥。她端起粥碗吃了幾口，頓時覺得身心舒暢。吃完早飯，打了一盆水把自己洗洗乾淨，裹著被子睡起大覺。

這一覺也不知道睡到了什麼時候，只聽見弟弟八順在外頭說話。「娘，要去喊姊出來吃飯嗎？」

「別喊她，她昨晚累了。」李氏對劉七巧向來疼愛備至，雖然劉七巧沒有穿越在帝王公侯之家，但是一點也不覺得自己衰，這種小富即安的生活狀態正是她前世夢寐以求的。

劉家在牛家莊算是富戶，雖然沒有鎮上的地主好，但劉老爹的爹是在京城一戶大戶人家當過侍衛的，後來在家鄉娶了張氏，生了劉老爹。可惜男人見慣了花花世界，免不得就生出一些花花腸子，劉七巧的奶奶命苦，有個在城裡安家落戶的男人，卻沒在城裡過上幾天好日子，只不時送點錢回來，幸好漸漸倒也有了些積蓄。

前些年，聽說劉老爺在城裡的媳婦死了，生下的兒子又不爭氣，劉老爺這才想到了牛家莊的原配和兒子，派人來接了出去。誰知張氏命不好，出去沒兩個月就去世了，如今劉老爹一個人在城裡照應劉老爺，李氏在家裡帶著一對兒女。

「娘，我平時上私塾也很累，娘怎麼也不讓我這樣沒日沒夜地睡一覺呢？」李氏聽兒子這麼說，拿起筷子在他頭上敲了一記道：「要不是你姊，哪裡來的你，你這沒心肝的小兔崽子！」

李氏是再清楚不過劉七巧的，小時候就體弱多病，長大了癸水又亂，來一次都跟折騰半條命一樣。前一次劉老爹回來，聽他說京裡有一家藥鋪治婦科是很好的，改明兒一定要帶七巧去瞧瞧。

李氏說著，從懷中拿了一封信出來，遞給劉八順道：「快給娘唸唸，你爹都寫了些啥？」李氏坐下來，家裡的幫傭端了飯菜上來，她拿了個空碗先給劉七巧裝了滿滿一碗菜，面含期待地等八順讀信。

「愛妻蓉兒……咳咳！」劉八順讀了一句便噴出一口飯來，連忙擦了擦嘴道：「娘，我還是把信的內容告訴您好了。」劉八順順了順氣，嚼乾淨嘴裡的飯，把信從頭到尾看了一遍，道：「娘，爹說下個月要派人回來接我們進京，還說給您和姊姊在王府裡面謀了差事，咱家以後可以不種地了！」

李氏放下筷子，雙手合十唸了一聲阿彌陀佛，想起劉老爹那張憨厚老實的臉，眼眶就開始泛紅了。說起來還是她婆婆張氏的功勞，張氏一輩子苦守著，對兒子倒是要求嚴格，堅決不允許他走他爹的老路，就算當年李氏沒生下八順，劉老爹對李氏也是一心一意的。

女人這一輩子，嫁對了男人也是福分。可她心裡又有些著急了，因為劉七巧今年已經十四歲了，過了十五，那就到了可以嫁人的年紀，眼下闔家要離開這牛家村，只怕將來的男人也要在城裡找，也不知道到時候能不能找一個稱心如意的？

劉七巧躺在床上聽著外頭母子倆你一言我一句。她還真不願意離開這牛家莊！在這裡生活了八年，成天好山好水，回到城市，那不跟她前世一樣？

牛家莊距離京城大概一百里路，因為算是京城周圍的農村，所以這裡大地主不多，各種莊子特別多，很多都是京城大戶人家的莊子。牛家莊村裡一百來口人，總共也就只有三百畝地，平均分到每個人頭上大約就兩、三畝，大多數人都是替莊子種地的佃戶。

劉家出了劉老爺這樣的人物，雖然拋妻棄子幾十年，但最後還是讓一家人過上了好日子。張氏在世的時候攢下不少田產，如今也有兩、三百畝地，劉家祖輩沒做過地主，所以也是按照當地的規矩，分給了一些親近點的叔伯家種田，年底李氏按照莊上人租金的九成來收租子，也算是給本家的一點福利。

劉七巧在床上躺了幾天，度過了每一個月讓她生不如死的那幾天之後，又生龍活虎了。這天，她來到村口的老方家，聽見裡頭有哭鬧的聲音。

方家是莊子上的佃戶，日子過得不怎樣，家裡卻也生了一堆孩子，最大的那個和劉七巧同年，名叫方巧兒，兩人是閨密。

女孩子的嗚咽聲從裡頭傳了出來。

「娘，求求您，不要把巧兒賣了好不好？巧兒可以給您帶弟弟妹妹，還可以在家做家務，巧兒年紀大了，賣不上好價錢的……」方巧兒哭得唏哩嘩啦的，一堆弟妹也跪著求老娘。

「傻丫頭，我哪裡是賣妳，我是讓妳出去過好日子，別跟娘一樣，一輩子做牛做馬的，只怕死了連一口好棺材都撈不上。妳又不像七巧，她有個能幹的爹，妳有啥？也只有這張臉好看些，算我沒白養妳了。」周氏是方巧兒的娘，見她哭成淚人，心裡終也是不捨的。「到了京城，就算是做姨娘，那也是吃香喝辣的，有人伺候著，總比在這裡窮死強啊！」

方巧兒跪著拽住周氏的衣襟道：「娘……我不去，我聽許嬸子說，那個男人病得快要死了，急著找人沖喜，要不是找不到人，許嬸子怎麼會想起我們來呢？」

「妳哪裡聽來的渾話，快別說了！哭壞了眼睛，一會兒怎麼出門？一家老小都靠妳一個人了，巧兒啊，妳明白嗎？」周氏的聲音軟了下來，伸手攬過方巧兒，摸了摸自己女兒柔軟的長髮，心頭一軟。

「來，讓娘再幫妳梳個頭，妳和七巧同年歲，明年都要十五了，妳的命沒有她好，怨不得別人。」

劉七巧站在門外，心情複雜。都說人比人，氣死人。和方巧兒相比，自己的命確實不止好了一點點……劉七巧正要離開，大門忽然就開了。

方巧兒端了一盆水從裡面出來，臉上還掛著一些淚，連忙用袖子擦了擦。

「七巧，我一會兒正要去找妳呢，許嬸子給我在京城謀了個差事，我今晚就要走了。」

方巧兒神情平靜，和剛剛在裡頭哭天喊地的樣子不一樣，反而讓劉七巧覺得有些尷尬，應了一聲道：「啊，什麼時候的事啊，怎麼沒聽妳提起過？」

方巧兒挽起劉七巧的胳膊，往外頭走了兩步道：「就今兒一早的事，那家人要人要得急，我今晚就得啟程了。」

劉七巧喔了一聲，又問道：「什麼事那麼急呢？倒是跟要人命一樣的。妳這一走，我們什麼時候才能再見面呢？」

劉七巧看著方巧兒，見她微微一怔，眼眶紅紅的又像是要哭一樣，便沒再往下說，想了想道：「巧兒，妳等著我啊，我有東西給妳！」

這一路上跑得飛快，心裡也不知道是個什麼滋味。方巧兒這一走，運氣好是個姨娘的命，運氣不好就是一個守寡姨娘的命，反正這輩子是好不了了，又想想自己勢單力薄，空有一顆現代人平等自由的心，卻也不得不屈於現實，心裡多少有點難受。

李氏見劉七巧興匆匆地出門，愁眉苦臉地進門，便問道：「怎麼了這是？好好的出門怎就這樣了？」

劉七巧聽李氏問她，一把抱著李氏，靠到她肩頭道：「娘，巧兒要去城裡給人沖喜了，也不知道那男人能不能活……您說她的命怎麼就那麼苦呢？」

李氏拍拍劉七巧的後背，安慰道：「命這東西，娘胎裡帶出來的，這有啥辦法呢？這些年村裡不景氣，賣兒賣女的也不只方家一家。明兒是初一，娘去土地廟上香，給巧兒求一個平安符，讓她路上帶著吧。」

「她今晚就要走了。」劉七巧拿起李氏手中的玫紅色比甲道：「娘，就把這件衣服送給巧兒吧，她去城裡，總也要穿得體面一點。」

李氏看看自己的女兒，揉了揉她的頭道：「隨妳。城裡好看的料子多的是，讓妳爹再捎幾塊回來。」

李氏趕製好了比甲，劉七巧又回自己房間拿了幾套衣服和幾樣不算貴重的首飾，包成了一個包裹，揣著往方家去了。

第二章

劉七巧到方家的時候，周氏已經給方巧兒洗好了頭，正在院子裡為她梳頭。不得不說，方巧兒長得很好看，才十四歲就已經前凸後翹的，臉蛋卻跟她的身子不一樣，兩腮微微帶著些嬰兒肥，一雙杏眼圓溜溜的，漂亮得很。

劉七巧進了院子，也不多話，拿著包裹就往方巧兒的懷裡一塞。

「我也沒什麼好東西給妳，這幾件衣裳我從沒穿過，我娘做了留著我去城裡穿的，既然妳比我先進城，那就先給妳好了。」

方巧兒抱著包裹，低頭坐在凳子上，後面周氏笑著道：「七巧，那可真要謝謝妳了，我還愁巧兒沒一件像樣的衣服出門呢。」

劉七巧衝周氏尷尬地笑了笑。

周氏幫巧兒紮了一個髮髻，正想拿一根木簪子固定，劉七巧從包裹裡拿了一支淡青色的玉簪子出來，成色不算很好，但劉七巧覺得很古樸，所以一直很喜歡，這次也一併送給了方巧兒。

方巧兒認得這根簪子，當時兩人還約好了，等及笄的時候一定要用這根簪子綰成年後的第一個髮髻。

方巧兒說什麼都不肯要，推了幾次，周氏卻一點不客氣地拿了過去，簪在了方巧兒的頭上。

「女兒啊，從今往後，別人問妳幾歲，就說妳已經十五了，知道不？」

「知道了。」方巧兒低下頭，略有些歉意地看了一眼劉七巧，劉七巧拉著她進門換衣服去。

不多時，方巧兒換好了衣服出來。淺粉色的棉布長裙，外頭套著玫紅色的比甲，略略收腰，當真是一個水靈靈的大姑娘。

周氏圍著方巧兒轉了幾圈，直呼自己女兒長得好，又是高興又是落淚的。劉七巧看著心裡難過，便尋著由頭先走了。

當晚，劉七巧就看見許嬸子來帶走了方巧兒。兩人坐著牛車，從村口的老槐樹下過去，方巧兒頭一次穿得那麼好看，幾個小夥子都不由得看直了眼。

那日之後，和劉家相熟的人都知道，再過不了多久，劉七巧也要跟著爹娘去京城了。

劉七巧發現，自從這消息傳播開來之後，大家看她的眼神多少帶著羨慕妒忌。在他們看來，進了城就可以跟劉老爺一樣吃香喝辣的，在城裡也娶上一房媳婦。可他們從來沒想過，當年和劉老爺一起出去的四兄弟，最後也只有他一個還活著。

因為方巧兒的離開，劉七巧的心情鬱悶了一陣子，連自己平時愛去的地方也不去了。

這天，劉七巧從外頭回來，李氏便喊了她道：「妳三叔一早去了京城，這會兒也該回來了，妳去他家候著，把妳爹捎的東西帶回來。」

李氏口中所說的三叔，是劉家正房的老三，和劉七巧他爹是堂兄弟，小時候關係很好。劉老爹去了城裡之後，時不時也接濟一下家裡人，眼下正是春耕的時節，劉老三就帶著村裡幾個村民一起進城裡販糧種，有劉老爹在那頭打點好了，做事也順當很多。

劉七巧應了聲便又往外頭去了。到了劉老三家門口，果然瞧見門口有幾個年輕力壯的小夥子正在卸貨，劉七巧還沒往裡面去，便被人給叫住了，一看，是王二哥家的老四，村裡頭出名的老實大力士，年輕一輩的小夥子誰都比不上他。聽說他十三歲的時候進山遇上了熊，把熊給打死了，拿著熊掌賣了好價錢。村裡面幾個姑娘都愛戀著他，希望能嫁給他當老婆，只有劉七巧和方巧兒對他沒什麼感覺。

劉七巧喜歡的男人，說來這鄉下還真找不出來，她喜歡男人文質彬彬的，有文化但不可以迂腐、瘦弱但不可以體弱、謹慎但不可以小氣、圓滑但不可以沒擔當。

「七巧，這個送給妳。」王老四喊住劉七巧，掏了樣東西出來。他裡面沒穿中衣，就這樣貼身放著，上頭還帶著點點的男人味……

劉七巧看著他從懷中掏出一條粉紅色小手絹，內心長長嘆了一口氣。雖然沒潔癖，但也不代表她不懂衛生……

「鄉下人哪裡用得著這種精細東西，你快拿回去吧，我不需要。」劉七巧連忙退後兩步。

「聽說妳要跟妳爹去城裡了，以後就是城裡姑娘了，這東西城裡姑娘人手一件，我看著好看就給妳買了。」王老四一邊說，一邊不由分說把那粉色的帕子塞到劉七巧的手中，繼續道：「再過半個月，我二嫂子就要生了，到時候還要請妳幫忙，妳要不收下，我們就更不好意思了。」

其他人看了王老四著急的模樣，無不笑了笑。

劉老三正從庫房裡出來，劉七巧也懶得跟王老四推三阻四，就收了帕子往袖子裡一揣，喊了一聲三叔。

劉七巧走到客堂裡，見三嬸正從廚房裡端菜出來，走到門口招呼外頭的人道：「都忙了一天也餓了，進來吃口便飯吧。」她見劉七巧來了，笑著說：「七巧啊，妳爹說要把妳娘和妳弟弟都接到城裡，那妳家這三百畝的地預備怎麼辦呢？總不能讓它荒著吧？」

劉七巧最知道這三嬸，平日數她最會做人，其實心眼比針尖還小。可人家問到了面前，也由不得不回答。

「這個我還真不知道，我爹已經不管這裡的事了，我姥姥家如今情況也不算好，我尋思著應該各家一半，到時候還跟往年一樣收租子。」劉七巧知道古代人所謂嫁出去的女兒是潑出去的水，她這麼一說，劉家人肯定要跳腳的。可她畢竟是現代人，看著姥姥家清苦，心裡也不好受，所以先開口說了這法子試探試探，也省得以後李氏太過被動。

果然話才說出口，劉三嬸就恨不得跳起來道：「唉呀，這想法是妳的還是妳娘的？妳們怎麼能有這種想法呢？田地是劉家的，憑什麼去給李家種啊？妳嬸子我活了這麼多年，從來沒聽過有這種說法的。」

這時候，劉老三正好從外頭進來，劉三嬸忙拉著他道：「當家的，剛才聽七巧說，他們家的地要分一半給李家種去，你在城裡聽老二提過這事嗎？」

劉老三剛搬完貨，聽了這話，有些緊張地抬起頭問道：「這是妳娘的主意？」

劉七巧搖了搖頭道：「我自己的主意。哪有當女兒的看著自己爹娘受苦？往後我們家去了城裡，誰還能幫襯著我姥姥家？再說就是讓他們家種，又不是白送了，不過就是親戚間互相照顧著點嘛。」

劉七巧暫時還不想把這事情鬧僵。雖說李家也在牛家莊，可李氏也不常走動，怕就怕劉家這幫堂兄弟們說她拿著劉家的東西貼娘家。

劉老三道：「這事妳回去勸勸妳娘，要這麼幹就缺德了，哪裡有這樣貼娘家人的，她如今可是劉家人。」

劉七巧知道他們來來回回的就只有這幾句，也聽得耳朵生老繭了，就連忙點頭答應了問：「三叔，我爹捎的東西帶回來了沒有？」

劉老三指了指角落裡的一個小包裹，裡頭露出一段淺綠色的緞面布。劉三嬸忙笑著道：「我搬的時候看著挺沈的，偷偷看了一眼，這料子不錯，摸上去滑溜溜的，不扎人手。」

劉七巧知道她定然是覺得這布料好看，起了心思。她媳婦懷上了小子，也就個把月便要生了，定然是想摸上一、兩尺做件小衣服的。

劉七巧也不吝嗇，開了包裹，比劃著量出兩尺來，扯了放在桌上道：「三嬸，這一段就給娃娃做雙鞋吧。」

劉三嬸看著這料子，這麼多，足夠做一套衣服的了，頓時心花怒放，把原先說的話也忘記了一大半。

劉七巧心裡明白得很，姥姥家是肯定要幫的，本家也不能得罪了，都說富人命好，可是有一堆窮親戚的富人頭大啊！

劉七巧抱著包裹從外頭回來，遠遠看見李姨婆的大兒子從自己家離開。她放了包裹問李氏：「娘，大表叔來做什麼？」

李氏邊拆劉老爹的包裹，一邊道：「來借錢的。大姪兒滿月要擺兩桌，村裡的紅雞蛋也沒發，找我借幾兩銀子周濟下。」

劉七巧知道這是牛家莊的風俗，哪家哪戶添丁添口，都要給村裡人發紅雞蛋，男的是雙數、女的是單數。本來窮困一點的人家，也就略去這一條了，偏偏李姨婆家十幾年了只得了這麼一件喜事，說不辦，也確實說不過去的。反正李氏是個菩薩心腸，這些年收不回的銀子也不止一筆、兩筆了。

李氏拆開了包裹，瞅了一眼，只問道：「這包裹是不是被人動過？」

劉七巧自然知道是三嬸翻過包裹，可畢竟是親戚，不想撕破臉，便道：「我不清楚，三叔就放在客堂裡，我進去拿就這樣。」

「我讓妳爹帶半斤紅糖給妳熬粥養身子的，妳看看，這裡哪有半斤？」李氏拿著一小包牛皮紙裹著的袋子，在手裡掂量了掂量。

劉七巧方才只記掛著面料，對另一個袋子沒在意，這時候看過去，那紙袋子確實也被人動過，連包袱上都撒了一些紅糖粉末。

她十二歲來癸水之後就疼得七死八活，李氏不知道從哪裡得了一個方子，說吃當歸紅糖粥能好，劉家雖富裕，當歸還是吃不了，偶爾劉老爹得了賞賜，捎回來一些，但這紅糖粥倒是沒斷過。

李氏嘆了一口氣，不由有點怒火中燒。「每次叫妳三叔捎東西回來就缺斤少兩的，我又是個臉皮薄的，也不想跟他們爭，他們倒還真當我好欺負了！」

劉七巧按著李氏坐下，為她捶著後背。「娘，二堂哥的媳婦要生了，他們家正好用得著紅糖，娘心眼好，就算了吧，眼下我們還有更重要的事情，這些小事別放在心上。」

李氏聽劉七巧這麼說，忍不住回頭看了她一眼。「什麼更重要的事情呢？」

劉七巧抱著李氏的脖子，撒嬌道：「娘不是一直覺得對不起姥姥、姥爺嗎？眼下我們家要搬走，我尋思著分一點地給姥姥家種，這樣他們家日子也能好些。」

李氏雖然動心，可還是擔憂得很。「這怎麼可能？這地劉家的叔伯們都種了十來年了，我要是開這個口，會被口水淹死的。」

「娘，您是怕被口水淹，還是怕姥姥、姥爺他們過不好？」劉七巧這樣一說，李氏的眼眶就紅了。「誰家嫁女兒不是為了女兒家好一點，能幫襯著點的？可劉家這幾個叔叔伯伯太厲害了，妳爹跟他們又是過硬的關係，這地也種了多少年了，再收回來，只怕辦不成。」李氏邊說邊嘆息。

劉七巧嘿嘿一笑，湊到她耳邊道：「這事我今天在三嬸面前提了，我也尋思著要再收回來是不可能的，所以打算在鄰村買塊地。聽說隔壁村一個小地主這幾天正要賣地呢，我打算把那些錢花了。」

李氏一聽，頓時從凳子上站了起來道：「七巧，那些銀子可是妳奶奶給妳存的嫁妝，可不能亂花啊！」

劉七巧當然不能說這叫投資田產，但她確實已經想好了，當年張氏偷偷給了她一箱銀子，都是這些年積攢下來的。李氏是個本分人，雖然知道這些錢，卻從來沒打過半點主意，如今聽說劉七巧要拿這些錢來買地，心裡還是忐忑得很。

「我想好了，劉家的叔伯們肯定是不肯把那些地讓出來的，娘若是真要那麼做了，將來只怕被人指著鼻子罵，如今只有想個別的辦法。」劉七巧說著，轉身看著她娘道：「娘，您明日就喊上大伯母和三嬸去隔壁村，和地主談好了，明說是給我買的嫁妝田產，以後都是我的，然後回來當著她們的面把地契給我。」

「七巧，您當真要把這地給姥姥、姥爺種？」

「娘，您心裡不也天天這樣想嗎？快別磨蹭了，您一會兒就去把大伯母和三嬸都請上了，別到時候人家又覺得我們家偷偷摸摸地發財了。」

第三章

當天晚上，李氏預備了一些劉老爹從城裡買回來的糕點吃食，往劉老大和劉老三家去了。第二天一早，李氏請家裡的長工駕著牛車，妯娌三人往隔壁的趙家村去了。

趙家村在牛家莊的東邊，隔著一條清水河，也是在山坳裡的一處平地，比牛家莊大上兩、三倍，因為地理位置好，耕地比牛家莊多，土地也相對肥沃。

李氏領著劉老大媳婦田氏和劉老三媳婦王氏來到趙家門口，迎接她們的是一個六、七十歲的老管家，穿著一身粗布衣裳，將李氏等三人迎了進去。

繞過影壁，進了天井，遠遠就看見一個穿緞面衣裳的人靠在大廳裡抽大煙。外頭的陽光很好，可大廳裡黑漆漆的一片，只能看見那人嘴邊冒出來的煙霧。

李氏定了定心，上前兩步笑意迎人道：「這是趙爺吧？聽說您這裡要售地，我們從牛家莊來，特意過來看看。」

那趙爺一臉面黃肌瘦、營養不良的樣子，也不回話，抬頭看了眼這三個村婦，猛地咳了起來。

「我們趙家村的地可都是良田啊，妳們進村時候也看見了，那麥子可比牛家莊的長得高出一寸。」

李氏是個溫婉的農婦，見他這麼擺譜也不生氣，笑盈盈道：「我說怎麼去年都說你們趙家村沒豐收，原來是因為青苗長得太好了，反倒使種子結得癟了些。這麥子不是看苗，是看種子。」

田氏見狀，也添油加醋道：「一看您趙大爺這身板，肯定是沒在田裡幹過的，哪能知道這些事呢？」

趙爺也不是傻子，磕了磕煙桿，問一旁站著的管家道：「有這說法嗎？」

老管家只惦記著賣了地拿回扣，心裡正著急這生意不成，聽了這聲問就笑著道：「我聽我家婆娘說過，好像是有這個說法。」

劉三嬸王氏本就是趙家村人，年輕時也認識這趙爺，便拍拍胸脯道：「趙爺，我王豔豔可不會騙人，您不信誰也不能不信我呀？」

李氏憋著笑道：「原來老三媳婦和趙爺是舊相識啊？早知道我都不必親自來一趟，讓老三媳婦辦一下這事也就成了。」

王氏覺得李氏給了她臉面，不由心情暢快，謙虛道：「我和趙爺都幾十年沒見了，妳只說到趙家村買地，何曾想就是趙爺家呢？」王氏也不等趙爺搭理她，就笑著迎上去道：「趙爺，這是我家弟媳婦，想給家裡添幾畝地，這不正巧了，您這兒富裕，她那裡缺，咱把這個事辦了，開開心心各自回家準備中飯。」

趙爺想了半天也沒想起她是誰來，又抖了抖眼皮問一旁的老管家。「咱們趙家村以前有這號人不？」

老管家怕得罪了生意，點頭哈腰道：「有啊，她是王老虎的妹子，您不記得了。」

趙爺喔了一聲，又衝著李氏瞧了幾眼，象徵地問了一句。「妳這地買回去打算怎麼整啊？」

李氏逮住了機會道：「不瞞趙爺說，咱家閨女今年十四了，在牛家莊、趙家村，這四鄰八里的也算是拿得出手的，這一百畝地，我是給她備著當嫁妝的。女兒家嫁妝豐厚，到了婆家才不會被人瞧不起，您說是不？」

田氏和王氏一聽，心裡咯噔一下，頓時就亂了陣腳。她們昨晚沒少打這地的主意，只當還是同以前一樣，這些地分給劉家族裡人種，所以才跟著來，這會兒聽李氏這麼開口，兩人的臉色就不對了。

趙爺又同李氏隨便閒聊了幾句，命老管家去帳房裡頭拿了地契出來。李氏也將懷裡的錢匣子給放到了廳裡的一張八仙桌上，打開來，裡面躺著幾排大金元寶，看得田氏、王氏直流口水。

李氏點了銀子、付了錢、接過了老管家送上來的地契。趙爺手裡托著一個元寶，在掌心掂量掂量道：「分量是足的，成色也好得很，從今往後，靠著你們牛家莊的那一片旱地就是妳們的了。」

就這麼半炷香的工夫，一匣銀子就換了幾張薄薄的紙，李氏心裡還忐忑得很。田氏和王氏跟著出來，她們兩個一輩子沒見過這麼多的錢，又聽說這田是要買了給劉七巧當嫁妝用的，心裡都不知道是什麼滋味。

王氏憋不住，旁敲側擊問道：「七巧的婚事還沒開始談吧？眼下這一百畝地，二嫂子，妳家抽得出人來種嗎？」

李氏裝作愁眉苦臉地想了想道：「這事我也沒想好，可七巧已經十四了，沒準明年就嫁了，這地還真不能隨便給人種了，到時候扯不清。」

田氏是個老實人，臉皮也比王氏薄很多，所以當王氏扯了她的衣袖，她才結結巴巴道：「這倒也是，七巧也大了，這地總歸還是要歸親家的。」

王氏急得朝她擠眉弄眼，但田氏看不慣王氏那做派，扭頭不理她了。

王氏因為娘家在趙家村，所以順路往娘家去了。田氏湊到李氏耳邊道：「我聽老三媳婦說，妳有心思把家裡的地分一半給妳娘家種去？」

李氏心裡一驚。這事也就昨晚劉七巧才提過，今兒就傳到了田氏的耳朵了？

李氏訕訕道：「哪能呢？你們種了這麼多年，好不容易地肥了點，我可開不了這口。」

田氏嘆了一口氣。「我知道妳的難處，這幾年劉家也就靠著你們二房才興旺了點，妳娘家是一個村的，窮得叮噹響的，看著不像話。聽說我媳婦他哥昨兒去跟你們家借錢了，為的就是給兒子過滿月？」

「可不是，能幫一點是一點吧。」李氏感嘆道。

「我說她們就是欺負妳好心腸，妳等著吧，這錢準還不了。」

兩人說說笑笑，不一會兒就回了牛家莊。劉七巧正在家學繡花。因為要到城裡去，李氏對劉七巧的要求也越發嚴格了起來，平常不能隨便遛，打水燒飯、摺疊衣物、女紅針黹這些都要會一點。李氏總覺得樣樣學著點，才保險。

劉七巧見李氏和田氏回來，忙放下手裡的活計，到廚房倒了兩杯茶出來。

「大伯母喝茶！」

「喲，妳瞧瞧，七巧越來越懂事了，難怪妳娘要給妳張羅嫁妝了，女大不中留嘍。」

李氏把匣子放在桌上，從裡面拿出那一百畝的地契，放到劉七巧的手中道：「七巧，這些地是妳將來的嫁妝，我現在就當著妳大伯母的面給了妳。」

劉七巧接過地契，一張一張地看過，最後慢慢開口道：「娘，我知道這十幾年來，您一直為了劉家都不曾照應過姥姥和姥爺，外頭有說您不孝的，嫁出了門就忘了親爹娘的，可您愣是只為劉家考慮，從來沒為自己考慮。今兒這地契，女兒收下了，但女兒一時半刻的也嫁不了人，這些地就讓姥姥和姥爺家的舅舅們去種吧，就當是七巧我替母親您盡孝了。」

田氏正喝著水，冷不防這麼一齣的，她倒是連個發話的機會也沒有。她覺得這茶說不出的苦味，覺得今天的運氣很不好，這事從頭到尾她可是看得清清楚楚，以後免不了為她們兩個做個人證，心裡當下有些怨氣。

又過了幾日，村裡人見劉七巧果真就把自己嫁妝的地給了李家種，劉家到底也沒別的法子，這事就算是揭過去了。

這日，劉七巧和李氏去了李姨婆家吃過滿月酒，回來的時候天色已經晚了，她們前腳才進門口，後腳就有人在門口叫喚。

「七巧她娘，回家了沒有？」

李氏還沒點上燈，轉身回了一句。「才進門口呢？這不是周姊姊嗎？」

原來在門口喊李氏的人是方巧兒的娘周氏。她見李氏回來，忙迎了上來道：「快先別進門了，去喜兒家吧，她娘快不行了！」

李氏心裡咯噔一下，說話頓時就顫了起來。「周姊姊，喜兒她娘不是在莊子上嗎？怎麼就要不行了？」

周氏急忙開口道：「莊子上的馬發病，一腳踹斷了她幾根肋骨，郎中說裡頭都壞了，救不活了，剛剛平板車上送回來，正在客堂裡熬著呢，看樣子是過不了今晚了——」

李氏眼淚往下落，急忙用帕子壓了壓眼角道：「她的命怎麼就這麼苦呢。」

劉七巧是知道這戶人家的，喜兒她娘年紀輕輕就死了男人，一個女人拖著兩個孩子，不得已去莊上打工，誰想居然還遭了這種不幸，實在讓人同情得很。

幾個人不多時就到了錢喜兒家，客堂裡已經圍了好幾個前來圍觀的村民，見李氏進來，忙讓了一條道讓她進去。

「李嬸子，妳快進去吧，喜兒她娘正唸著妳呢。」

李氏雖然傷心得很，但忍住了淚，走到喜兒她娘面前。

劉七巧看了眼，已是死人的氣色了，也不由傷心了起來。她看見錢喜兒正趴在旁邊哭，便上前摟了她入懷。那孩子已經哭累了，一雙眼睛核桃一樣腫，只是沒了聲響，身子不住地抽著。

「喜兒她娘，我是劉二嫂子啊，妳還能聽見嗎？」李氏坐到她身邊，試探著跟她說話。

忽然喜兒她娘直了的眼珠子動了動，一隻枯瘦的手也不知哪裡來的力氣，拽住了李氏的衣襟，伸直了脖子喘了幾下，氣就接上了。

「劉嫂子……咱們在村裡感情最好……妳嫁過來那年，我也嫁過來……妳生七巧那年，我隔了兩天就生了大妞。」她一句句說著，彷彿用盡最後的力氣。「妳生八順的時候……我又跟著生了喜兒……我原是有心要跟你們家結個親家的，奈何我們錢家太窮了，她爹早死，如今只落得四面牆……」她說到這裡，忽然又大口大口地喘了起來。

大家都開始抹眼淚，大抵這已是她迴光返照之時了。錢喜兒在劉七巧的懷裡哆嗦著，又哭出聲音，李氏忙安撫著她道：「這些我都知道，我們有緣。」

喜兒她娘一股氣又順了過來，接著道：「妳是命好的……我是不成了……如今我也不想著跟妳當親家，只求妳能收留了喜兒，給她一口飯吃……為奴為婢都行，妳是善人，我知道妳虧不了……」

一個「她」字還沒有說完，喜兒她娘的一口氣已接不上來了，兩眼發直，拽著李氏衣襟的手指甲已開始泛紫，眼睛卻一直沒閉上。

李氏憋不住，嗚嗚哭了起來，抓了八順到身邊道：「八順，快來拜你的丈母娘，好讓她去得瞑目。」

劉八順畢竟小，原本只站在那邊看熱鬧，這會兒也不知道怎麼的，說了幾句話就多了個媳婦，一時間還沒反應過來，沒明白是什麼意思。

幾個圍觀的村民忙幫腔道：「八順，快磕頭，你要有媳婦了。」

劉八順看看李氏，看看劉七巧，還是沒有動。

劉七巧正顧著安撫懷裡的淚人錢喜兒，見了劉八順那副無辜到極點的表情，真是有種哭笑不得的感覺。李氏也真是的，心太軟，幾句話就把八順給賣了。但這畢竟是別人的臨終託孤，村裡人都看著，劉七巧也不能讓李氏下不來台，便把劉八順往前推了一把道：「八順乖，讓錢大嬸去得安心點。」

劉八順一向最聽劉七巧的話，於是膝蓋一屈，磕了三個響頭，像模像樣道：「錢嬸子，您好好去吧！」

李氏又補充了一句。「快喊聲娘。」

劉八順看看李氏，又看看躺著的喜兒她娘，有點不確定地喊了一聲娘。

喜兒她娘似乎是聽見了一樣，抓著李氏的手指忽然就鬆開了，梗著的脖子一軟，偏頭去了。

錢喜兒一把撲到她娘身上，大聲哀號起來。劉七巧的眼睛也忍不住紅了，站在人群中擦眼淚。

錢家是牛家莊的外來戶，親戚都在外村，上頭沒有老人，所以只有幾個鄰居幫襯著張羅喪事。李氏要留下來守夜，就囑咐劉七巧帶著喜兒和八順先回家去睡覺，明兒一早再差人挨家報喪。

第四章

三人一回家，劉七巧就請沈阿婆下了一碗麵條。

錢喜兒大概是餓壞了，一碗麵條帶著兩個雞蛋就吃了下去，蒼白的臉這才算是有了點暖色。她和劉八順一樣大，今年八歲，大概是因為營養不良，看上去非常瘦小，比劉八順整整矮了一個頭。

錢喜兒吃完麵條，揑著小袖子擦了擦嘴角。鄉下人家的孩子都沒有隨身帶手帕的習慣，劉八順見了直搖頭，從自己懷裡掏了手帕遞過去。

劉七巧一看，那不正是王老四給她的那塊帕子嗎？怪不得這兩天沒瞧見。她一把搶了過來道：「男孩子要這些幹麼？這個給喜兒用。」劉八順有點不情願地點點頭。

錢喜兒身上穿了一件薄襖，上面滾得都是泥，劉七巧就請了家裡的幫傭沈阿婆進來，讓她帶著錢喜兒去洗澡。

當夜，李氏沒有回家，劉七巧只好帶著兩個娃兒一起睡覺。半夜時，錢喜兒忽然哭了起來，劉七巧正在想事情，便拍著她的背安慰她，又順便問問話。不問不知道，一問嚇一跳，原來錢喜兒說，前天夜裡她娘餵過了馬，已經回了她們住的地方，可大半夜忽然有人來敲門，說馬廄有一匹馬病了，讓錢喜兒她娘去看一看。

據錢喜兒回憶，那時候月亮都到了西邊，初步判斷應該已過了亥時。她是小孩子，沒什麼心思，所以她娘走以後，沒過半刻就睡著了。哪知道第二天一早她還沒醒，門就被隔壁的人給叩醒了，她娘被人發現暈在馬廄裡。

錢喜兒她娘被發現以後，莊頭就急忙到處找大夫。這莊子的主人家就是在京城開藥鋪的，那天正好有人在，因為怕出人命，所以莊頭去了京城喊了本家坐堂的大夫過來。這麼一來一回，到莊上的時候已經天黑了，大夫一看，哪裡還救得了，便擺了擺手送回牛家莊。

劉七巧聽著，覺得這事情肯定是不對的，便問錢喜兒道：「妳認識那天晚上喊妳娘出去的人嗎？」

錢喜兒想了想，有點不確定。「有點像林家的二老爺。平常我娘不讓我亂走，我不大認識莊子裡的人。」

劉七巧又問她。「那平常有沒有什麼人特別關心妳娘？」

寡婦門前是非多，錢孀子雖然已經是兩個孩子的娘，但長相卻是這牛家莊媳婦中算上乘的了。她剛新寡那兩年，提親的人也是絡繹不絕，可後來她一概不依，最後也沒人打這個主意了。

好端端的一條人命就這麼沒了，劉七巧心裡覺得窩囊得很，渾渾噩噩的也不知到了幾更才睡著。

第二日一早，劉七巧先讓陳伯送了劉八順去私塾，自己帶著錢喜兒去了錢家。靈堂已經布置妥當，村裡人也陸續前來弔唁。錢嬸子的大女兒大妞從隔壁村帶著錢嬸子的爹娘一起回來，正跪在蒲草上哭得天昏地暗。錢喜兒看見姥姥、姥爺都來了，衝出去，抱住了大人的身子哭了起來。

李氏熬了一宿，眼睛也腫了、鬢髮也亂了，劉七巧看著心疼，拿了熱粥出來，兩人一起到了後面的房間裡吃了兩口。

「娘，嬸子這事，只怕沒那麼簡單。」劉七巧決定把自己的想法說出來，跟李氏一起分析分析。

「怎麼說？」李氏折騰了一夜，有些累，但聽了這話也打起了精神，想了想道：「昨晚我來得遲，聽送妳嬸子回來的人說，莊頭家留了二十兩的銀子錢，說是給妳嬸子安排後事，我看著倒不像是吃人不吐骨頭的地方，況且村裡還有別家人也在那莊子上，我昨晚也問了，都說莊頭待人是和氣的，聽說妳嬸子傷了，趕了一整天路，就為從城裡請個大夫回來。」

劉七巧側耳聽著，也不時點點頭，等李氏說完才開口道：「也許莊頭是好的，下面有人搞鬼不知道。我聽喜兒說，她娘是半夜被人喊出去的，出去了就沒回來過，那喊她的人是誰呢？大半夜的為什麼要喊她？而且喜兒說，那人喊她娘，告訴她有馬病了，只要我們去看看這兩天那莊子裡到底有沒有馬病了，不就一清二楚嗎？」

李氏覺得也是這個道理，可想了想，心裡不免又疑慮了起來。「妳嬸子是個寡婦，這事傳出去對她不好。」

劉七巧就知道李氏會這麼說，正鬱悶呢，外頭忽然有人插口進來。「人都沒了，還管那些做什麼？若是真有人害死了我女兒，我一定要他償命！劉家大妹子，這喪事我們也不辦了，直接推著她娘的屍身，去莊子上討個公道去！」

劉七巧一看，外頭來的不是別人，正是錢嬸子的老娘。

劉七巧跟李氏商量了一下，覺得這事不能讓太多人知道，於是自己回家換了一身小子的衣服，到村子西口找了正在地裡幹活的王老四。

王老四也是一個熱血心腸的人，聽劉七巧說了錢嬸子的事情，嘴裡也嘀咕道：「哪個天殺的這麼沒天理，欺負人家孤兒寡母的。」

王老四特意把家裡的牛車給借了出來，讓劉七巧坐在後頭，他跳上車，趕著驢子往前走，兩人你一言我一語地往莊子上去。

「七巧，妳家什麼時候去城裡啊？」

劉七巧看著蔚藍的天空，感慨道：「如果可以，我還真想一輩子都不去城裡呢。城裡有什麼好的，還不如在鄉下自由自在，每天無憂無慮的，多舒服。」

王老四點頭表示贊同，過了半刻又開口道：「七巧，這是我最後一次陪著妳瘋了。」

劉七巧聽著，怎麼話中莫名有些傷感的氣息？「老四，怎麼了？」

王老四神態憨實，帶著憂愁的樣子還真讓劉七巧覺得自己跟負心漢似的，說話的口氣都軟了下來。

「昨兒妳劉三嬸到我家給我說媒了，她弟媳的女兒今年十五了，還沒許人家；我娘看了生辰八字，說她旺夫，就答應了。」

劉七巧終於明白王老四的憂傷從何而來了，不過同時也覺得有點如釋重負。

「老四，我三嬸的姪女我見過，長得還不錯，在趙家村還是一朵花呢。娶妻娶賢，長相什麼的都不重要，關鍵是以後能跟自己說上話，互相幫襯著過一輩子，你說是嗎？」

「七巧，我雖然沒唸過多少書，但妳說的我也明白，可我心裡面悶得慌，我為什麼就不能按照自己的心思過日子呢？就算七巧妳不喜歡我，我也沒必要一定要去娶一個我不喜歡的人啊？」王老四說著，臉上還帶著一股不服輸的戾氣，忽然開口道：「我聽說北方在打仗，如果家裡人真把我逼急了，我就從軍去，反正人就這輩子，我不想讓自己白活了。」

劉七巧溫言勸慰。「老四，不孝有三無後為大，咱們牛家莊人祖祖輩輩都是這麼過的，你這種想法，千萬不要跟別人說，知道嗎？」

趕了一個時辰的路，終於到了錢嬸子打工的莊子。看著規模也是一處極大的莊子，大概住著幾十戶人家。劉七巧問了人，找到了莊頭家的房子，是一個三進的四合院，比劉七巧家還要大得多。

劉七巧下了牛車，正要上前去叩門，忽然從裡面急奔出來一個男人，手裡牽著馬便往外頭來，裡面還有一個五十來歲的老婦人送到門口，喊道：「老二啊，你可快點回來，你姪媳婦可耽誤不起！」

那人應了一聲，也沒顧上劉七巧，上了馬一溜煙就不見了。劉七巧見裡頭要關門，忙攔住了道：「這位大嬸子，聽說你們家馬病了，我是看馬的大夫，正巧過來看看。」

那婆子一臉莫名地看著劉七巧，見他不過是十四、五歲的模樣，不耐煩道：「我家的馬沒病。」

劉七巧便裝作不解道：「怎麼會呢？大前天我遇上錢家嬸子，說是貴莊上的馬病了，讓我過來瞧瞧，今兒才得空來。怎麼，你們家的馬已經好了？」

那婆子一聽劉七巧提起了錢喜兒她娘，不由臉色變了變，開口道：「你怕是聽錯了吧？錢嬸子昨天也回家了，不在我們這裡幹了。」

兩人正說著，忽然從裡面跑出一個十六、七的姑娘。「娘，您快去看看，周婆子說嫂子只怕不行了，孩子腳朝下，是難產！」

那老婆子一聽，往後退了兩步差點要跌倒，口中喃喃唸道：「阿彌陀佛，這可是我老林家的第一胎啊，千萬不能出事。」

劉七巧忙開口道：「快帶我去看看，我是牛家莊的劉七巧。」

劉七巧也不知道自己這名號響不響，但是既然外村都有人來請她接生，想必她在這一片應該還算小有名氣。

那姑娘聞言，忙迎了過來道：「妳就是那個七歲就幫著自己娘接生的劉七巧嗎？」她興奮地回過頭去，扶著老婦人道：「娘，嫂子有救了！」

老婆子這才反應過來，換了一副表情，直接就領著劉七巧進去了。王老四不便跟著，劉七巧讓他在廳裡等著自己。

進到產房的時候，劉七巧便聞到輕微的血腥味，床上的產婦蓬頭垢面，臉上帶著淚痕，神情卻呆滯得很，已是昏死過去了。

劉七巧上前看了眼，問穩婆道：「開了幾指？這樣折騰了多長時間了？」

穩婆看見一個十五、六歲的哥兒進門，嚇得不行，聽劉七巧開口說話，這才知道劉七巧是女的。「開了八指了，胎位不正，從天亮折騰到現在了。」

劉七巧又問道：「揉得過來嗎？」

那穩婆搖搖頭道：「揉了兩個時辰，動都沒動。」

再這樣下去，產婦和嬰兒都很危險。劉七巧又問穩婆。「婆子，依妳看，大人和小孩能保住哪個？」

「只怕是大人小孩都保不住嘍！」那穩婆早已急得一頭汗，雖然她接生幾十年，年年都有個把意外的，可遇上這樣的事情總還是晦氣。

劉七巧卻是等著穩婆這句話，見她說得這麼懇切，便轉頭對著外頭兩個已經哭成一團的女人道：「穩婆說兩個都保不住，現在我劉七巧有個辦法，能幫妳們把孩子保住，運氣好一點，大人興許還能留得住。」她說著，腳卻忍不住打起了抖。她已經多年沒拿過手術刀了，也不知道這一次還成不成。

林老太太自己沒主意，正躊躇不語，外頭的林老爺跑了進來道：「沒得選了，姑娘有啥辦法就使出來吧！」

林老太太哭著把他往外拖。「老頭子，裡面不乾淨你不能來啊！」

劉七巧想了想道：「給我一把水果刀，刀鋒要有兩寸長；一卷釣魚線、一根針，速度要快。」

她又看了一眼躺在床上、陷入昏迷的女人，這古代沒有麻醉藥，一會兒一刀下去，她準會疼醒過來，若是動作過大，沒準會耽誤了事情，於是對著林老爺道：「您找兩張桌子，拼好放在外頭太陽底下，這裡面黑漆漆我什麼都看不清，你們把人搬上桌子，周圍用油布圍起來，上頭一定要開著，不要擋住陽光。」

林老頭這會兒也是病急亂投醫，趕緊讓下人去辦。不一會兒，產婦已經躺在了外頭的陽光下，周圍用竹竿支著油布擋著。

劉七巧看見一個面色蒼白的男人正一臉驚嚇地站在牆角，便知道他大概就是這林家的大少爺，指著他道：「你進來，守在她身邊，一會兒要是疼醒了記得握住她的手，跟她說話，眼睛不准往下頭看，不然我用刀子戳你。」

林少爺一輩子沒見過這樣的凶丫頭，這會兒也就跟木偶一樣，劉七巧說一樣，他跟著做一樣。

第五章

劉七巧屏住呼吸，用手指測量出最佳的落刀位置，刀尖刺入皮肉——產婦的肚皮給破開了。

產婦尖叫了一聲，身體微微顫抖，林少爺回頭看了一眼，紅著眼睛大罵。「妳幹什麼——」

劉七巧沒空搭理，迅速劃開子宮，儘量避開產婦體內的臟器，用力拉開那個小小的口子，將已經憋紫了臉的孩子從產婦的體內抱出來，回手一刀就切了臍帶，丟給等在一旁的穩婆道：「孩子交給妳了，提著腳丫子打屁股。」

那穩婆接了孩子，倒提著孩子的腳丫子往屁股偷偷拍巴掌，劉七巧一邊為產婦清理胎盤，一邊道：「使點勁兒啊，用力打！」

那穩婆被說得不好意思，兩巴掌下去，忽然間哇的一聲，嬰兒的初啼尤其響亮，整個小院的陰霾似乎也從這一刻開始消散。

穩婆笑嘻嘻地抱著娃給林老太太瞧。「是個孫子欸，恭喜老爺、老婦人。」

林老太太口中唸著佛，一邊擦淚一邊笑。

劉七巧顧不上那頭恭喜來恭喜去的，趁著陽光尚好，急忙拿了穿好了釣魚線的針給產婦縫傷口。

劉七巧看了眼自己手中所謂的釣魚線，下巴差點沒掉下來。原來古代沒有透明的釣魚線，都是用蠶絲做的釣魚線，但事到如今，也由不得她挑剔材料。

產婦方才疼醒了，這會兒其實也很疼，可剛才劉七巧為了趕時間，怕產婦流血不止，所以難免動作粗魯了很多，結果她又疼暈過去了。

林少爺倒不是一個沒心肝的，只顧著自己的兒子，他只偷偷看了一眼孩子，便繼續握著自己媳婦的手，一直沒放開。劉七巧心道：男人能這樣，就不算是個壞男人。

林少爺一看自己媳婦方才還好好的，這會兒一偏頭沒了動靜，急得叫道：「妳弄死她了！她怎麼不動了？」說著就哭了起來。

劉七巧瞥了他一眼，一邊縫傷口一邊道：「少來，我也給你肚子上開一道口子，看你疼不疼得昏過去？」

劉七巧發現，雖然長時間沒有拿刀，但自從來了古代針線活一天也沒落下，這會兒縫傷口的速度倒是比以前快了不少。

大約過了半炷香的時間，劉七巧終於收了針線。她抬起頭，忽然覺得一陣天昏地暗，連連倒退了幾步，被林少爺的妹子扶住了。

劉七巧晃了晃腦袋，上前檢查了一下，開口道：「我不會治傷口，你們趕緊給她上一些金創藥。這傷口只要不化膿、不發炎，命大概能保住。」

林老太太又唸起阿彌陀佛，開口道：「老二已經去城裡找東家派人過來瞧了，估計晚上就能過來。老爺子，你趕緊讓人去把藥箱裡的金創藥拿來給媳婦上藥。」

剖腹產的人比順產恢復慢，劉七巧怕林家照顧不周，反而弄出事情，故而交代道：「你們該請奶娘的請奶娘、該帶孩子的帶孩子，反正這一個月內就別來擾她了，養不養得好就全看這一個月了。」劉七巧想了想又道：「至於將來若是要生二胎的話，得等到五年之後。」

劉七巧話才說出口，林少爺道：「我有兒子了，我不要湘兒生二胎了。」

林少爺這會兒抱著自己的兒子，方才的驚嚇一掃而光，臉上紅光滿面的，見劉七巧看他，便開口道：「姑娘，這娃是妳帶來的，妳給這娃取個名字吧！」

劉七巧這下為難了，這林少爺分明就是個讀書人，怎麼就把這種事情給自己呢？她一個村姑能取出什麼好名字？

劉七巧嘆了一口氣，在房裡轉了一圈，看見牆上掛著一幅字畫：淡泊以明志，寧靜以致遠。

她想了想，開口道：「不然就叫靜遠吧。我看著那條幅上寫的字不錯，我認的字不多，林少爺把這字掛在房裡，那這字肯定就是好的。」劉七巧覺得和裝聰明相比，其實裝笨也不那麼簡單。

林少爺聽了道：「好啊！好名字！林靜遠，姑娘，妳是我林家的恩人，請受我一拜。」林少爺說著，就抱著孩子一起跪了下來。

劉七巧正要伸手去扶，那邊睡在床上的產婦不知道什麼時候醒了，幽幽開口道：「相公，你要好好謝謝這位姑娘，多拜兩下……」

劉七巧忙道：「快別這麼客氣，救死扶傷，本是醫者本心，我不過就是盡力而為。」一時也被弄得不好意思了。

這時候，從外頭進來一個婆娘道：「姑娘，老爺請妳到廳裡用飯呢，妳那朋友也在外頭。」

劉七巧上前囑咐了幾句產婦，這才往外頭去。說起來今天也算是老天開眼了，這產婦雖然被折騰的時間夠久，但沒有大出血，她精神不濟，也正好沒有給她的手術添太多的麻煩。

劉七巧從裡頭出來，看見王老四正在跟林老爺說話，見了劉七巧就道：「我差點就在外頭睡著了，七巧，妳可真厲害啊，怎麼就這麼大能耐？」

劉七巧這會兒正餓著，見林家已經備了飯菜，便坐下吃了起來。

兩人吃到一半，方才想起了到林家的正事來，便讓在一旁服侍的丫鬟去把林老爺喊了過來。

那丫鬟知道劉七巧剛才救了大少奶奶，現在是林家的恩人，自然不敢怠慢，沒一會兒就把林老爺請了過來。

林老爺看上去五十多歲，並不像是種地的人，倒像是個儒雅的讀書人。

「林老爺，我也不跟您明人說暗話。錢嬸子昨兒回了牛家莊，當夜就死了，我知道您老人家給了發喪的銀子，是個善人，可是錢孀子她死得不明白啊！」

林老爺一聽這個話，不由就蹙了蹙眉頭。「姑娘，妳這說的什麼話？我看妳今天救了我們家兒媳婦和孫兒的命，我老人家感激妳，可妳也不能拿人命關天的事情來嚇唬我。我昨兒可是讓老二跑了上百里的路，把京城的東家都請了過來給她瞧病的。」

劉七巧聽出了林老爺的顧慮，忙勸慰道：「林老爺您誤會了，我不是說您這莊子謀財害命，您肯定是好人，不然今天這事也沒那麼巧合。說實話，若不是因為錢孀子這事，我還不往您這莊上來，更別提能救您兒媳婦和孫子的命。」

林老爺耐著心思想想，也是這個理，沒有錢寡婦這事，他家今天也得準備喪事。「姑娘妳說，老頭子我聽著。」

劉七巧想了想道：「錢孀子的女兒說，前天晚上半夜，有個男人上她們住的屋子喊了錢孀子出去，後來她睡著了，等醒來的時候，外頭人就告訴她錢孀子被馬給踢了。我就是想知道，這半夜喊錢孀子出去的人會是誰，是不是這莊子裡的人？」

林老爺聽劉七巧說得頭頭是道，自己也琢磨了半天心思，才道：「馬廄在院裡的東北角，那裡面養著十來匹馬。我們東家在我們莊子上闢了個馬場，平時有興致的時候會來跑兩圈，我怕馬被人偷了，特意在院子裡搭了馬廄，到了晚上，院子就落鎖了，不是這院裡的人根本進不來。」

劉七巧聽著這話，心裡多半有些數了，不由繼續問道：「那林老爺的意思是，那個喊錢婿子出門的人肯定是這院子裡的人了。」

林老爺回頭一想，可不就是這個理嗎？急得額頭上直冒汗。「我說不是妳也不信了，我家住著幾個長工，也都是外村來打工的，都是有家有口的男人，平日裡也老實，我怕錢寡婦吃虧，還特意囑咐過他們，不准看著人家一個人就起了歹心思。平常錢寡婦就負責給那些長工做飯，一日三餐也都照顧得周到，還有就是給馬廄的馬餵些草料，也都不是什麼太累人的活。」

劉七巧道：「那林老爺能不能把那幾個長工都喊過來，我當面問他們一些事，您看行不行？」

林老爺點了點頭，請了管家去田裡頭，把那幾個長工都喊了回來。大約過了一刻鐘，外頭陸續進來幾個長工，都是莊稼漢，對林老爺忽然讓他們回來覺得很不解。

「這位是劉七巧姑娘，從牛家莊來的，有幾個關於錢寡婦的問題要問問你們。」

劉七掃了一眼堂上七、八個男人，點點頭道：「林老爺，您讓他們都到外頭去，挨個兒再把他們叫進來。」

林老爺聞言，便開口道：「你們都到門外等著，我喊了你們再進來。」

眾人面面相覷，但還按照林老爺的意思，在門外等著。

這時候，劉七巧扭頭笑著道：「林老爺可否把小孫子抱出來，借七巧用用。」

林老爺正丈二金剛摸不著頭腦，又聽說劉七巧要借自己的寶貝孫子，頓時就覺得很為難。

劉七巧道：「我就借著抱一會兒，林老爺這都捨不得嗎？」

林老爺無奈，但念在劉七巧現在是他們家的恩人，只得喊了一個丫鬟，讓她進去把自己的大孫子給抱了出來。不一會兒，小嬰兒被裹得嚴嚴實實地抱出來，劉七巧不由也歡喜地摸摸他的小臉。

「林老爺，您可以喊人進來了。」

林老爺不知劉七巧葫蘆裡賣的什麼藥，聽她吩咐喊人，就開始唸起名字來。

第一個人進來，看了眼林老爺，又看了一眼劉七巧道：「老爺，這是要做什麼呢？」

劉七笑著道：「沒什麼，林老爺喜得貴孫，跟你們大夥一起開心開心。錢嬸子昨兒臨死跟我說，今天林老爺兒媳婦會難產，讓我趕緊過來救人，她還說這孩子知道她的冤屈，誰害了她，只要摸一把，這孩子就會哭，所以這位大叔，為了證明你的清白，快摸一把吧。」

林老爺聽劉七巧說了這番話，嚇得差點從椅子上掉下去。他哪裡知道這是劉七巧胡謅的，還真當是錢寡婦顯靈了呢！

那大漢想了想。「錢寡婦是好人，我也不想她蒙冤受屈，若是真的能給她一個公道，摸就摸吧。」他伸手，在孩子身上摸了一把，又瞅了一眼那孩子道：「老爺，這小少爺長得可真好啊，跟您老一個模子刻出來的，是個有福的。」

林老爺一邊看著劉七巧懷裡的孩子，一邊嘿嘿笑著，又說：「你下去吧，今兒晚上添菜，出去可別說裡面的事。」

大漢應了一聲，出去了。

就這樣，七、八個男人都依次進來了，大家都在聽過劉七巧的話之後摸了一把小嬰兒。

王老四坐在旁邊看著，有點沈不住氣道：「七巧，這娃睡得那麼沈，摸一把怎麼可能會醒呢，妳這辦法不管用。」

劉七巧笑著道：「本來就不會醒。」她抱著懷裡的小娃，笑嘻嘻道：「我就是試試他們的心思，真要是做了虧心事的人，會害怕的，別說我讓他真的上來摸一把，就讓他對著這孩子多看一眼，心裡都得有鬼。」

王老四一想，果然覺得有道理。但縱觀剛才那幾個進來的長工，似乎都坦然得很，看來要麼這凶手掩飾得極好，要麼就壓根兒不在這裡面。

林老爺湊上前道：「姑娘，這下妳可放心了吧？我老漢是規矩人家，下人也都規矩得很。」

劉七巧有些失望，皺著眉頭想了半天道：「你家還有一個男人，我今天來的時候撞見過，正巧見他騎馬走了。」

林老爺道：「妳說的那是我兄弟，別人都可能，唯獨他不可能，他是鰥夫，對錢寡婦上心得很，昨兒看見錢寡婦傷了，還大哭了一場呢！我私下裡還想撮合他們兩個，奈何錢寡婦沒這福分。」

劉七巧聽了，頓時就茅塞頓開。想必這林老爺的兄弟大概就是半夜喊錢嬸子出去的人了。只是這事得怎麼安排，才能讓他給認了呢？

林老爺見劉七巧似乎不大相信，只繼續道：「我那兄弟也是老實人，前幾年老婆病死了，自己帶著一個女兒，誰知道沒養到半歲也跟著她娘去了，後來我兄弟就一直一個人，直到遇上了錢寡婦，臉上才有那麼點人樣。」

不管他們口中的林老二多麼老實多麼可靠，劉七巧還是打算試他一試。

「林老爺，您去囑咐下人，您兄弟回來之後，誰也不准對他說孩子已經生出來這回事，可以嗎？」

林老爺不知道劉七巧葫蘆裡賣什麼藥，奈何他家欠的是人命恩情，所以，也只能按照劉七巧的意思吩咐下去。

第六章

從林家莊到京城足足五十里路，騎馬足足要一個半時辰，等老管家跑著進來說二老爺回來的時候，天都快黑了。

林老爺急忙親自迎了出去。門外停著一輛青布馬車，林老二跳下了車，看見林老爺迎出去，道：「大哥，今兒二東家進宮給太后娘娘請脈了，小東家見我實在急得不行，就同我一起來了。」

林老爺一聽，驚呼出聲，開口道：「那怎麼使得？小東家的身子還沒好。」他說著，正要對著馬車跪拜，裡頭傳出一個男子的聲音。那聲音帶著幾分暗啞，但聽上去很讓人舒心。「救人如救火，我的身體已經好得差不多了，林莊頭，還是快帶我進去瞧瞧你兒媳婦吧。」

林老二上前一步，挽起車簾，裡頭跳下一個十五、六歲的小廝，然後是一個四十來歲的婆子。兩人下車之後，回過身，伸手去扶車裡的人。

首先映入劉七巧眼簾的是一雙骨節分明、十指修長的手。

「少爺，您小心些。」

然後，那人彎著腰從馬車裡面探出身來，依舊是很瘦弱的身體，臉色蒼白，似乎還帶有一些病容。

劉七巧心裡嘀咕著：這給人治病的人自己先病著，倒是奇怪得很。

她只在一邊默默看著，等林老二要進去之時，劉七巧攔在他的面前道：「林老二，錢孀子讓我給您帶一句話，她死後就投生在林家大少奶奶腹中的那個孩子身上，她現在不肯出來是因為有冤情，只要那個害她的人認了，她就乖乖出來。她和林莊頭家也無冤無仇，實在不想害林家一屍兩命。」劉七巧一邊說，一邊觀察這林老二的神情，果然見他面如土色，雙腿像牢牢釘在地面上一樣，一動也不能動。

劉七巧看著他道：「話我已經帶到了，裡面大少奶奶怕是快不行了，孩子憋了這麼久，就算生出來還能不能養活也不知道，您自己掂量吧。」

林老二一聽，撲通一聲跪在了林老爺面前道：「大哥，你殺了我吧！我迷了心竅，是我害了錢寡婦……我只想對她好而已，我真的不知道她暈在馬廄裡，被馬踏傷了……」

林老爺嚇得連連後退了幾步，顫抖地指著林老二，老淚縱橫道：「老二啊，我一直對你說做人要對得起自己的良心，我一直當你是真心喜歡錢寡婦的，你大嫂沒少為這事和錢寡婦交心，你怎麼就那麼急呢你?!」

林老二也大哭了起來。「大哥，現在說這些都遲了，快讓少東家去救姪媳婦和她肚子裡的娃吧！」

林老爺抹了一把老淚，止住了哭道：「晚了，你姪媳婦——」

林老二雙眼圓瞪，忙問道：「我姪媳婦怎麼了？」

「你姪媳婦已經給老林家生了一個大胖小子，這會兒正在裡頭休息呢。」林老爺說完話，忽然覺得如釋重負，轉身對劉七巧道：「七巧姑娘，妳料得沒錯，老林家出了這種畜生，妳想把他怎麼樣都隨妳。」

劉七巧咬牙道：「我只想讓他在錢嬸子的面前磕頭認錯，後面的，就按國法處置。這不是我一個小女子所能做主的。」

林老爺雖然心裡萬般不忍，但還是命人將林老二捆在院子裡，自己則帶著人進了院中。

劉七巧這才鬆了一口氣，抬起頭來，看見方才下馬車的男子正目不轉睛地看著自己，她扭過了頭，見他還這麼無禮的看著自己，索性大大方方道：「喂，你不是大夫嗎？病人還躺在裡面呢，你看我做什麼？」

杜若大病初癒，原本正在家裡休養，誰想到這兩日事情特別多。昨日林家莊的人被馬踢了，自己的叔父都被請了來，最後還是無功而返。誰想一日之隔，林老莊頭的兒媳婦又難產了，又遣了人來請。叔父進宮去為宮裡的貴人請脈，也不知道什麼時候回來，救人如救火，所以他沒有請示母親，偷偷跟著林老二來了，誰知道卻看了這麼一齣好戲。

「少東家，裡面請。」林老爺領著杜若往產婦的房裡去。劉七巧見沒自己什麼事情，便打算和王老四先押著林老二去給錢嬸子磕頭。

杜若忽然頓了頓步子，轉身看著劉七巧道：「姑娘請留步，聽說是妳幫少奶奶接生的，在下只怕還有些問題要請教姑娘。」

劉七巧咬了咬唇道：「請教就不敢當了，有什麼話你想問就問吧，我跟你進去。」

兩人進了產婦的房中，林老太太和林少爺都在裡面陪著，林少奶奶正閉著眼睛睡覺。眾人見杜若來了，忙都起身見禮，杜若很隨和地命大家不必客氣，自己走上前，看了看林少奶奶的氣色。

「氣血不足，看來是失血過多了，不過沒有引起血崩，真是不幸中的大幸。」杜若說著，在床前的杌子上坐了下來，開始為林少奶奶診脈。

劉七巧也目不轉睛地看著。前世的她學的是西醫婦科，對中醫自是一知半解，對把脈根本一竅不通，所以看著杜若神情專注，自己也忍不住專注起來。

不多時，杜若鬆開了林少奶奶的脈搏，輕輕舒了一口氣。等他抬頭的時候，正巧與劉七巧的目光碰個正著，彼此有些尷尬地扭開了頭。

「在下請問姑娘，妳是用什麼辦法為她接生的？」

劉七巧不知道在古代剖腹產應該怎麼形容，所以想了片刻，才想出了一個比較文雅的說法。「剖……剖腹取子……」她努力睜開雙眼，企圖在杜若的眼中看見半點驚訝或疑惑的神情，但杜若卻平靜地蹙眉，凝思半刻道：「姑娘是急中生智，還是心有溝壑？」

劉七巧心想，這種剖腹手術，在前世她做過多少台都已經記不得了，每天的任務就是劃開、拿出、縫上，自然是心有溝壑；可是在古代這種極差的環境之下，也只能算是急中生智了。

「古書上有記載，華佗為關羽刮骨療傷，屬外科。今日我見產婦已經力竭，如此耽誤下去，只怕母子性命都有危險，所以才出此下策的。」

杜若的眼中閃過幾許讚嘆，最後卻道：「可姑娘的方法不同常理，若是產婦因此沒了性命，林老莊頭把妳告上公堂，那妳應該怎麼辦呢？」

劉七巧傻傻想了半天，被他嚇出一身汗來。當時她就急著救人，從來沒想到過這些事情。

林老爺在一旁聽了，忙開口道：「少東家您怎麼這麼說呢？老林我也不是這種黑白不分的人，少東家這麼說，可折殺我老林了。」

杜若面上冷冷道：「你家不是，不代表別家不是。姑娘這次運氣好，母子平安，下次若是碰到不好說話的人家，母子死了一人，姑娘原本是為了救人，最後豈不是害了自己？」

劉七巧看著他那張瘦弱、蒼白、冷淡的臉，覺得這人怎麼這麼毒舌還危言聳聽呢？

「那……接生婆不一樣會這樣嗎？」

「接生婆可沒像妳這樣，在人身上動刀子。」

劉七巧只覺得自己遇上對手了，還是一個能言善辯且糾纏不清的對手。

這世界簡直太黑暗了！為什麼她抱著救死扶傷、懸壺濟世之心，卻要遭到這麼多質疑？

其實她不知道，有一種人很糾結的，欣賞一個人就不停打擊她、喜歡一個人就不停吐槽她，杜若偏偏就是這種人。

身為病秧子還來給人看病，身上臉上沒幾兩肉，就敢對她指手畫腳，長得好看點而已嘛，有什麼了不起的?!劉七巧訕訕地離開林少奶奶的房間。

天已經全黑了，王老四從廳裡跑出來道：「七巧，這麼晚了只怕回不去了，這可怎麼辦呢？」

這也是劉七巧現在最擔心的事情。王老四趕著牛車出村口的時候，還有幾個在田裡的村民看著呢，要是他們今晚不回去，劉七巧這輩子能嫁的人就只有王老四了。

「老四，我這就去辭別林老爺，我們現在就回去。」劉七巧想了想，很多事情雖然心裡不服，但還是得按照古代的習俗來。

「欸，我去把林老二綁上牛車，在門口等妳。」

劉七巧跟門外候著的丫鬟打了個招呼，讓她進去跟林老爺說一聲。不一會兒，林老爺從裡面出來，看了看天道：「今兒都這麼晚了，姑娘何不在老頭子家住一晚上，明兒再回去？」

劉七巧道：「那可不行，我出來一整天了，我娘還等著我回去呢。林老爺，您二弟我先帶回牛家莊去了，等他給錢嬸子磕了頭、送了行，我就把他交還給您，您自己看著辦吧。」

「唉，老頭子我羞愧啊，家裡出了這樣的事情……這樣吧，天也黑了，老頭子安排一輛馬車，先喊個婆子跟妳一起回去，讓妳兄弟跟在後頭。女孩子家的，跟著男人大半夜回家，會被人說閒話的。」林老爺嘆著氣道。

劉七巧沒料到林老爺想得這麼周到，一時間反倒不好意思了。這時候，杜若從裡頭出來道：「林老爺不必安排馬車了，一會兒我們順路回京，帶這位姑娘一程。」

林老爺有些不好意思道：「怎麼好勞煩少東家呢？」才說著，忽然一拍腦袋道：「少東家也要回京嗎？這摸黑趕夜路，萬一出了什麼事可怎麼好啊？少東家不如在老頭子家住一晚。」

杜若揮了揮手道：「不必了，我今日也是偷著出來的，若是不回去，只怕不好。」其實他是急著回去跟他叔叔商量今天遇見這事。

半年前，宮裡出了一件大事，梁貴妃已經連生了二胎，誰知道到了第三胎，居然胎位不正，難產了。梁家是現在朝中權勢最大的外戚，梁貴妃若是一舉得男，中宮之位唾手可得，誰知就在這個節骨眼上難產死了。

這件事牽扯了許多人，當夜所有給梁貴妃接生的穩婆最後沒一個活著，其中也包括了杜若一個表親。

所以，當杜若知道劉七巧用剖腹取子的辦法接生時，那種震驚幾乎讓他熱血沸騰。可是……如果這件事情讓更多的人知道，那麼對於這個年輕的姑娘來說，肯定是百害而無一利的事情。所以杜若給林老爺下了指示，不能把劉七巧為她兒媳婦接生這件事情說出去。

林老二被結結實實地捆在牛車上，劉七巧在杜若隨身伺候的婆子和小廝的邀請下上了他們的馬車。

馬車裡面鋪著厚實的緞子，劉七巧一身素衣坐在上面，覺得有點不大協調。想必那些穿越到豪門貴胄、鐘鼎之家的姑娘，應該是天天享受著這樣的生活，但劉七巧對自己的現狀很滿意，李氏和劉老二給了她一個溫暖的家，還有一個剛有了童養媳的弟弟，一家五口簡直是幸福家庭……劉七巧想到這裡就笑了起來。

「姑娘，聽說妳也是牛家莊人？」老婆子看她笑得隨和，同她搭訕。

「是啊，牛家莊山青水秀，是個好地方呢。」

那老婆子笑道：「可不是，好山好水才能養出好閨女呢！我才說巧兒怎麼就那麼水靈，沒想到你們牛家莊的姑娘都水靈靈的。」

劉七巧眼珠子一轉，視線頓時落在坐在對面的杜若臉上。馬車裡燈光昏暗，林老頭放了個走馬燈在角落裡頭，外面的小廝趕車很穩，燈也晃得不厲害。

沖喜、快要掛掉的男人，和眼前病懨懨臉色蒼白的杜若聯想在一起，劉七巧頓時什麼都明白了。

可憐的巧兒啊，原來她是這個毒蛇男的小妾嗎？劉七巧覺得自己一時還有點難以適應這突如其來的真相，努力讓自己平靜下來，臉上掛著笑道：「啊，你們說的是方巧兒嗎？我跟她不大熟，好像是到城裡去了，原來是到了你們家啊。」

第七章

「咳咳……」杜若不失時機的清了清嗓子，問外頭的小廝。「春生，到哪兒了？」

前面是王老四在帶路，回頭大喊了一聲。「快了，過了這個莊子，還有五里路，不到半個時辰就能到了。」

然後大家接著趕路，馬車中又陷入了靜謐。杜若抬起頭，看著眼前這個古靈精怪的女孩子，她的眸中總是閃過狡黠的光芒，就像是一隻狡猾的小狐狸。

杜若低下頭，勾起唇角問道：「七巧姑娘說在古書上看見過華佗為關羽刮骨療傷，不知是哪一本古書？」

劉七巧擰眉想了想，這人知道華佗，說明現在一定是一個三國之後的朝代，可是……華佗給關羽刮骨？那是《三國演義》上的劇情啊，是明朝人寫的，說出來也糊弄不了人吧？

「我……我……我看書從來不記名字的！」

「不是醫書典籍嗎？」杜若繼續問道。

「醫書？」《三國演義》是小說，跟醫書八竿子打不著。「應該是吧，我記不清了，就記得上面寫什麼華佗發明了麻沸散，然後給關羽刮骨療傷。」

中醫知識匱乏的劉七巧，覺得能說出麻沸散來已經是很博學了。

杜若微微一笑，用眼角瞟了劉七巧一眼道：「妳說的是《後漢書》，那不是醫書，是史書。」

劉七巧用崇拜的眼神看著杜若，有些不確定地問道：「是史書？史書還會記載這些東西嗎？」

杜若道：「史書記載的是歷史，所以那段時間之內不管是天文地理、人物時政、醫學博覽，只要是考證有依據的，都會納入史書。妳讀過《後漢書》，那看來確實唸過不少書了？」

劉七巧確實上過幾年私塾，早些年劉八順還小的時候，她跟著私塾先生學過，學的是《三字經》、《弟子規》然後是《論語》，後來上學的女孩子越來越少了，她就不去了。臨走的時候，李氏還交了最後一次束脩，先生送了她幾本書……從那以後，她就再也沒唸過書了。

所以，當杜若問起的時候，她只能擰眉想著那幾本被她丟在櫃上蒙了灰的書，可是想了半天，最後只能認命道：「我就唸過女四書。」

誰知道杜若雖然博聞強識，但也不知道女四書，於是反倒好奇地問劉七巧道：「女四書是哪四書？這我倒還沒聽說過。」

正是書到用時方恨少啊！劉七巧吞吞吐吐道：「《女論語》、女……女……」

「是《女誡》、《內訓》、《女論語》、《女範捷錄》。這些書老婆子小時候也唸過，是女子的必讀書。」一旁的老婆子很好心地幫她答了出來。

「嘿嘿嘿……」劉七巧尷尬地朝著老婆子笑笑。

杜若聳聳肩膀，似笑非笑道：「七巧姑娘可真有意思，記得住書裡面的內容，卻反而記不住書名。」他說話的時候沒有正眼看劉七巧，但是從餘光中，敏感的劉七巧看見了很輕微的鄙視。

劉七巧坦然道：「其實這幾本書我都沒唸過。俗語說，女子無才便是德，唸那麼多書有什麼用呢？」劉七巧第一次覺得，古代居然還有這麼貼切好用的俗語，簡直就是為她量身訂造的一樣，所以她說話的口氣也特別理直氣壯。

杜若謙和地笑了笑，昏黃的燈光下還似乎有些溫柔。他淡聲道：「那姑娘一定是一個德高望重的人。」

這話聽著順耳，可怎麼覺得有點怪呢？德高望重能這麼形容嗎？劉七巧恍然大悟，也不管三七二十一，一腳踹上杜若的小腿。「去你的德高望重，你這是笑姑奶奶我沒文化呢！」

杜若沒想到劉七巧突然間發飆，生生受了她一記飛毛腿。那邊，老婆子見了著急喊道：「姑娘妳這是做什麼呢?!少爺您沒事吧？有沒有踢到了哪裡？」

這裡頭動靜一大，外面就停了下來。「少爺，怎麼了？」

杜若黑著臉，彎腰摀住小腿，疼得直皺眉。

劉七巧是學過解剖學的，知道人體這塊小腿骨雖然堅硬卻不吃痛，所以她內行人幹內行事，肯定不會失手。

「沒事，繼續趕路吧。」杜若鬆開手，整了整身上的衣袍，淡定開口。

外頭的村落黑漆漆的，路又不好走，雖然有王老四在前面帶路，但還是走得很慢。劉七巧覺得自己坐在車裡挺鬱悶的，尤其是方才那個老婆子，如今正瞪著雙眼盯著她，就怕她又對病美男發起攻擊。

劉七巧想了想，冤家宜解不宜結，況且人家也是懸壺濟世之家，家風應該是很好的，除了說話不大中聽之外，也沒有什麼大的錯處。

於是劉七巧開口道：「我大人不記小人過，原諒你了。」

杜若冷冷一笑，抬起頭看著劉七巧，瞧見她帽子下頭露出來的一縷垂髫。「姑娘還沒有及笄，說什麼大人不計小人過？妳這樣老氣橫秋的，也不怕今後嫁不出去？」

「誰說的，我明年就十五了，提親的人可多了，快踏破了我家門檻呢。」反正過了今晚，她也不可能再見到他，隨口胡謅應該沒什麼大問題的。

杜若點了點頭，繼續道：「那我還得恭喜姑娘，早日覓得如意郎君了。」

劉七巧低著頭，悄悄睨了一眼杜若，見他臉上似笑非笑的，嘟囔道：「這還用你說嗎？明擺著的嘛！」

「嗯，前面那位趕車的哥兒也不錯。」杜若隨口道。

劉七巧覺得，怎麼這話題就歪到她身上來了呢？不是明明談醫學、談唸書，怎麼談著談著變成談嫁人了？

「這位公子，我看你相貌不凡、儀表堂堂，不知家中有幾位妻妾啊？」劉七巧心道，既然知道方巧兒就是為了給他沖喜的，乾脆打探打探他家裡的情況。

那老婆子見劉七巧說得還算中聽，便回了劉七巧道：「我們家少爺還沒娶親呢！」

「啊？沒娶親？」劉七巧頓時覺得奇怪，方巧兒明明是去沖喜的，而他明明看一眼就知道是大病初癒，不是給他沖喜，那是給誰呢？他們家也不會那麼倒楣，同一段時間幾個人都病得快死了吧？劉七巧怎麼想都覺得不對，於是有點不確定地開口問道：「難道納妾不算是娶親嗎？」

「姑娘說笑呢，我們家少爺連個通房都沒有，哪裡來的妾呢，倒是——」婆子正想說出口，卻被杜若攔了下來道：「王嬤嬤，許旺家那邊的事情，妳安排一下吧，給了的銀子也不用要回來了，但人我不能留下。我們是懸壺濟世的醫門，怎麼能做出這種事情來呢？」

「可是……太太那邊好像沒有鬆口，少爺，怎麼說這次您的病確實也好了起來，總不能落了人家的口實，說現在病好了，就想把人給一腳踢了。」婆子看著杜若，有些擔憂地開口。

任劉七巧再沒心眼，也知道他們在討論誰的事情。原來這方巧兒真的是為杜若沖喜去的，這小子現在病好了，居然就不要人家了，簡直是渣男啊！

劉七巧看杜若的眼神已經變得不再友善。她聽杜若繼續說道：「你們光想了這一層，那另一層呢，若是我真病死了，豈不是白白耽誤了人家姑娘的一生？我不是不要，只是覺得姑娘家一輩子嫁一次人，總要給人家一些說法，不能這樣賣兒賣女地就過來了。」

咦？渣男似乎不是想像中的那麼差嘛？方巧兒走的時候，村裡人也不知道她是進城沖喜，只說是許嬸子給她在城裡介紹了一個活兒，讓她去大戶人家做丫鬟的，但要是做丫鬟都被退回了家，方巧兒以後找婆家肯定也會受到影響。

劉七巧覺得方巧兒挺可憐的，很想幫她一把，於是就開口道：「你們那麼大一戶人家，就少人家一口飯嗎？要是養得起孩子，誰家願意賣兒賣女的，你們既然買了，哪有退貨這一說？反正，方巧兒不管是去你們家做姨娘也好、為奴為婢也好，你們都得留著她。姑娘家被主子人家退回家，以後誰還敢娶她做媳婦？杜少爺想得是不錯，可這事錯不在方巧兒啊，反正她要是真的回了牛家莊，只怕不是被口水淹死，就是自己吊死。」

王嬤嬤想了想道：「巧兒那孩子不錯，少爺若是不想留在身邊，或許去求一求太太，讓她跟了別的主子就算了。二小姐那邊過兩年就要出閣了，不是還少一個丫頭嗎？」

杜若想了想道：「二妹出閣，家裡的人都是要帶過去的，方巧兒不是家養的，到時候他父母要贖她，反倒麻煩。罷了，七巧姑娘說得有些道理，我回去再考慮考慮。」

過了大約半炷香的時間，王老四在前頭喊道：「七巧，我們到牛家莊了，妳娘正在村口等著妳呢！」

劉七巧挽起車簾，看見李氏正打著燈籠在村口的老槐樹下等著，昏暗的燈光下面容焦急。劉七巧覺得心裡暖暖的，眼眶一熱，從馬車上蹦了下來，撲到李氏懷裡道：「娘，我回來了。」

李氏見劉七巧回來了，一顆心也總算放了下來。「怎麼去一整天，真是急死人了！我又想讓陳伯去找妳，又怕你們已經在路上，只好在村口等著。」李氏揉了揉劉七巧的髮絲，見劉七巧眼睛紅紅的，笑道：「傻孩子，明年就要及笄了，還哭鼻子呢。」

劉七巧立馬就站直了，指著王老四牛車上的林老二道：「娘，他就是害死錢嬸子的人。娘，我們讓他去給錢嬸子磕頭認罪好不好？」

李氏嘆了一口氣，瞧著牛車上被五花大綁的林老二，那人哭喪著臉，眼裡似乎也有淚花。

「妳走之後，我和妳錢嬸子的爹娘也商量過，錢嬸子到死都沒有說誰害了她，就說明錢嬸子大概心裡也覺得他不是一個壞人，有心放過他……不然當著那麼多人的面，錢嬸子為什麼自己不肯說呢。」

林老二聽李氏這麼說，哇的一聲大哭了起來，衝著李氏邊磕頭邊道：「是我對不起錢寡婦、是我害了她，殺人償命，我甘心！」

劉七巧也不覺有些為難了。事情好不容易辦好，卻成了這個結果，簡直出人意料。

這時候，杜若從馬車上下來，對著李氏行了一個禮道：「這位大嫂，殺人償命天經地義，妳們寬容他，但是國法不會寬容他。妳們就讓他去給死者磕個頭，我把他帶到順天府尹投案吧！林老二，我這樣安排，你服不服？」

林老二止住了哭聲，對著杜若磕了一個頭道：「少東家說得沒錯，老二願意去順天府尹投案。」

李氏點了點頭，領著眾人往錢寡婦家去。

錢寡婦家門口有一條小橋，馬車過不去，所以杜若也下車跟著他們一起往前走。一路上，李氏和劉七巧走在前頭，李氏偶爾回頭瞧一瞧杜若，小聲問劉七巧。「七巧，那俊俏的公子哥兒是誰啊？」

劉七巧只得忍笑道：「那是林家莊的東家，是京城裡的人，聽說姓杜。」

「姓杜的？難道是京城寶善堂的杜家？他怎麼會跟妳在一起呢？」李氏不由疑惑地問道。

劉七巧無奈，只好把自己幫人接生的事情又說了一邊，當然其中省略了剖腹取子這麼可怕的形容詞，最後只告訴李氏母子平安。

李氏一邊謝天謝地，一邊道：「這麼說來，要不是妳今天往林家莊跑了一趟，還得耽誤兩條人命啊？這一定是妳錢嬸子在天有靈啊，知道林莊頭不是壞人，才引了妳過去的。妳看看，做人還是得心存善念對不對？」

劉七巧見李氏合著雙手唸佛，笑著道：「是呢，娘說得對，做人還是要心存善念才好。」

李氏提著燈籠在前頭引路，和劉七巧小聲說話，沒過一會兒就到了錢寡婦家門口。

杜若命身邊的小廝上去給了弔喪的銀子。他今日出門比較急，也只隨身帶了幾兩銀子，跟坐在一旁的帳房先生道：「我們遠道而來，不過盡了心意，先生不必記錄在案。」

這會兒是晚上，陪夜的人也不多，大家見了杜若，也背地裡竊竊私語，說錢寡婦不知道是什麼福氣，還有這種大戶人家的公子爺來給她弔唁。

劉七巧不顧杜若，跟著王老四一起將林老二領進了錢寡婦家後院的柴房。李氏避過眾人的耳目，帶著錢寡婦的爹娘從靈堂裡面出來，來到柴房。

「叔嬸，這就是林老二，他已經認了，說是自己害了喜兒她娘。我們家七巧給你們帶回人來了，你們倒是發個話，這事怎麼懲處？」

錢寡婦的娘抹了一把老淚道：「人都死了，還能怎麼懲處？只是可憐了兩個娃而已，大的還沒出嫁，小的又丁點兒大，雖說她拜託了妳，可我知道，妳也是好心，不捨她去得不安心才答應的，我們沒得就這樣拖累人的，喜兒我還是把她帶回和橋村去，我們家再難，也少不了她一口飯的。」

李氏聞言，又忍不住落下淚來，忙開口道：「嬸子說這話就見外了，喜兒她娘看得起我，才把喜兒託付給我。再說喜兒這孩子我也喜歡，白白便宜了八順，下個月我們往京城去，本來也是要買個丫頭進城的，如今說得不好聽了，我們還得使喚喜兒做事呢，妳要是心疼她在我們家為奴為婢的，妳儘管領她回去。」

錢寡婦的老爹聽了這話，嘆了口氣道：「老太婆，咱們別操喜兒的心了，年下大妞也快到出嫁的日子了，這熱孝在身，也要耽誤個三年，喜兒就讓她在老劉家吧！」

「叔能這麼想就再好不過了。放心吧，我在這裡向你們保證，以後只要有我家七巧、八順的，就有你們家喜兒的。」

劉七巧一聽，看來李氏是真同情錢嬸子，鐵了心要好好待她的女兒。

林老二聽了他們一番話，在一旁嚎啕大哭，嘴裡反覆重複著一句話。「是我害了錢寡婦、是我害了錢寡婦、是我害了錢寡婦……」

李氏擦了一把淚，指著林老二問兩位老人。「這……叔嬸，你們倒是說個主意啊？」

錢寡婦她娘看了一眼林老二，搖搖頭道：「趁著這會兒人少，讓他走吧！老婆子我又想了想，我女兒一生乾乾淨淨的人，不能死了還讓人看了笑話。」

劉七巧只覺得一拳打在棉花上，沒得就覺得軟綿綿的，偷偷朝著王老四使了一個眼色，讓王老四拎著人往外頭走了。

杜若祭拜過了錢寡婦，人已經到了門口，見王老四拖著林老二出來，便開口道：「我們上路吧。」

劉七巧也從柴房出來，見外面的小道黑漆漆的一片，找了方才李氏的那盞燈籠來，上前為他們引路。

第八章

到了外頭停馬車的地方，王老四把林老二押上了車，看著黑漆漆的天空道：「不對啊，剛才我們回來的時候還滿天星呢，怎麼這會兒黑壓壓的一片，只怕要變天了。」

杜若蹙眉看了看天色，默默登上馬車。外頭，王嬤嬤道：「少爺，這天只怕真要下雨，不如先在這村裡歇一晚上，老婆子去問問，這裡誰家有空房子的。」

劉七巧露出一個牙疼的表情。這牛家莊人人都知道，只有她家有三進院落的房子、東西廂房幾大間，前兩年新蓋的，一直空著呢。

王老四看了看劉七巧的表情，很厚道地保持沈默，誰知王嬤嬤開口道：「七巧姑娘，妳知道這村子裡誰家有空房子嗎？我們借住一晚，明兒一早就走。」

杜若在馬車裡頭聽著，見外頭沒有聲音，伸手挽了簾子道：「王嬤嬤，我們走吧，未必就下雨。」

王嬤嬤擔憂道：「少爺，這到家還有兩個時辰呢，回去都快天亮了，您這身子也不適合熬。早知道我們就應該聽林莊頭的，在他莊子上住一晚……」

劉七巧聽了王嬤嬤的話，總覺得她意有所指，正為難著呢，冷不防一滴水落在額頭上，她用巴掌摸了摸額頭，濕答答的，竟然是一滴雨水。

然後，還沒等眾人反應過來，傾盆大雨跟倒下來的一樣，把眾人澆得透心涼。

前頭的小廝靈機一動，忙對著劉七巧喊道：「快上馬車！」

劉七巧想著自己要是被淋成了落湯雞，只怕這輩子的名節也完了，急忙爬上車，可她忘了自己現在才十四歲，任她用力往上蹬也蹬不上去，再看另一旁的王嬤嬤，早已被王老四一手托了上去。

王老四見劉七巧沒爬上去，忙繞了道過來要幫劉七巧一把，正這個時候，一隻手從簾子裡頭伸了出來。還是那隻蒼白的、骨節分明的手。

身後是王老四堅強有力的大掌，眼前是杜若纖細無力的臂膀，可劉七巧卻跟中了邪一樣，居然伸出手，握住了杜若的手掌。

那人微微使了一把力道，劉七巧蹬上了車，卻一個不穩，身子直往杜若的身上跌去。額頭輕觸到杜若嘴唇的剎那，劉七巧微微皺了皺眉頭，誰知那人赫然鬆開手，劉七巧猝及不防，摔在馬車的地板上。

在王老四的指引下，馬車順著小村道往劉七巧的家裡去。

隔著雨霧，劉七巧遠遠聽見外頭有人在喊她。「七巧在家嗎？」

王老四在前頭領路，但是黑燈瞎火的看不清，又要防著馬車打滑，就朝著那聲音傳來的方向喊道：「是誰站在那兒呢？過來搭把手！」

那人聽見外頭有人應他，舉著燈籠往王老四的方向看了看，有點不確定問道：「是王老四嗎？你們這才回來嗎？七巧呢？」
王老四指指身後的馬車道：「在車上了，先到門口停穩了再說。」他抬起頭才看清了迎上來的人，對車上的劉七巧道：「七巧，是妳三叔呢。」
劉七巧掀開簾子問：「三叔，這大晚上又下著雨，你找我有事嗎？」
劉老三有些不好意思道：「妳嫂子見紅了，妳嬸子讓我去外村找穩婆，這黑燈瞎火下著大雨，我看我還是找妳好了。」
劉七巧有些狐疑道：「怎麼見紅了？嫂子還沒到日子呢，怎麼著還得有一個月呢。」
劉老三紅著臉道：「這我可不知道，女人家的事情我不懂，七巧妳快跟我過去瞧瞧吧。」
沈阿婆聽見外面動靜，知道是劉七巧回來了，打了油紙老黃傘出來，見人都站在大門屋簷下，笑著道：「怎麼都杵這兒呢，屋裡坐吧。」
劉七巧知道這時候不請杜若他們下來，自己就太失禮了，所以她先跳下馬車，轉身對馬車裡的人道：「王嬤嬤，這兒是我家，你們先下來坐一坐，暖暖身子吧。」
劉七巧說著，到角落裡換了雨天穿的木屐，來到劉老三的身邊道：「三叔，我跟你去瞧瞧嬸子先。」
劉三叔感激地看著劉七巧，沈婆子聽說了，忙從裡頭取了一盞燈出來，讓劉七巧打著。
劉七巧轉頭囑咐。「阿婆，給客人們準備三間客房，妳熬一鍋薑湯，讓他們吃了暖暖身子吧。」

沈阿婆應了，又從裡面牆上拿了蓑衣出來，給劉七巧披上。

送走了劉七巧，沈阿婆才回來招呼杜若等人。「幾位先坐一會兒，薑湯馬上就熬好了，鄉下人家簡陋得很，讓你們見笑了。」

杜若站在劉七巧家的客廳裡面。說實在的，雖然劉七巧家在牛家莊是有名的富戶，但杜若很少來這樣的農家，饒有興趣地打量屋裡的各種東西。

頂牆根的地方放著一張長供桌，中間放著四張靠背椅，兩邊的牆上掛著幾套蓑衣，一旁的角落還有幾樣下地的農具。

沒過多久，沈阿婆便從廚房裡端了薑湯過來。

杜若擦了擦手，接了薑湯，只抿了一口道：「嗯，這是寶善堂的薑蔥紅糖，沒想到你們鄉土人家也會買。」

沈阿婆笑著揮手。「我們平時哪裡吃？這是二爺心疼七巧，給七巧買的。」

杜若喝了兩口，忽然明白了。原來看似張牙舞爪的小姑娘，也有這弱點。

劉七巧來到劉老三家門口的時候，王氏已經在門口等著，見劉老三回來，瞅了一眼劉七巧，笑著上前接話。

「七巧，妳嫂子在裡頭呢，還沒發動，沒得怎麼就見紅了，這會兒正躺著，我看也就這

一、兩個時辰的事了。」

王氏的兒媳婦小王氏是王氏在娘家的表姪女，但兩人關係也只是過得去。

劉七巧來到房裡面，見小王氏正靠在床上，臉色紅潤，半點沒有要發動的前兆。她上前摸了摸小王氏的大肚皮，在幾個地方稍微用力，感覺胎兒的位置。

小王氏皺著臉，心裡也正不痛快。她這是頭一胎，剛懷上的時候就老是見紅，後來還是託劉老二在城裡買了保胎藥，這才保住的。

鄉下人家實誠，覺得這孩子如果保不住就是跟家人沒緣分，王氏雖然沒當著自己兒媳婦的面說過這話，但肯定是閃了舌頭，不知道跟誰提起了。小王氏一傷心，回娘家住了幾個月，眼看著快要生了才回來的，誰知道沒回來幾天又見紅了。

「嫂子，妳今天幹重活了嗎？」劉七巧當著王氏和劉老三的面問。

小王氏低著頭，不肯說話。劉七巧回頭看了眼王氏不大自然的臉色，繼續道：「妳不說我也知道，今天肯定是幹了什麼下蹲的活兒。妳這不是要生了，妳現在開始養著，在生之前最好別下床，不然的話，妳這娃不好生吶！」

小王氏這種情況，其實就是現代的「胎盤前置」，是一種常見的妊娠期病例。

劉七巧想了想，繼續道：「從今天以後，妳除了拉撒，就別下這張床，不是我劉七巧嚇唬妳，妳要是再動一動，血流光了，孩子也說不定會下來的。」

小王氏眼圈一紅，在床上抽噎了幾聲。「我不過就想要個孩子，怎麼就這麼難呢……」

王氏聽劉七巧說要讓她伺候小王氏起居，臉上沒來由就變了顏色，也跟著附和小王氏的話道：「人家生孩子，妳也生孩子，怎麼人家生孩子跟母雞下蛋似的，妳生個孩子跟天上掉金蛋一樣，別出來還是個賠錢貨！」

這話說得特毒，小王氏一氣之下哇一聲哭了起來，指著王氏道：「妳還算是我姑母嗎，居然這麼說我！當年妳家窮得跟什麼一樣，妳兒子娶不到媳婦，就哄了我過來，妳兒子在外頭，一年回來個把月，三年我都沒懷上，這能怨我嗎？」

劉老三聽了，臉上也不好看，扯了王氏的膀子道：「妳明兒就給兒子捎個信，讓他從莊上回來。咱們自家還有地要請短工呢，倒讓兒子在外頭沒日沒夜的。」

劉七巧見自己沒啥事了，便起身要走，到了門口，已經不下雨了，外頭的空氣清新得很，田埂上傳來清爽的泥土氣息。

劉老三打著一盞燈，在前頭給劉七巧引路。劉七巧怕王氏心裡憋著氣會對小王氏撒潑，所以對劉老三道：「三叔，嫂子這情況還真挺複雜的，你要是想抱大孫子，可真要看緊了嬸子，別讓嬸子跟嫂子置氣。」

「七巧，真有妳說的這麼嚴重？」劉老三是莊稼漢，哪裡懂這些，他只當女人天生就會生孩子，雖然也聽過有人難產的，可他這兒媳婦怎麼連生都還沒生，就已經這麼難了呢？

劉七巧嚴肅道：「非常嚴重，動一下就容易大出血，只能安安心心在床上養著，養到你孫子想出來的那一天！」

七巧雖然才十四歲，卻懂接生，這村裡村外接生過不少人家，他信得過，於是點了點頭道：「行，我一定把話帶給妳三嬸，讓她好好照顧妳嫂子。」

劉七巧回到自己家的時候，見大門口點著一盞燈。有一個人正披著外袍，站在門口，看那瘦弱的身板，肯定就是那京裡來的大夫杜若。

杜若見劉七巧回來，轉過身子，踱步來到劉家院中。院子裡鋪著青石板的地磚，下了雨，滑溜溜的。杜若平常走不慣這種路，腳下一滑，身子冷不防往前跌出去，幸好前頭有一棵棗樹，杜若連忙伸手扶住，誰知道剛下過雨，棗樹上蓄滿了水，這麼一搖，滿樹的水嘩啦啦地全滴在了杜若的臉上、身上。

劉七巧從外頭進來，正好目睹了杜若變成落湯雞的瞬間，憋不住哈哈大笑了起來。「杜大夫，你……你這是嫌棄我家沒燒水給你洗澡呢，這就自己洗上了？」

杜若穩住了自己，伸手拂了拂身上的雨水，轉過頭看著她道：「七巧姑娘也知道自己招待不周，還不快去幫在下燒點熱水來？」

劉七巧總算見識到什麼叫做厚臉皮！她狠狠地瞪了杜若一眼，發現他臉上沾著幾縷弄濕的髮，還挺好看的。劉七巧對於好看的人向來免疫力很低，為了防止杜若用長相繼續迷惑自己，她甩了甩手，大搖大擺地往裡頭邊走邊喊。「阿婆，燒點熱水，這裡有位貴客要洗澡！」

杜若回到後院，王嬤嬤已經把床鋪好了。「少爺，床鋪好了，先進去歇會兒吧，老奴這就去給您打水泡泡腳。」

杜若點了點頭，略有些疲憊。他自從病癒之後，一直待在自己的小院子裡，平日沒有人來的時候，他幾乎足不出戶，不是看醫書就是擺弄院裡的花花草草。今天這一日的奔波，也覺得有些累了。

第九章

比起在京城的深宅大院，劉七巧家的房子可以說是簡陋得很。

李氏平日愛乾淨，這房子雖然沒人住，卻也打掃得一塵不染。杜若坐在炕頭，看見一旁的茶几上放著茶杯茶壺，都是下等的陶瓷，在城裡的小攤幾十文就可以買上一套，但是擦洗得亮錚錚的。

杜若倒了一杯茶，從炕頭的藥箱裡面拿了個白瓷瓶子，倒出兩顆藥丸服了下去。

第二天一早，劉七巧破天荒地一早就醒了。她睜開眼睛的時候，外頭的天才濛濛亮，遠處傳來送葬隊伍的喪樂聲，她知道是錢寡婦要下葬了。

下葬的地方不遠，就是三里路之外一處集中的墳地，是周圍幾個村莊的人公用的，聽說面山靠水，是個風水好的地方。

劉七巧穿了衣服起來，走到門口，遠遠瞧見幾個村民抬著錢寡婦的棺材往遠處走，洋洋灑灑的白紙落了一路。

劉七巧嘆了一口氣，心情有些低落地回頭，正好看見杜若已經穿好了衣服站在院中，只不過他的衣物太過華貴，而劉七巧家的小院略微有些簡陋。

清晨的陽光暖暖照在杜若的臉上，讓他看上去神清氣爽了不少。他看見劉七巧臉上落寞的神色，也不由一愣。這小丫頭傷心的時候，還真有那麼點大人樣啊。

劉七巧沒跟他打招呼，逕自就往裡頭去了。

吃了早飯，該到杜若啟程的時候，林老二已經被帶上了馬車，劉七巧搬了一個墩子，在太陽底下納鞋底。她不過是做做樣子，總覺得自己昨天的表現有些生猛，雖然以後沒機會再見，但是給人家留下一個賢良淑德的印象也是好的。

王嬤嬤收拾好了行李，從廂房外出來，見劉七巧手裡拿著針線，瞅了一眼道：「七巧姑娘，妳這納鞋底不用頂針，還不把手指捅個窟窿出來？」

劉七巧只覺得自己胸口一口血堵著，眼皮抽了抽道：「啊……我這、這是在曬太陽呢，還沒開始納鞋底。」

杜若站在一旁，嘴角幾不可見地抽了抽，轉身對王嬤嬤道：「嬤嬤，我們走吧，不要擋了七巧姑娘的太陽。」

劉七巧此時恨不得立馬站起來，拿起針線就把杜若的嘴唇給縫起來！

正當劉七巧鬱悶難當的時候，外頭有人跑了進來喊道：「七巧，不得了了，妳家佃戶出事了！」

劉七巧丈二和尚摸不著頭腦，她家不是地主，哪裡來的佃戶？但一看來人不是別人，正是那個被全村的人都說是腦袋少一根筋的二舅媽周氏。

「舅媽，今兒怎麼在家呢？」劉七巧有些疑惑。

周氏喘了一口氣道：「我這不是、不是回來看看地嘛！」

劉七巧一聽就明白了，前兒跟姥姥、姥爺說起了趙家村那一百畝地，肯定是姥爺託人把二舅媽給喊了回來，打算一起去看地來著。

「我娘這幾天忙著錢嬸子的事，也沒空，上回我跟姥爺說過了，你們自己去趙家村看一看也行。」

「我昨兒不是去看過了嗎？妳家那些地，其中有個佃戶是個寡婦，今兒不知道怎麼的，就投河死了！我聽人說是怕我們去要地，所以給逼急了投河的。」

「二舅媽，妳不是聽錯了吧？什麼髒水都往我們身上潑，這話沒跟別人說過吧？我劉家可擔不起這責任，我現在就和妳一起去趙家村看看，那寡婦到底是為什麼死的！」當初買地的時候都跟趙家地主說好的，怎麼可能出這種事情呢？

「我哪裡敢跟別人說啊！我今兒一早本來還想過去瞧瞧的，還沒到村口就遇上了妳三嬸，是她告訴我的。」

劉七巧一聽，氣不打一處來，再想想昨晚的事情，她在三叔家口氣也不是很好，王氏肯定是以為她借著小王氏有身孕這事來欺負自己……

這時正好杜若要走，劉七巧趕緊到門口，喊著趕車的小廝道：「春生，給我搭一程，就兩、三里路。」

周氏一看劉七巧要去，怕惹事上身，就道：「七巧，妳就一個人去了？要不要等等妳娘？」

劉七巧垮著臉道：「等我娘回來，這流言都傳遍整個牛家莊了！」她想了想，對周氏道：「二舅媽，妳去告訴我三嬸，再敢亂說一句話，我劉七巧第一個不放過她！」

劉七巧心急，爬車就難免有些艱難。正當她決定用狗爬式，不再注意儀態的時候，馬車簾子掀開了。

杜若蹲在一邊朝她伸出手，這時候，劉七巧正一條腿搭在馬車上，整個胸口貼著地板，雙手撐地，說不出的狼狽。

這種樣子被杜若看了去，她覺得原本有力的雙手一下子癱軟了下來，眼看著就要從馬車上滑下去，杜若忽然伸手撐著劉七巧的腋下，將她往上一提，抱進了馬車。這樣的擁抱真是讓劉七巧尷尬得無地自容。

杜若鬆開劉七巧，端坐在一旁面無表情，過了許久才有些詫異地開口道：「七巧姑娘說明年就要及笄了，是不是記錯了歲數？」

劉七巧頓時像炸了毛一樣，兩隻拳頭握得緊緊的，小腿在馬車地板上蹬了兩下。王嬤嬤連忙坐在中間把兩人隔開，中間還隔著一個林老二，確保劉七巧不會突然發難。

劉七巧深吸一口氣，平復心緒道：「杜公子這麼關心小女子的年歲，難不成是對小女子有所傾心？」劉七巧心道：我嘴巴毒不過你，臉皮總能厚過你，還不信我治不了你了！

杜若心下暗笑，偷偷挑眉看了一眼面紅耳赤的劉七巧，知道小姑娘這會兒只怕是打腫臉充胖子罷了，於是笑著道：「七巧姑娘說錯了，杜某向來是有恩必報的人，七巧姑娘曾幫過杜某，杜某一定會記在心裡的。」杜若清了清嗓子，見車裡也沒有外人，故而調笑道：「若是姑娘日後嫁不出去，需要杜若以身相許的話，杜若也可以考慮考慮……」

劉七巧這回是踢了鐵板，可是又不能撒潑耍賴，明顯是自己先出言不遜在前，要說輕薄的話，還是自己不自重在先了。

既然臉皮厚也比不過，那麼還有最後一招——比狠！劉七巧朝著杜若翻了一個白眼，是那種頭部呈三十度斜角，眼神成四十五仰角的超級白眼。

可當她瞪了三秒，發現這一招對杜若也沒用，因為他壓根兒懶得再看她一眼。劉七巧就這樣在尷尬中敗下陣來，最後還是王嬤嬤又一次解救了她。

「少爺，這話可不能這麼說，要是被外人聽去了，還當你們不懂自重。玩笑話說說就好，過了對姑娘家的名聲不好。」

這話雖然聽著是在說杜若，可劉七巧知道，王嬤嬤分明是說給自己聽的。唉……在古代開個玩笑都很傷身吶。

第十章

幸好沒過多久，趙家村就到了。

趙寡婦不像錢寡婦膝下有女兒，她男人是病死的，她是本村最窮的一戶人家的閨女，在男人病著的時候被送到了趙家去沖喜。

劉七巧一聽沖喜，精神來了，斜眼看著隨她一同下馬車看熱鬧的杜若，時不時鄙夷地瞧他一眼。

她到了趙寡婦家，終於弄明白了趙寡婦的死因。

原來這趙寡婦的男人死了以後，也沒給她留下一兒半女，村裡地主趙大爺的表姪不知怎麼看上了貌美年輕的趙寡婦，託了幾趟媒，可這趙寡婦一概不應，說是一定要給自己男人守滿三年的孝。這本來也沒什麼，不就是等著唄，可不知道哪個殺千刀的，說趙寡婦勾搭上了別人，肚子裡有了孽種，這才不理那地主家的姪子。

趙大爺的表姪家在趙家村也算說得上頭臉的人，聽了這話就來氣了，帶了一群人把趙寡婦家給砸了，又正巧看見趙寡婦那衣服底下脹鼓鼓的肚皮，更以為是真的了，上去就給趙寡婦幾個耳光。

這事全村的人都知道了，趙寡婦覺得沒臉做人了，昨夜趁著天黑投河了，屍體今兒一早浮上來，才被人發現。

這會兒，劉七巧正站在趙家，趙寡婦的屍體也在客堂裡面放著。據幾個給趙寡婦換衣服的村婦說，趙寡婦的肚皮確實脹鼓鼓的，像是有了身孕一樣。

劉七巧心道：要真有了身孕，那也不至於尋死啊！懷著孩子的人特別有生存的慾望，那是發自內心的母愛。

一旁，三個老人兩個孩子正哭得唏哩嘩啦，劉七巧聽說其中一個是趙寡婦家的婆婆，開口問道：「大娘，妳兒媳婦是什麼樣的人，妳心裡肯定清楚對不？妳覺得她能做出那種事來嗎？」

趙寡婦的婆婆哭得唏哩嘩啦道：「我兒媳婦最乖巧，小時候就跟我家定了娃娃親，我兒子病得快死的時候，我們原本是去退親的，她非要嫁過來伺候我這老人家。後來我兒子死了，我勸她改嫁，她說等守完了孝再提這個事，誰想就弄出這些事情來呢?!」

「大娘，聽說妳兒媳婦出事前曾找郎中看過病，那個郎中在不在，我倒有些事情想問問他。」劉七巧看著趙寡婦被收斂得乾乾淨淨的屍體，腹部的確有些隆起。若是沒猜錯的話，這腹中除了有積水之外，一定有些別的東西。大約是子宮腫瘤一類的，但肉眼能看得見的話，只怕已經是晚期了。

趙寡婦的婆婆聞言，指著大門邊上一個抹淚的中年人道：「我們鄉下人看不起病，平常都是請這胡郎中看一眼，我媳婦也是請他看的病。」

正這個時候，忽然有個人高馬大的男人走進來道：「什麼人還在這裡亂嚷嚷？這種不守婦道的女人，死了最好！鄉親們看看，那肚子這麼大，裡面沒有孩子那是什麼？」

那人話沒說完，坐在地上的兩個男孩忽然衝過去，對著他拳打腳踢道：「姓趙的，還我姊姊、還我姊姊！」

幾個鄉親們看著實在可憐，把兩個孩子拉住了道：「趙三爺，人都死了，你還這麼計較做什麼？論輩分，她還是你嬸子呢，你也不怕報應！」

那趙三道：「我怕什麼報應，我好心好意對她，她一轉眼做了別人的姘頭，肚子都搞大了！」

這些話聽來實在是對死者大不敬，劉七巧雙手叉腰，指著趙三道：「是不是肚子大就有娃了？趙三爺，我看你這肚子大得只怕快生了吧！」

大夥兒一聽，再回頭看了一眼趙三那大肚子，頓時憋不住要笑，又因為這裡是靈堂，個個都是一副似笑非笑、憋著很難受的摸樣。

劉七巧看著幾個老人，語重心長道：「三位老人家，我倒是有個辦法還你們女兒的清白，可是未免會對她的屍身有所冒犯。」

杜若一直在一旁聽著，見劉七巧這麼說，頓時知道她又動了什麼心思，忙開口道：「在下是京城寶善堂的杜大夫。胡郎中，我問你，你有沒有給趙寡婦測出喜脈來？」

胡郎中一聽這位是城裡的大夫，自己三腳貓的功夫只怕也唬不了人，於是開口道：「喜脈倒是沒有，但是脈象不好，弱而滯，似乎是得了重病。我不敢看她肚子，所以……不知道是個什麼症狀。」

杜若想了想道：「既然沒有喜脈，那懷孕一說肯定是假的，既然是沈屙之脈，那說明趙寡婦肯定是身染重病，且這病就是她腹部鼓脹的原因。恕在下大膽猜測，她的腹中沒有胎兒，有的應該是癥痕。」

眾人皆恍然大悟，劉七巧頓時也覺得像杜若這樣有真才實學的人，說出來的話確實可信很多，她一個小姑娘說再多，大夥都以為她胡攪蠻纏呢。

「所以，這位姑娘所說的辦法，大概就是剖開屍體的肚子看一眼裡面到底有沒有胎兒，對不對？」

杜若看著劉七巧，似乎帶著一絲不確定，又似乎是在徵求她的意見。

劉七巧轉頭問幾位老人道：「老人家，你們也不想趙寡婦蒙羞去了，這全在你們自己。鄉親們若是不親眼所見，只怕也很難相信這位杜大夫所說的。我保證，我們看過之後，會把趙寡婦的屍體縫得好好的，絕對不讓她少半塊肉。」

劉七巧說著，忍不住又對坐在草垛上的三個老人多看了一眼。只見兩個老太太已經哭得累倒了，互相抱作一團，時不時哭一下，又朝著趙寡婦的屍身看兩眼。只有那老伯似乎還有些精神，但臉上表情也是頹然木訥。

他見劉七巧看著自己，抬起頭，乾枯的臉上還掛著淚痕，顫巍巍道：「老頭子教出來的女兒，不會做傷風敗俗的事情，老頭子我信自己的閨女。姑娘啊，妳就剖開我閨女的肚皮，給大家看看，我老李家的閨女是乾淨人！」

大傢伙一聽要剖開屍體的肚子都嚇了一跳，看熱鬧的人越聚越多。那趙老三道：「哼，我就不信了，這女人肚子裡除了娃還能生出什麼別的來？」

劉七巧來得匆忙，也沒有帶刀子，趙寡婦家的廚房只有一把切肉的刀，她這下犯難了，自己又不是殺豬的，用切肉刀解剖屍體這是什麼事呢……

「用我這把刀吧。」

杜若命小廝去馬車上把自己的藥箱拎了過來，裡面有他常備的一把刮骨小刀和一把處理傷口的剪刀，還有平常他戴的羊皮手套。

那日沒有看見劉七巧為林少奶奶剖腹取子，杜若心中甚是遺憾，很想見識一下劉七巧的手法。畢竟能在那麼快的時間內將腹中胎兒取出來，並且保證母體不受損的，在杜若看來就是一個奇蹟，所以雖然知道劉七巧今日這麼做會招來眾人的反對，但他抱著好奇心，還是忍不住幫了她一把。

眾人見劉七巧取了刀要開始解剖屍體，紛紛退到門外。屍體的前頭掛著靈位白幡，把光線遮得嚴嚴實實，劉七巧見杜若湊了過來，索性開口道：「你幫我掌燈，讓我看清楚一些。」

杜若這時候難得沒跟她抬槓，問村民要了一盞燈，給她照著。

劉七巧伸手摸了摸趙寡婦的身體，幸好只泡了半夜的水，身體還沒至於腫到變形，可身上的皮肉已經略微有些變樣了。她用手指比劃了一個位置，像前世和同事一起動手術一樣，轉頭對杜若道：「你猜猜，這個得多大？」

杜若手執油盞，站在劉七巧的身旁，她一回頭，身上清爽的露水香味就在杜若的鼻息間飄散。冷不防聽她這樣問自己，杜若不知怎麼臉上有些泛紅，想明白了劉七巧的意思，才回答道：「少說也得有個拳頭那麼大了。」

劉七巧點點頭，嘆了一口氣道：「只怕她就是不尋死，也沒多少日子可活了。」對於古人來說，得了這種病是萬萬沒有辦法治好的，只能靠中藥調理，調理到什麼時候熬不下去了，也就一蹬腿的事情。

杜若聽一個十四歲的小姑娘老氣橫秋地從口中說出這麼一句話，總覺得奇怪得很。等他回過神來，劉七巧已經起刀劃開了趙寡婦的腹部，他忙不迭去看，劉七巧見他好奇，也不吝嗇，故意放慢了動作，為他講解道：「這是腹腔，裡面都是內臟，這些你以前沒見過吧？」

杜若覺得劉七巧一下子怎麼跟變了一個人似的，忍不住頂了一句道：「難道妳見過？」

劉七巧知道他抬槓的老毛病又要犯了，笑著道：「我當然見過了，我們村每次殺豬我都在，豬肚子裡有的，人肚子裡都有，有什麼兩樣的？」

杜若頓時覺得有些噁心，不再繼續這個話題，只看著劉七巧繼續動作。劉七巧手上戴著杜若的羊皮手套，但是很不合手，一邊撥開屍體裡面的內臟，一邊道：「你看著腹腔的水，都脹成這樣，這屍體下去沒幾天就得爛了。」她說著，刀已經放到趙寡婦的子宮上。「這裡頭就是女人懷孩子的地方，趙寡婦的清白就全看這一刀了。」

劉七巧剛說完這句話，靈堂裡頓時安靜了下來，幾個膽大的湊過來看熱鬧，膽小的則站在後面，偷偷伸著腦袋。

杜若忽然按住劉七巧的手，道：「我來！」

他心裡尋思著，她前日給林家少奶奶生產，也不知道傳沒傳出去，今日要是又傳出去給人剖腹正清白的事情，那她這輩子估摸著真要嫁不出去了。而他不同，本就是醫藥世家出身，自己又是一個大夫，小時候跟著自己的叔父也摸過不少死人，雖然沒親自動過刀，好歹也見過別人動刀子。最關鍵的是，這件事就算傳出去，對他也沒有什麼影響。

劉七巧抬眸瞧了杜若一眼，見他神色肅然，顯然一副胸有成竹的模樣，又想了想自己這身分，不由點了點頭，除下了手套給他，自己跟在他身後給他幫忙。

杜若戴好手套，接過刀，劉七巧見他握刀的動作很正確，羊皮手套在他手上特別適合，更加顯得他手指修長。

「你就在剛才我滑過的地方一刀下去，注意不能太大，兩寸許就夠了，然後伸手進去撈，一般這東西長得牢，你得用工具去切，記得不要弄傷了手。」劉七巧一邊在旁指導，一邊目不轉睛地看著杜若的動作。

杜若果然很聰明，劉七巧用最簡單的說明來教他，他快速領悟。不多時，杜若就在屍體裡面取出一個直徑約莫五公分的腫瘤。
劉七巧臉上洋溢著燦爛的笑容，指著那東西道：「就是這個東西，膽大的鄉親們，你們好好看看，趙寡婦哪裡是懷孕了，她是染了惡疾，在腹中生了癰疽！」
這話一出來，趙三爺就急得撒腿想跑，幾個大漢急忙把他拿住了道：「你這畜生，你害死了趙寡婦就想跑了！」
兩個老太太覺得女兒沈冤得雪，越發哭得感天動地，嘴裡一迭聲道：「我的閨女啊！我苦命的閨女啊……我苦命又短命的閨女啊……」
劉七巧拿著布袋把這東西包好，放在趙寡婦的身邊，讓邊上人拿了針線來。她既然答應了要讓趙寡婦全屍而走，自然是要說到做到的。好在她縫針線的速度很快，不過三兩下，趙寡婦的腹部就已經縫好了。幾個村婦重新為趙寡婦理好了壽衣，在她耳邊道：「大妹子，妳放心地去吧，妳的冤屈已經洗清了，妳是乾乾淨淨清清白白的人，村裡人都知道。」
「兩位大娘也別太傷心了，她這病也沒法治，如今她投河死了，比她日後病發的時候疼死強。她雖說受了冤屈，現在也澄清了，沒人會再瞧不起她，她還是妳們的好閨女。」劉七巧語重心長地安慰道。
「姑娘說得是，今兒要不是妳，我們老李家沒法在趙家村過了，是妳還了老李家顏面。」趙寡婦的爹激動地說道。
劉七巧瞧了一眼杜若，急忙道：「哪裡啊，都是這位公子的功勞，我就是一個跟班，有啥能耐？他是京城寶善堂的杜大夫、杜神醫，你們女兒的冤屈是他洗的，跟我一點關係也沒有。」

杜若冷冷瞧了一眼劉七巧。這丫頭讓人哭笑不得，一會兒跟三十好幾的大嬸一樣，一會兒又是一個小姑娘做派，但無論怎樣，他忽然覺得，跟她在一起，心裡真是滿滿當當的，說不出的充實。

趙家村的事情解決了，杜若也要回京了。

一行人正從趙寡婦家出來，就看見遠處有人打著馬車過來。那車夫見了杜若，忙下跪叩首道：「少爺，我可算找到您了！您昨兒沒回京，今兒早上三更，夫人就讓奴才趕著車來找您了，去了林家莊，林莊頭說您昨晚就走了，可把我給急的！」

來找自己的人是杜府二管家的兒子齊旺，是目前杜家最好的車伕，杜若見他滿頭大汗的，也知道他是一刻不停地往這裡趕，只怕是累著了。

劉七巧在一旁冷眼看著，覺得古代的大戶人家還真夠小題大做的。一個大男人，身邊帶著小廝、老媽子，就算夜不歸宿又怎麼樣呢？她笑著道：「杜公子快走吧，這鄉下你待著也不習慣，熱鬧看夠了，就該回去當公子哥兒。」

杜若扭頭看了劉七巧一眼。她今日頭上紮著雙垂髻，臉蛋圓圓，笑起來的時候眉飛色舞，一雙眸子靈動跳脫得很，聽她話中帶刺，他也沒心思跟她生氣，轉頭對齊旺道：「旺兒，你先把這位姑娘送回牛家莊劉家，一會兒我們在村口會合，再一同回京吧。」

劉七巧瞧瞧杜若，沒頂回來，還讓人送她回家，總算有些君子之風，便沒有開口，只是有些得意地撇撇嘴，邁開步子跳上馬車。

第十一章

不多時，劉七巧便回了牛家村。馬車才到村口，劉七巧就吆喝著車夫停下來，因為她不急著回家。

三叔家離村口不遠，她也懶得坐車，今天要不去王氏家裡鬧一鬧，她就不叫劉七巧！才過了小橋，她就看見王老四趕著牛車往村外跑，見了劉七巧便拉住了牛車道：「七巧，妳二嫂要生了，妳三叔讓我去請何穩婆，要不然妳先去妳三叔家看看？」

劉七巧一聽就知道壞了，怎麼可能生呢？還沒到日子呢！只怕是動了胎氣鬧出血。她忙拉住了王老四道：「我二嫂這會兒人怎麼樣？」

「不知道，我剛從地裡才被喊出來。」王老四如實回答。

劉七巧忙道：「你別去請何穩婆了，把……把剛剛走的那兩輛馬車給喊回來，杜大夫在車裡呢，有他在我放心些，我在這兒等著！」

王老四一聽，忙甩了鞭子追去了。

劉七巧心裡亂著，昨晚還說了要好好養著的人，怎麼可能今天就生了呢？只怕是又出血了。可若是不疼，也不能算要生了，估摸著是假性宮縮加上見紅。可若是血止不住，產婦最後還是危險，弄不好就是大出血，誰也救不了她的命了……

杜若送走了劉七巧，上了大道，大概一個半時辰後就能回京城了。他坐在車裡閉目養神，想想這一天以來的見聞，一個土生土養的鄉下姑娘，見聞膽識讓自己刮目相看……杜若想到這裡，倒有幾分捨不得，便順手挽起簾子，朝著牛家村的方向看了一眼，恰巧看見了從後面趕著牛車追過來的王老四。

杜若自然認得王老四，連忙喊前頭的齊旺停車。

「杜大夫，您先等等……」王老四氣喘吁吁地趕車追了過來，開口道：「七巧家親戚要生娃，七巧正在村口等著您呢！」

杜若見他神色很著急，便多問了一句。「是昨天去看過的那家親戚嗎？」

王老四點點頭道：「可不是，還沒足月呢，她應該比我嫂子還小一些，我嫂子還沒發動起來呢。」

杜若也不耽誤，忙對齊旺道：「我們回去瞧瞧。」

齊旺看看天色，這都快午時了，再耽擱下去，回京又得天黑了，可耐不住自己主子吩咐，只得回道：「那主子您得快點，不然老太太可就急壞了，夫人也會給小的排頭吃的。」

「行了，回去有我，你快趕車吧。」杜若說著，對前頭的車道：「春生，你先帶著王嬤嬤回去，路上盯著林老二，捆結實點，回去把事稟了，讓你爺爺處理去，不必等我了。」

杜若交代完，跟著王老四一起又到了牛家莊。

這時候，劉七巧正站在村口來回地走，見了杜若道：「你快開一副催產的藥，我讓老四抓去。」

杜若心下一驚，這催產的藥不是沒有，可向來不可亂用，就是宮裡的娘娘們來要，也是不能亂給的。

「恕在下才疏學淺，不知道這世上還有這種藥。」

劉七巧見他不肯給，也沒有別的辦法，拉起他的手往劉老三家跑。後面的王老四和齊旺只得跟著，但是過了小橋，王老四的牛車能過去，杜家的大馬車卻是過不去了，王老四只好領著他把車子停到劉七巧家的院子裡。

劉七巧一路上拉著杜若的手飛奔，這時見劉老三家門口圍著幾個人，知道情況不好，急忙擠了進去道：「快讓讓，我帶了大夫來！」

杜若大病初癒，一直在養生，被劉七巧這樣拉著走了小半里路，一口氣還沒喘得上來，臉色蒼白得厲害，他還揹著一個幾斤重的藥箱，這會兒腳底直打顫。劉七巧見他臉色蒼白，連忙伸手奪了他的藥箱揹在自己身上，從人群中擠出一條道來，把杜若拉了進去。

劉七巧正打算進房，就聽見裡頭哐噹一聲、水盆砸地的聲音，接著是王氏罵罵咧咧道：「妳到底是生還是不生，妳發個話啊，一會兒肚子疼，一會兒又不疼，光見紅不破水，妳這是生金蛋呢妳！」

劉七巧推了門進去道：「三嬸說話可真好聽，外頭鄉親們還在呢。」

王氏見是劉七巧來了，垂下眼皮道：「我哪裡說錯了，哪一句說得不對？我這輩子生了四個娃，也沒見過這樣的，七巧，妳才多大歲數，就聯合著妳三叔來整治我，我當婆婆的人還得給媳婦端屎端尿的，這是什麼事？」

劉七巧也沒工夫和王氏起口角，小王氏在床上哭得七死八活，嘴裡不清不楚道：「這娃我也不生了，我就是一頭碰死，我也不受這罪過……」

杜若這會兒已經喘夠了，見了這陣勢也有些手足無措。平常找他看病的都是京城的大戶人家，雖說哪家沒有些骯髒事，但那些有頭有臉的人家，斷然不會在外人面前這樣罵罵咧咧的。

杜若正愣著，劉七巧從背後推了他一把道：「你先看看呢。」

杜若回過神，連忙上前，也顧不得平常給女子看病的禮儀，直接把起了脈來。過了良久，他才開口道：「確實還沒有到瓜熟蒂落之時。」

劉七巧點點頭道：「可她下面血流不止，昨兒我本想讓她在床上養著，等養到了時辰再說。」

杜若轉頭問小王氏道：「見紅可多？不動的時候是不是少些？」

小王氏平白被這樣一個俏生生的年輕公子問起了私密之事，羞得連方才想一頭撞死都忘了，只紅著臉道：「前幾個月在娘家的時候倒沒有，後來回這裡，幹了兩天雜活就開始了，比起癸水還少些。」

劉七巧一聽，果然和她猜測的沒有多大區別，量還挺大的，按照這情況，只怕是熬不到自然發動了，到時候還沒生呢，產婦都已經貧血了，再來一下大出血，閻王爺也救不了小王氏了。

「我不是讓妳在床上待著嗎？妳怎麼又不聽話，我還能害了妳不成？」劉七巧知道肯定是王氏不服，又在小王氏耳邊說了什麼不中聽的話，讓小王氏肯定沒按照指示在床上躺著，所以故意這麼問了一句。

劉老三也在房裡，聽著這話便道：「一大早的，我沒在家，怎麼她就下床到院子裡打水洗起衣服了？」

劉七巧瞧了王氏一眼，這可真是厲害婆婆啊，叫大肚子的兒媳婦洗衣服，虧她做得出來。

王氏道：「我可沒讓她洗衣服，我不過就是讓她打兩盆水，把衣服泡一下，這能累到哪裡？」

小王氏這回也低了頭道：「我原想著這也沒什麼，可誰想到才動了兩下，下面就熱呼呼的，肚子都疼了起來，這才讓婆婆喊人的，可這會兒又不疼了。」

劉七巧嘆了一口氣，果然是遇上假性宮縮。她扯了扯杜若的袖子道：「杜大夫，您看這事情都到了這一步，您還能吝嗇您那一個方子嗎？」

杜若想了想，可不是，以小王氏現在的狀況，恐怕熬不到要生的時候，為今之計就是在母體還沒有受損的情況下服下催生藥，讓孩子早點出來。只是催生藥對母體的危害也不是沒有，弄不好只怕這輩子都生不了第二個。

劉七巧見杜若遲疑，小聲在他耳邊道：「昨兒我摸過，我二嫂胎位是正的。杜公子你若不肯，我也不怨你，只是我劉七巧手上還沒死過人，你若不幫這個忙，七巧還真不知道後果。」

杜若看了一眼躺在床上的產婦，她說得不錯，再這樣下去，小王氏能保住的可能微乎其微。他是一個大夫，也不能見死不救。杜若嘆了一口氣，瞧了劉七巧一眼，開口道：「七巧姑娘，把我的藥箱放下來吧。」

劉七巧急忙把藥箱放了下來，道：「你慢慢寫、隨便寫，反正我不會偷看的。」她知道，這一劑催生的藥方很多穩婆都想要。為什麼呢？因為不光宮裡的娘娘生孩子要爭個先後，就連大戶人家的姨奶奶、太太們也是要爭個妳死我活。

杜若莞爾一笑，他倒不擔心劉七巧打這個念頭，寫好了藥方便交給劉七巧道：「妳現在就讓人去抓藥回來熬，我等她把孩子生下了再走。」

劉七巧見杜若這樣認真負責，心裡一陣暖意，急忙到門外找了王老四讓他到附近鎮上最近的藥鋪去抓藥。

一晃眼已經到了午時，杜若早上吃了點湯麵，這會兒早餓了。劉七巧從房裡出來，看看天色道：「老四去抓藥，少不得還得一個時辰後才能回來，既然今天是我請你留下的，算了，本姑娘就留你一頓飯吧。」

杜若揹著藥箱，跟在劉七巧後頭，看劉七巧在前面領路，兩根辮子一跳一跳的實在可愛，忍不住又逗她。「我這連連在妳家吃幾頓飯，要報起恩來可就難辦了。」

劉七巧聽他這麼說，回頭瞪了杜若一眼道：「小心眼！」她在路邊扯了一根狗尾巴草，放在手中甩來甩去，開口道：「在我心中，你這種世家公子別說風度翩翩、貌若潘安吧，至少也是一身正氣、浩然磊落的，哪裡像你這樣？」

「我這樣有什麼不好嗎？」杜若笑著問她。

「好？哪裡好？風度翩翩、貌若潘安嘛……算你及格。」劉七巧轉過頭來，開始品評杜若。說句實話，他還真是長得俊秀，但不是那種英氣逼人的美男子，而是溫文爾雅、談吐舉止都極度讓人舒服的書生。

「一身正氣、浩然磊落，你還差遠了，你身上只有一身小人之氣。」劉七巧一邊說，一邊得意地踮起步子，但鄉下的田埂不平，劉七巧這一踮就踩到了一塊石頭，她驚呼一聲，身體便往路旁倒了下去。

杜若連忙伸手去扶，劉七巧只拉住他一片衣袖，兩個人撲通一聲，一起栽到了路邊的麥田裡。

高高的麥穗遮住兩個人的身影，放眼望去，四周都是碧綠的麥苗，只有頭上的一片藍天，一望無際。杜若壓在劉七巧沒有幾兩肉的身上，劉七巧抬起頭，額頭正好撞上杜若俊挺的鼻尖。

「欸……」最柔軟的地方被撞上，杜若疼得差點飆出淚來，偏偏他兩隻手撐在劉七巧的身側，空出一隻手來揉鼻頭，身子一下子就貼在劉七巧的胸口。

「疼……」劉七巧咬牙，重壓之下讓她疼得忍不住蹙起了眉宇。

杜若這會兒忽然清醒了過來，急忙翻身離開她的身子。藥箱裡的東西撒了滿地，杜若一時尷尬，一邊收拾東西，一邊偷偷察看劉七巧的臉色。

劉七巧方才是真的被壓疼了，偷偷側過身子，掌心托著疼痛的地方，輕輕地揉了揉。

「妳……妳沒事吧？」杜若見劉七巧背對著自己、那委屈的小模樣，就覺得心疼了起來。

劉七巧揉了兩把，沒方才那麼疼了，這才從麥田裡站起來。誰知道忽然聽見有人往這邊走來的聲音，她和杜若兩個人摔在麥田裡，孤男寡女的，要是傳出去又是一件貞節大事。

這麥田大約有一人高，劉七巧一聽來人的聲音近了，急忙撲到杜若身上，在他耳邊道：「噓，有人來了，我們這樣，你懂的？」她朝杜若使了一個眼色，兩人往田埂下靠了靠。杜若也不知道為什麼，只覺得自己緊張得很，一把抓住了劉七巧的手，掌心微微汗濕。

兩人靠著田埂，等待著上頭的腳步聲越來越近，然後又越來越遠，杜若握著劉七巧的手也越來越緊。劉七巧動了兩下，因為杜若手心有汗，倒也容易就掙開了。她一扭頭，忽然看見杜若的臉不知什麼時候紅了，再一想他汗濕的掌心，忍不住笑了起來。「膽小鬼，嘴那麼厲害，膽子卻那麼小，你這樣能做大夫嗎？今兒早上看你見到死人還挺淡定的，不會是裝出來的吧？」

劉七巧完全沒有意識到，杜若的臉紅、手心發汗都是因為自己，因為自己是一個秀氣可愛、精靈古怪的女孩。

杜若臉上一冷，繼續撿自己藥箱裡的東西。劉七巧見他不說話，也默不作聲地為他撿東西。兩人把藥箱整理好，杜若先把藥箱遞了上去，不一會兒，兩人出了麥苗地，遠遠就看見劉七巧家的煙囪冒著煙。

李氏剛送了錢寡婦下葬，也回了家，這幾日忙個不停，臉上也有些倦容。見劉七巧領著杜若又回來了，迎了上去問了幾句。

齊旺見杜若來了，忙迎上去道：「少爺，咱們是不是可以走了？」

李氏忙轉身道：「不著急，吃了中飯再走吧，這裡到京城還得一、兩個時辰呢。」

沈阿婆這時候也出來喊人吃飯。「七巧，妳嫂子怎麼樣了？」

「情況不大好，所以杜大夫也留下了，一會兒等老四抓了藥回來，吃過了就得發動了。」

劉七巧說著就往裡頭去，回自己房間換了一套衣裳。方才和杜若一起跌到麥苗地裡的時候，身上被蹭了不少綠油油的麥青色。

劉七巧換了衣裳，來到廚房，難得一張八仙桌坐得滿滿的，李氏正招呼杜若吃飯。「也不知你們城裡大戶人家平常吃什麼，我們鄉下人家，平常吃的都是自家地裡種的，雞鴨多半也都是家養的，這裡離集市遠，平常也就只能吃點臘肉燻魚的，你可別嫌棄。」

劉七巧見杜若唯唯諾諾地應著，臉上恭恭敬敬的，還真是溫文爾雅的公子哥兒派頭呢。

第十二章

劉七巧注意到杜若吃飯的速度很慢，幾乎總是往嘴裡撥幾粒米而已。他們家是劉家村難得幾家能吃上珍珠米的人家，李氏在每次煮飯之前都會特意用自家的石臼再舂幾次，口感細膩很多，但即使如此，這種米和京城裡富貴人家的碧粳米還是有些區別。

劉七巧知道他是吃不習慣這米，可看他的神色沒有半點嫌棄和挑剔，不過就是一口一口吃得極慢。

誰知道才吃了一半，劉老三就又找上門來。原來王老四已經把藥給買了回來，這會兒正在藥罐子裡泡著水。

「七巧，這藥買回來了，正泡著呢，我這特地跑來問問要怎麼用？」劉老三現年也三十五、六了，這還是第一回抱孫子，心裡也著急得很。

杜若見狀，忙放下了碗筷道：「三碗水煎成一碗，喝下去之後過不了半個時辰就能發動，我們吃完了午飯就過去，三叔不用擔心。」

劉老三得了杜若的話，總算放下心來，點頭回家傳話去了。不多時，大夥兒已經吃完了飯，杜若還在那裡細嚼慢嚥。其實這會兒他已經很勉強了，因為杜家的教養是不准留飯的，尤其是在別人家做客的時候。

李氏不知道他的飯量，只瞧他一個年輕輕的小夥子，應該能吃不少，所以滿滿當當給他盛了一碗飯。杜若腸胃不好，平素在家吃的都是軟的、好消化的東西，這一碗米飯顆顆飽滿，杜若吃了小半碗已經有些飽了，但這是在別人家，若是留飯就太過失禮了，所以他仍舊慢慢地往嘴裡送飯。

「吃不下就別吃了，我知道我家的米沒你家的好吃。」劉七巧瞥了一眼杜若，滿不在乎地道。

杜若想，明明沒露出吃不下的表情，她是怎麼看出來的呢？其實劉七巧說的吃不下並不是「吃不飽」，而是說杜若嫌棄她家米不好，故而吃不下。杜若會錯了意思，丟下碗筷也就不吃了。

劉七巧站起來，鄙夷地看了一眼杜若，心想這些公子哥兒可真是嬌生慣養的，一碗飯就把他打倒了。

兩人回到劉老三家的時候，劉老三的兒子們也都回來了。原來今兒一早，以為小王氏要發動了，劉老三就喊著劉二柱去莊上把劉大柱找了回來，這會兒剛剛趕路回來，進門第一句話就問道：「我兒子、我兒子出來了沒有？」

王氏瞪了一眼劉大柱道：「你兒子還不知道在哪兒呢！」王氏說著，扭頭看了一眼靠在炕上的小王氏，憤憤地出去了。

小王氏看見劉大柱回來，眼淚啪地落下來，心裡委屈沒處說，又不能當著那麼多人的面數落自己的婆婆，於是只靠在劉大柱的懷裡落眼淚。

劉七巧見了，皺了皺眉頭道：「嫂子，省些力氣吧，這會兒吃過午飯了沒有？」

小王氏搖了搖頭道：「家裡還沒做飯。」

這產婦不吃飽，生一半沒力氣可怎麼行？劉七巧想了想，走出房間，逕自去了劉老三家的廚房。

王氏正在小爐子上熬藥，大灶上也燒著一鍋開水。劉七巧見他們家廚房裡掛著麵條，索性從一旁的熱水裡舀了一瓢到另外的鍋裡，衝著灶頭裡面的王氏道：「三嬸，妳給另外的灶膛加把火，給嫂子下碗麵條。這不吃東西，一會兒使不上力，受苦的可是妳孫子。」

王氏沒好氣地添上了柴火，勉勉強強給小王氏下了一碗麵送進去。

劉七巧見小王氏還沒發動，打算到廳裡頭找杜若，正巧就看見杜若摀著肚子，雙眉緊蹙地低著頭，額際上還有豆大的汗珠。一旁的齊旺急得跪在地上，仰著頭盯著他道：「少爺，您這是怎麼了？少爺，您可別嚇唬旺兒，旺兒這就去牽車走了。」

杜若忍痛搖了搖頭。「不礙事，一會兒就過去了。」他大概是忍得久了，指節都握得發白了，伸手往桌上的藥箱探過去，劉七巧忙上前幫他打開了藥箱，裡面林林總總擺著五、六個藥瓶，劉七巧一樣一樣地拿出來，道：「哪一種？」

杜若一樣樣看過來，一一搖頭，怎麼偏偏自己要的那一種就不見了呢？

劉七巧見他難受，心裡也不免著急了起來。「你這大夫也真是的，自己病的藥反而不帶上，現在怎麼辦，自作自受了吧？」她覺得自己被杜若傳染了毒舌的毛病，心裡明明很著急，怎麼出口卻不好聽了起來？

杜若搖了搖頭，合眸想了想道：「田埂，在田埂下面……」

劉七巧茅塞頓開，急忙起身，對跪在地上的齊旺道：「你可看好了他，別死在牛家莊，我們這裡可得罪不起貴人的。」

齊旺抹了一把淚，抱著杜若的腿道：「少爺，您可不能有事啊！你別嚇唬旺兒，旺兒還沒娶媳婦呢，不想被我爹打死。」

杜若又是疼又是氣，又是被劉七巧給數落得哭笑不得，按著他的頭道：「打死了好，打死了到下頭你還服侍我，也不枉我們主僕一場的情義了。」

齊旺整張臉都嚇黑了。「少爺，您別動，我這就去牽馬車，咱要死也不能死這裡。」

杜若咬牙道：「少說兩句，我這一陣過去也就好了。」他心裡後悔死了，太低估了劉七巧家那碗硬邦邦的白米飯。他從病癒之後，在家中連碧粳米飯也吃得很少，每日都是湯水、粥麵地養著，自己覺得已經好得差不多了，一下子便放低了警惕。

劉七巧出了門，她也弄不清杜若那是什麼毛病，只是看他捣住的地方，應該是胃部。他人那麼瘦，估計應該是消化不良一類的病症……

她一會兒就跑到了方才摔下去的地方，往下一看，足足有一人高，她一著急，居然忘了從旁邊下去，憋著一股勁閉上眼往下跳，左腳也不知道踩了什麼東西，腳脖子一扭，疼得她頓時眼淚都飆了出來。

劉七巧心想完蛋了，這一扭只怕傷得不輕，她撩開褲腿一看，腳踝都已經腫了起來。劉七巧恨恨地放開腳，仔細一看，卻是一個青花瓷的小藥瓶，躲在這麥苗地，只怕方才撿的時候蓋住了沒看見，要不是她一腳踩在上頭，沒準還真找不到呢，真是「禍兮福所倚，福兮禍所伏」。

她又仔仔細細檢查了一遍周圍被壓壞的麥苗地，確認沒有任何一個藥瓶子之後，這才起身往劉老三家走。這一走，方才那隻腳腫得跟粽子一樣，稍微接觸到地面就疼得鑽心。

劉七巧沒法子，跛著走了幾步之後，把人家田裡做稻草人的竹竿拔下來當成簡易的枴杖，一瘸一拐往劉老三家去了。

走了一炷香的時間，劉七巧捱到門口，往門檻上一坐道：「快把你太上老君的救命仙丹拿走。」

齊旺正哭得眼淚嘩啦啦，聞言急忙拿了藥送到杜若跟前，杜若示意他倒出六顆藥丸來，放在掌心灌入喉中。

這時候，劉大柱從房裡跑出來喊道：「七巧、七巧，妳嫂子有動靜了，喊肚子疼呢！」

劉七巧一聽，忙站起來。「不急，我這就進去看看。」剛一起身，牽動了她腳踝上的傷，她手裡的竹竿滾到了杜若的鞋邊。她抱著腳踝，疼得恨不得在地上打滾。

「勞駕，快把枴杖給我……」劉七巧眼底蓄著淚，抬頭對齊旺道。

劉大柱見劉七巧摔了一跤，急忙跑過來將她扶了起來，問道：「七巧這是怎麼了，剛才還好好的呢，這腳是怎麼了？」

劉七巧覺得自己倒楣，也不願意多說，扶著劉大柱道：「剛才出門不小心摔了。不打緊，一會兒我回家搽點跌打藥就好了，走，咱們進去看看嫂子。」劉大柱趕緊扶著劉七巧進去。

杜若的疼痛已經好了點，見劉七巧往裡頭跑，忙開口道：「妳先坐下來，我看看妳的腿。她這會兒才開始疼，少說還得一、兩個時辰才能下來，妳現在進去也沒用。」

劉大柱頭一次當老爹，也不懂這個道理，嘟囔了一句。「裡面人還疼著呢，這位大夫，你看著……」

杜若一隻手還捣著肚子，也沒多少力氣和劉七巧閒扯，毫不客氣地開口。「我看妳是故意不想好了，好賴上我吧？我這人也沒別的壞處，就是不喜歡瘸子。」

劉七巧一聽，火氣就冒起來了，一把推開劉大柱，往邊上的椅子上一坐。「大柱哥，你先別著急，嫂子要疼一會兒呢，沒那麼快，我一會兒就進去，你先進去哄哄她。」

劉大柱聽劉七巧也這麼說，才算是信了，往裡頭哄媳婦去。這會兒小王氏疼的頻率不高，也沒有那破空的大喊聲，偶爾陣痛來了就哼哼兩聲。

杜若見劉七巧坐了下來，他拿出手帕擦了擦額頭上的汗，走上前來。

齊旺很識相地給他搬了一個小墩子坐下，杜若抬頭看了一眼劉七巧，她也低頭看向他，不約而同地閉了嘴。

劉七巧不敢開口說話是因為尷尬，來了這世界也快七、八年了，雖然對某些習俗很不以為然，但是為了不必要的麻煩，她一直遵守古人流傳下來的老教條，雖然杜若如今的身分是個大夫，可畢竟一個男未娶、一個女未嫁，要是這事傳出去總也是不好的。

杜若見劉七巧半天沒伸出自己的腳，抬起頭來冷冷看了她一眼。「還以為七巧姑娘是個與眾不同的姑娘，原來我又看錯了，屍體都敢看，不敢給人看自己受傷的腳踝。」

劉七巧瞇了瞇眼，湊到杜若的面前，盯著他挺拔的鼻梁，總有那麼點心猿意馬。「我這不是為你考慮嗎？你看看你，這高門大戶的，要是被我這鄉下丫頭賴上了，豈不是人間悲劇？」

杜若扭頭一笑，伸手抓住劉七巧的小腿一拉，疼得劉七巧哇哇喊了兩聲。還沒等她先開口，杜若就道：「得了吧，七巧姑娘的好意我心領了，若是我娘知道今日七巧姑娘救了我一命，要接回去做個姨娘她也會同意——」

劉七巧沒等杜若說完，便伸出自己好好的一條腿，一腳踹在他的小腿肚上。「姨你家奶奶！我劉七巧要麼不嫁人，要嫁只做正室。」劉七巧說完，覺得自己口氣有點太大了，忍不住訕訕道：「嫁不出去，那就在家做老姑娘。」

杜若忍笑，揉揉自己的小腿，拉開劉七巧受傷那條腿的褲腳。「得了，妳都想好了要當老姑娘，也就不怕我看了妳了。」

第十三章

說實話這也是杜若第一次看到女孩的天足，更是第一次摸。

以前他跟著叔父出去看病的時候，叔父動手，他在一旁看著。大家閨秀扭傷腳的機會其實很多，原因很簡單，因為她們都裹小腳。那小小的、如筍尖一樣變形的腳，走路本就是很不方便，即使小心謹慎慢慢走路，還是會扭到。

杜若從來沒覺得那樣一雙腳是美麗動人的，因為在她們忍痛的眼神中，他看出了她們的痛苦、排斥和不甘，可是這些……誰也不能改變。

眼前的這一雙腳，是他看見過最正常也最健康的腳，除了腳脖子腫得看不見弧度，這還是一雙美麗健康卻有些不安分的腳。

杜若伸手握住劉七巧的腳踝，緩緩按了按，劉七巧疼得皺起眉頭，一雙黑溜溜的眼珠子瞪著杜若，看著他白皙修長的手指握住自己那紅腫的腳脖子，怎麼看怎麼違和……

「你到底會不會骨科啊？」劉七巧被他按得疼痛難忍，忍不住開口問道。

杜若面無表情道：「我不會，難道妳會？」

「你是大夫，治病救人是天經地義，搞得跟欠你人情似的。告訴我，你的出診費是多少，一會兒我給你就是了。」劉七巧很不服氣地說。

「七巧姑娘，這妳可說對了，我家公子很少出門給人看病的，平常只有王公侯府他才會跟著二老爺跑一趟。至於這診金嘛，奴才不敢說。」齊旺在一旁得意洋洋地說道。

劉七巧知道，寶善堂是京城最有名的藥房，他家的二老爺是宮裡的太醫院院判，能讓太醫院頭頭看病的家族，肯定是有頭有臉的簪纓之家。她正想著，忽然腳脖子喀嚓一聲，她痛得大喊，房裡的幾個人聞聲也嚇得從裡頭出來了。

這時候杜若已經站了起來，扭頭不去看劉七巧的腳，只拿出帕子擦了擦手，從藥箱裡頭拿出幾個小瓷瓶，放在一旁道：「一會兒把這藥敷上，這幾天注意不要多動。」

這時候，小王氏的喊聲開始有力了，一聲比一聲高。劉七巧從椅子上起來，拄著竹竿往裡頭走，見了小王氏道：「嫂子，力氣不是這麼用的，妳喊一聲多少力氣都浪費了？憋著點，我看看。」

劉七巧上前看了看，就著一旁的臉盆洗了洗手，往她身下探了探道：「嫂子，還差點火候，這會兒先別喊。」

她也是第一次給人催生，不大清楚這藥力如何。

杜若並沒有進產房，隔著門道：「這藥後面來得快，我看是快了，妳讓她一會兒用點力，別拖延時間。」

劉七巧也不領他的情，回了一句囉嗦。等她再到小王氏面前的時候，小王氏猛然叫了起來，道：「唉喲七巧，不好了……我憋不住要尿……」話還沒說完，床上的被褥跟遭了水災一樣被淹得滿滿的。王氏見狀，忙把劉老三和劉大柱趕了出去道：「羊水破了要發動了，你們快出去吧。」

劉七巧又探了一下小王氏的情況，果然後面開得很快，這才晃眼的工夫就到了八指。小王氏這一胎沒足月，估計個頭不會很大，八指的話差不多可以開始用力了。

劉七巧摸了摸小王氏的肚子，見肚皮又開始發緊了，便開口道：「開始用力！」

小王氏疼得滿眼淚水，聽她喊說用力，仰著脖子又是喊破屋頂的一聲狂吼。劉七巧摀著額頭，摸摸她的肚皮，又鬆了下來，只得安慰她道：「嫂子，一會兒肚子開始疼的時候，妳就跟平常拉屎一樣，把孩子拉出來，成不成？」

小王氏又委屈又羞澀，喘著氣道：「我怕我拉出來的不是孩子，是屎，那該怎麼辦？」

劉七巧忍住了笑，一本正經道：「妳就算拉出屎來，誰還笑話妳不成？是人誰不拉屎？」

小王氏點點頭，忽然覺得又痛了起來，一邊喊一邊道：「啊啊啊……我要拉了我要拉了……」

杜若站在門外，被劉七巧粗俗直白的接生方式給震撼了。他一輩子長這麼大，從來沒聽過這種粗魯直白的話，偏偏又不能說她說的不對。

當他還在糾結這問題的時候，就聽見劉七巧興奮地高喊道：「拉出來了拉出來了！嫂子妳真厲害！是個帶把的小子呢！」

王氏這會兒也忘了心中的怨氣了，急忙往外頭跑。「七巧，我去打熱水來，妳等著！」

劉家三個男人也在大廳裡站著，聽見王氏過去說是個男娃，一家人激動得熱淚盈眶。劉大柱興奮道：「我有兒子了、我有兒子了！」

劉二柱目前還沒媳婦，但他當叔叔了，也覺得高興，所以自己一邊失落著，也一邊高興著，開口道：「大哥，給姪兒取個響亮一點的名字吧！」村裡的孩子取名都很隨便，不是二牛就是二狗，再不濟就是二柱，還有貓子、狗娃什麼的。

劉老三想了想，有些不好意思地看了一眼杜若，想著杜大夫是城裡人，就是個有學問的樣子，取個名字還不容易嘛？不過就是自己厚些臉皮的事情。

「杜大夫，您看我這一家老小的都不識字，我這謝謝您了，給咱孫子取個名字唄？」劉老三說完，劉大柱、劉二柱立刻齊齊看向杜若道：「杜大夫，您行行好，賜個名字吧！我兒子有您這個貴人賜名，以後沒準就能交好運。」

杜若想想自己的命，除了出身好一點，一生還真是多災多難得很，就他這病病歪歪的命，可真當不起這貴人二字。但是鄉下人熱情得很，杜若不好推託，也只能想了起來。

杜若權衡再三，終於想出了一個比較適合的名字來。他從藥箱裡面取了筆墨出來，在開方子的宣紙上恭恭敬敬地寫下了三個字：劉子辰。

劉大柱伸著脖子看了眼，道：「前兩個字我認得，最後一個字，瞧著眼熟。」

杜若笑道：「最後一個字是日月星辰的辰。」

劉大柱嘿嘿笑了起來。「這名字好，劉子辰，我兒子是天生的星宿，那還了得，可不是文曲星下凡了！」

劉二柱羨慕得不行，覥著臉湊上前來道：「杜大夫，我這會兒還沒媳婦，可我將來總得娶媳婦生娃，您也給我取一個名字，我好留著備用啊！」

杜若又是覺得好笑，又是覺得他們淳樸得可愛，頓時善心大發，在紙上繼續寫著。

「既然不知男女，那我就男女各取一個。若是女的，就叫劉子玉，若是男的就喚劉子聰，如何？」

正這時候，劉七巧已經照顧好了小王氏出來，聽見他們說話，笑著道：「杜大夫取的名字還不錯，幾兩銀子一個啊？」

劉家人一聽傻眼了，他們還以為是白送的。

杜若抬眸掃了一眼劉七巧道：「限量發送，免費的。七巧姑娘，要不要也求一個去？」

劉七巧只朝著杜若哼了一聲，扭頭不理他，見小王氏母子平安，心裡的石頭也隱隱放下。這次若不是杜若願意留下來相助，小王氏的後果不堪設想。

劉七巧拖著還有些疼的腳踝，撐著竹竿走出劉老三家，杜若連忙跟著出來。

劉老三忙轉身朝著門口喊道：「七巧，妳還沒拿拆紅的錢呢！」

劉七巧回道：「什麼時候三叔上我家的時候再帶過來吧，不著急。」

她拄著竹竿往外頭走，杜若便跟在她身後，沒過多久，興許是劉七巧走累了，在路邊的一棵樹下坐了下來，把竹竿扔在一旁，托腮看著天上的藍天、白雲和偶爾飛過的鳥雀。

杜若見她不說話，也在離她不遠的石頭上坐了下來，學著她的樣子，看著一望無垠的藍天，只覺得那陽光有些刺眼，伸手遮住了眼睛，卻聽劉七巧道：「跟屁蟲，什麼都要學。」

杜若站起來，看見劉七巧已經拄著竹竿一瘸一拐地走得飛快，就在她身後喊道：「妳好歹走慢一些，腳不疼了嗎？走這麼快是趕著投胎去的嗎？」

劉七巧轉頭瞪了一眼，拿起竹竿敲了敲田埂道：「要不是我跳下去為你找藥，能扭傷了腳嗎？你說這種話，活該你長得尖嘴猴腮、一臉福薄的樣子。」

杜若聽她這麼說，非但不生氣，心裡還有一絲絲的感激，可他怎麼能讓劉七巧知道呢？於是笑著道：「誰知道妳是怎麼扭傷腳的？再說方才若不是我拉了妳一把，我也不會摔下去，咱們好歹也是扯平了。」

劉七巧停下來。「誰跟你扯平啊？趕緊回你的京城當你的大少爺吧，別在這裡受苦受難的，吃一碗糙米飯就要舊病復發的人，我劉七巧可不敢交這朋友，改明兒你死了，還得多花我一份弔唁的銀子。」

杜若總算是領教到她的毒舌了，卻顧不得生氣，只笑著跟在她身後，看著劉七巧搖搖頭，覺得這小姑娘著實有意思得很。

劉七巧一瘸一拐地回家，李氏從裡面迎了出來，見她拐著腳，忙問道：「這是怎麼了，妳嫂子生了嗎？」

劉七巧點點頭道：「生了，娘，您又得讓爹在城裡打一副銀手鐲了。」

李氏道：「上次妳爹回來就跟他提過了，這不他最近忙，也不知道忘了沒有，眼看著都一個月沒回家了。」

李氏說著，心裡也犯愁，有意無意地抬頭往外面瞅瞅。

正巧杜若和齊旺也從後面跟了來，李氏見了杜若，略略笑道：「杜大夫這可是要回京城去了？」

杜若也不知道為什麼，見到李氏就覺得有些羞澀，不好意思地點了點頭道：「時候也不早了，這會兒回去也快天黑了，謝謝大嬸的招待。」

齊旺牽了馬車出來，杜若上了車，接過齊旺手中送上來的藥箱，從裡面拿了幾瓶藥出來，對李氏道：「這是小孩子消食用的、這是平日裡吃壞肚子用的、這是金創藥……」林林總總拿了許多出來，最後遞了一瓶給李氏道：「這是治跌打損傷的，七巧姑娘的腳踝正用得著。」

李氏一邊謝，一邊又抬頭偷瞄杜若，只覺得他是這世上最好的男人，心裡又為劉七巧嘆息了起來，再往門裡頭瞧瞧，女兒壓根兒都沒出來送一程，心裡便又有些氣她。

齊旺看著杜若把藥箱裡的藥一樣樣搬空，搬到最後才入正題，撓著頭在那兒著急，心道：少爺，您好歹是開醫館的，不是開善堂的，這些藥都不便宜啊！

再說劉七巧，可沒有半點送別的自覺。對她來說，她和杜若萍水相逢，能不能再見面還難說呢，也不必為了這匆匆一別讓人心口添堵。

所以，她就坐在廊下的長凳上，明知影壁後頭就能看見杜若，還是淡定地坐在那裡曬太陽。

齊旺牽起韁繩，馬車便慢慢往村口去了。

李氏轉過影壁進門，見劉七巧在門口坐著，便道：「七巧，人家杜公子回京去了，妳怎麼也不出門送一送，好歹要有些禮節。」

劉七巧瞅著李氏一圍裙的東西，便知道李氏被杜若給收買了，眨了眨眼道：「有什麼好送的，過不了多久我們不也得上京城去了嗎？沒準就又能見上呢，這會兒送個什麼勁呢，還當我看上他了一樣。」

李氏原本覺得劉七巧對杜若橫眉冷對的，沒啥意思，可這話一聽，不由就感覺有那麼點意思了。姑娘家臉皮薄，誰敢真說出那句話來呢？李氏再低頭看看劉七巧，見陽光把她的臉曬得通紅，索性大著膽子問她。

「七巧，妳的腳踝扭了，他給妳看過？」

劉七巧不以為然地點點頭，補充道：「他是大夫，我是病患，看個腳踝也沒什麼。」

李氏這會兒反倒擔心了起來，起身看了眼女兒。方才自己也一頭熱地覺得杜若好，可人家一眨眼就駕著馬車回京了，以後還能不能記得自家女兒還不知道，這樣一想，便覺得自己的眼皮子實在太淺了，那種癡人說夢的事情便是想也不能想的。

李氏站起來，摸了摸懷裡這些個藥瓶，蹙眉道：「這麼高級的東西，看著不錯，沒準還不如我們鄉下的狗皮膏藥有用呢！妳說是不是？」

劉七巧噗哧一笑，捏了一個瓶子在手裡，笑著道：「娘，至少人家長得好看。」

這會兒，連李氏也忍不住笑了起來。

第十四章

卻說杜若回來京城，又過去了小半個月，這日，他正在百草院打理自己種的那些花花草草，春生拿著一張請帖進來了。

「少爺，林莊頭派人送帖子來了，邀您和老爺、二老爺過幾天一起往林家莊去，他孫子辦滿月酒。」

「這麼快就滿月了？」杜若掐指算算，好像時間是過得挺快的。丫鬟打了水來讓杜若洗了手，杜若拿起汗巾擦了擦，將帖子看了一遍，又問道：「林莊頭派來的人有沒有說些別的？」

春生抓抓腦門道：「說些別的？說哪些別的呢？」他擰著眉想了半天，抬起頭道：「喔，那送帖子的人說，你們要見的人他也派帖子送過去了，就是不知道來不來，聽說是要搬家了。」

杜若知道劉七巧家是有搬家這麼一事，可也沒想到這麼巧。原來他回來之後，把在林家莊、趙家村的所見所聞告訴了在宮裡當太醫的二叔，杜二老爺也對劉七巧非常感興趣，認為這樣的人物一定要好好攀談一番，所以特地給林莊頭去了信，讓他辦滿月酒的時候把劉七巧一起給請過來。

杜若想起劉七巧，不由笑了笑，轉身道：「春生，你去替我到店裡打五斤紅糖、三兩當歸、半斤大棗、半斤阿膠、半斤益母草回來。」

春生跟著杜若時間長了，耳濡目染的，自然也知道這些藥有什麼用，只笑著道：「少爺，您要這些做什麼？這些不都是給女人吃的嗎？」

杜若瞥了他一眼道：「少廢話，再廢話就給你吃，快去幫我弄了來。」

其實是杜若這幾天研究一本醫典古籍，看見上面記載了前朝有一些南方的偏遠山村用古法熬製紅糖，在裡面放入可以調理女性身體的藥材，做成成品，既可以當平常的休閒食品，又有保健的作用。杜若雖然沒有給劉七巧把過脈，但是望聞問切，四項裡面有兩項他還是做到了，按照他的判斷，她應該是有血虛的毛病，癸水大抵是不大準的。

杜若在院子裡生了一個小爐子，將當歸、大棗、阿膠、益母草都熬成了湯汁，然後放入紅糖，最後等所有的藥湯收汁，只剩下濃厚的汁液，才把它們分裝在瓷罐裡面，等涼了以後，用蓋子蓋好封口。

幾個小丫鬟都在外頭遠遠看著，也不懂他在弄什麼，要上前幫忙吧，他也不讓人插手，而且這院子裡種的東西她們也不認識，只好在外頭看著。那一股子藥味夾雜著糖，倒是有一種香香的味道。

杜若把藥罐子裡剩下最後一點棕色液體倒在一只瓷碗裡面，用熱水兌了，見外頭幾個小丫鬟探頭探腦的，便招招手讓她們進來，指著碗裡被稀釋過的藥湯道：「妳們都來嚐一嚐，這難吃嗎？」

方巧兒也在其中，見杜若這麼說，便壯著膽第一個上前。不就是試藥嗎？喝一口應該不會死的。

她一開始先小心翼翼抿了一口，沒嚐出啥味道，便咬牙多喝了一口，在嘴裡咂了味道出來，才道：「不苦，是甜的，就是藥味比較濃，還有一股香香的大棗味道，這湯裡頭渾渾的，是有什麼東西吧？」

杜若點點頭。「渾渾的那是阿膠，我已經磨得很細了，又怕當成藥渣子倒了可惜，可能影響了口感。不過這本來就是藥，有幾分藥的樣子也好。」

另外幾個丫頭也喝過了，都道：「這哪裡是藥，這比我們平常生病時候吃的藥好吃多了，甜甜的，還有一股大棗香，跟二奶奶喝的玫瑰露也沒什麼區別，就是聞著藥味挺沖的。」

杜若聽了丫鬟們的評論，心想這試驗差不多也算成功了，劉七巧再不好伺候，應該也挑不出什麼不妥之處，頓時心情大好，抱著瓷罐子回房去了。

劉七巧因為收到了林家請帖，雖然不日就要去京城了，但還是抽了個空過去，便和王老四講好了地點，在村口會面。

劉七巧穿著李氏新做的裙子，下頭是雪青色的流仙裙，上面是雪青色鑲嵌月白色的上襦。這是平日裡村裡姑娘們都不穿的樣子，但李氏說城裡的姑娘都這麼穿，今天既然是去參加人家的滿月宴，自然要穿得好看一點。

劉七巧還未及笄，所以只梳了兩個垂髫，李氏給她紮上了帶流蘇的絲帶，看著也很好。

李氏把劉七巧打扮好了，囑咐道：「中午吃完了和主人家打個招呼就回來，不然娘會擔心的。」

劉七巧一本正經地點點頭，李氏又道：「去了別人家不要過於走動，跟女眷在一起就好，別亂跑。」

劉七巧認真聽完了李氏的話，趕往村口去。一路上還算順當，剛到午時就已經到了林家莊。林莊頭家得了孫子，這可是林家莊的大喜事，遠遠就看見林宅的門口掛著紅繡球，一路上遇到幾個村戶，也都說是往林家莊去的。

劉七巧見一個村婦一隻手抱著小孩，一隻手還牽著一個，便讓王老四停下來，抱著那小孩一同坐在牛車上。

那村婦上車的時候，劉七巧才看清她的肚子又有七、八個月那麼大了。

「嫂子，妳這是第三個呢？」劉七巧問她。

「是啊，前頭兩個丫頭了……」那村婦說到這裡有些吞吞吐吐。

劉七巧笑著道：「是不是婆家不樂意了？非要生個男孩子才行？」

那村婦為難道：「姑娘可快別這麼說，為夫家傳宗接代那是應該的，我哪好意思說不樂意呢，只是……」那村婦想了想，繼續道：「只是我總覺得這一個還是女娃，和懷前兩個的時候沒啥區別。聽人家說懷的男娃都像是皮娃子一樣，整日整夜地吵著睡不著，我這個安安靜靜的，倒跟沒事人一樣。」

劉七巧聽了，不由有些奇怪了。按理，胎兒是每天都會有胎動的……她再看看這位村婦的臉色，竟然是暗黃色的，唇角有些發黑。劉七巧想了想便問那村婦。「大嫂子，妳這娃幾天沒動了？」

那村婦想了想道：「平常家裡事情多，我又要照顧老的又要忙小的，肚子裡這個還真沒在意呢。」

劉七巧覺得事情有些複雜，忙讓王老四把車停了下來，對那村婦說：「大嫂子，不介意讓我聽聽孩子的心跳吧？」

「聽心跳？真能聽得出來嗎？」那村婦半信半疑的問道。

「當然了，不就隔著一張肚皮嗎？我順便問問他，是男孩還是女孩？」劉七巧玩笑道。

那村婦一下子眼睛就亮了起來，道：「真能問得出來？我不信。」

劉七巧笑著說：「妳不知道我是誰嗎？我就是給林少奶奶接生的那個穩婆劉七巧呀。」

她這麼一說，那村婦的眼珠子更亮了。「我聽她們說還是個姑娘家，這麼一看，妳都還是個孩子呢就會接生了，我信妳，妳給我聽聽。」

劉七巧見她同意了，便讓她躺了下來，先用手確認了一下腹中胎兒的位置，然後俯下身子貼在村婦的肚皮上，閉著眼睛側耳聆聽。

沒有心跳……劉七巧的神色不由有些變了，但還是鎮定地坐了起來，心想今天這種日子，也不知道杜家會不會有人來，要是有人來的話，請大夫再給把把脈，看看這位的喜脈還在不在。

杜若和杜二老爺一早就從京城出發，路上花了兩個半時辰，總算是在午時趕到了林家莊。杜若掀開簾子，看看一望無際的湛藍天色，頓時覺得心情舒暢。馬車進了林家之前，車速就慢了下來，杜若見前頭的牛車上坐著一個穿雪青色衣裙的姑娘，打扮倒是很入時，可惜盤腿坐著，很沒坐相的樣子，光看背影就知道她是誰了。

「旺兒，快一點，追上那牛車。」杜若鬆開簾子，看見角落裡放著的瓷罐子，一會兒找個什麼理由才能把這東西送給她呢？不然就讓林莊頭代勞好了……那也不行，這種事情還是不要讓別人知道得好。他抬起頭，看了一眼閉目養神的杜二老爺，又低下頭自己想心事。

馬車不一會兒就到了牛車的後頭。村道比較窄，想超車是不可能的，劉七巧正覺得後面有聲音，轉頭便看見趕車的齊旺。她笑著向他招招手，道：「旺兒，你們家誰來了？」

齊旺沒想到會遇見劉七巧，心想怪不得少爺要讓我快一點呢。

「我們家少爺和我們家二老爺一起來的。」

劉七巧忙喊了一聲道：「停停停停車！」

王老四聽劉七巧發號施令，第一時間就停了下來，齊旺也只能拉住韁繩，車子隨之往前震了震，車裡頭的杜若和杜二老爺身子都晃了起來。

杜二老爺正睡得舒坦，冷不防被碰醒了，開口道：「齊旺，出什麼事了？」

「前頭七巧姑娘喊停車，奴才也不知道出什麼事了。」

杜若一聽是劉七巧喊的，掀開簾子，果然看見劉七巧一雙杏眼滴溜滴溜的，很是精神，見了杜若忙道：「杜大夫，來來來，考驗你的時刻到了。」

杜若丈二和尚摸不著頭腦地看著劉七巧，蹙眉道：「什麼考驗我的時刻？先不要耽誤了林莊頭家的吉時，這都午時了。」

見杜若要放下簾子，劉七巧急得從牛車上跳了下來，抓住他的手腕道：「人命關天的事情，你快來，幫我確診確診，我聽不見胎兒的心跳，你幫我把把看，這喜脈還在不在？」

杜若一聽人命關天，當場也緊張了起來，隨劉七巧拉著下車。他的手腕枯瘦，劉七巧的手指修長，握在那裡有種很特別的觸覺，總覺得特別燙人。杜若掙了掙手腕道：「妳先把手鬆開，拉拉扯扯的成什麼體統。」

劉七巧笑了笑，對杜若的假正經嗤之以鼻。

杜若上前，先是看了一下這個村婦的臉色，又讓她張開嘴，看了看舌苔。

杜若略略皺眉，伸手扣上了那孕婦的脈搏，閉上眼睛細細查探。這時候，身邊時不時有林家莊的人經過，見了他們，有的當成看熱鬧停下來，有的則是繼續往前走，時不時回頭。

杜二老爺也從馬車上下來，身為當朝太醫院院判，果然有一種仙風道骨之態，下頷的山羊鬍子更讓人覺得有些睿智的氣度。

杜若測了半天，收回了手，走到林二老爺身邊，小聲道：「二叔，沒有喜脈。」

杜二老爺雖然留著山羊鬍子，但是皮滑面白，看上去不過四十，見杜若這麼說，便點了點頭道：「那你覺得呢？」

杜若看了一眼仍舊坐在牛車上不知情的孕婦，有些於心不忍道：「只怕是已經胎死腹中有幾日了，看著胎毒已經影響到了母體，這口鼻邊緣，舌苔都已經不大好了。」

劉七巧原本只是大略估計，現在聽杜若這麼說，等於是將這個孕婦判了死刑，不免也有些難過道：「真的死了？我原本以為只是孩子太懶了，沒動的興趣呢。」

那村婦聽到了這裡，才算明白了過來，哇一聲哭了出來道：「這可怎麼辦呢，我的娃、我的娃沒了……」

這時候，周圍圍觀的村民見了，不由嘖嘖稱奇，也有認識這個村婦的人上前勸慰道：「周二家的，妳別太難過，東家是京裡頭的大夫，他們是不會騙人的。」

這裡正一團混亂，不遠處的林莊頭聽說杜大夫來了，也迎了出來，見到前面圍了一群人又哭又鬧的，還以為是有人鬧事，急忙跑了過來。「怎麼回事啊這是？」他見了杜若和杜二老爺，忙作揖行禮，又對著村民道：「你們怎麼都圍著東家，這都快開席了，還不去我家去？」

一個村民道：「老爺，周二媳婦肚子裡的孩子沒了，方才東家少爺給看過了，說是胎死腹中了。」

林老爺一聽，頓時也嚇了一跳。今兒他們家是辦喜事，給小娃納福，出了這種事情，周二媳婦肯定是不能進門了，林老爺覺得很為難。

劉七巧來這古代也有些時候了，對這些習俗也是知道的，便開口道：「嫂子，妳家在哪兒，我送妳回去，妳肚子裡的孩子得快點拿出來，不然連妳自己也都不好了。」

周二媳婦這時候還在傷心，聽劉七巧這麼說，便點點頭道：「就方才你們從村口進來的第二家……」說完又嗚咽了一聲，喊了一句。「我的命怎麼就那麼苦呢！」

劉七巧忙對杜若道：「還不快寫藥方啊，一會兒好讓大嫂少受些苦頭。」

杜若攤了攤手道：「我今天是來赴宴的，沒有帶藥箱。」

杜二老爺笑了笑，轉頭對齊旺道：「旺兒，去把車裡面的藥箱拿出來。」

劉七巧聽了這話，抬眼看了一眼杜若，一副「你死定了」的表情，杜若若無其事地說。「藥箱是二叔的，又不是我的。」

杜二老爺接過藥箱，從裡面拿出了紙筆遞給杜若道：「大郎，你來開一個方子我看看。」

杜若點了點頭，接過紙筆寫了起來，不一會兒，一筆行草的藥方已經在眾人的眼前，然而劉七巧卻顧不得看藥方。她完全被方才杜二老爺那一聲「大郎」給驚到了。

哈哈，大郎……是賣燒餅的那個大郎嗎？劉七巧好想這樣調侃杜若，但杜若一定不知道武大郎是誰，算了，還是讓她獨自一個人笑笑算了。

第十五章

再說杜若寫了藥方，見劉七巧站在那裡抿著嘴笑，便覺得有些奇怪，不過他現在的心思在產婦身上，也沒往心裡去。

杜老二看完了藥方，略帶讚許地點了點頭，遞給了林莊頭道：「林莊頭，你派人去抓一副藥，直接送到這村婦的家裡去吧。」

「是是，二老爺，那您呢？先跟我一起去府上坐坐吧，總不能在路上站著。」林老爺找了一個人騎馬去抓藥，見眾人都還站著，便招呼道。

杜若道：「二叔，藥還沒抓回來，我們先進去歇著吧。」又看了一眼劉七巧道：「妳呢？」

劉七巧想了想道：「老四，又要麻煩你把大嫂先送回去了。」

王老四笑著道：「小事一樁，七巧跟我客氣什麼？」

杜若轉身對坐在牛車上的孕婦道：「這位大嫂不要太過傷心了，一會兒等林莊頭的人給妳送了藥，妳自己用三碗水熬成一碗水，喝了下去之後就喊家裡人來林莊頭家找我們，我們一會兒再去看妳。」

村婦這會兒止住了哭，一個勁兒地哆嗦著身子，又謝過了劉七巧和杜若，跟著王老四的牛車走了。

這裡距林莊頭家不過才幾百米的路，所以劉七巧便一路走過去，杜若索性也不坐馬車，陪著她一路溜達，時不時扭頭看她一眼。「妳今天又救了人一命，不然拖下去，只怕這孕婦的命也難保。」

劉七巧略略側頭看了眼杜若，覺得他好像沒有上次那樣礙眼了，便笑著道：「你今天怎麼這麼好心誇我？乾脆叫我是救苦救難的觀世音菩薩算了。」

杜若看看天、看看遠處，慢悠悠地道：「唉呀……天上怎麼花花綠綠的呢？」

劉七巧抬起頭瞧了一眼，蔚藍色的天際一望無垠。「天上哪裡花花綠綠了？」

杜若低著頭，蹙眉，略有思索。「有的人給了點顏色就開起了染坊，難道不會把天也染得花花綠綠的嗎？」

劉七巧瞪大了眼睛，揮舞著一雙小拳頭，道：「杜若，你才開染坊呢，你全家開染坊！」

進了林莊頭家，林夫人正在院子裡招呼客人，見杜若和劉七巧一同來了，忙迎了上來道：「七巧姑娘和少東家來了，快到裡頭主位上坐，不用客氣。」

鄉下筵席大多是流水席，林莊頭家在林家莊又是大戶人家，院子裡很多桌露天的酒席，都是招呼莊上熟絡的佃戶村民，大廳裡則是一些林莊頭平日要好的親朋好友。林莊頭是個讀書人，也分外講究一點，在後院的涼亭裡面另外開了一桌，專門招待杜二老爺和杜若，當然還有杜二老爺指名請來的劉七巧。

丫鬟引著劉七巧往後面的涼亭裡來，她正有些摸不著頭腦，見杜若和杜二老爺都在，邊上還有林莊頭作陪，大概也知道一二了。

劉七巧是姑娘家，自然不敢上座，倒是杜二老爺道：「七巧姑娘，坐吧，老夫這裡有幾個問題還想請教姑娘。」

林莊頭見劉七巧來了，便起身道：「七巧姑娘就在這裡入席，我去外頭招呼妳的朋友。」

劉七巧見林莊頭閃得那麼快，也沒法了，只好硬著頭皮坐下，見杜二老爺謙和地問她，便也謙虛道：「請教說不上來，杜大夫有什麼要問的，就儘管問吧。」

杜若文質彬彬地坐在一旁，樣子很是文雅。劉七巧不得不誇讚一下杜家的遺傳真的很好，眼前的杜二老爺雖然留著鬍子，但是別有一種中年文士的風流氣韻，讓人願意親近。至於杜若嘛，男人長這麼好看就是罪過，害得劉七巧的眼珠子老是不聽腦子的使喚，總是忍不住往杜若那張白白淨淨的臉上瞟過去。

「七巧姑娘能把上次為林少奶奶剖腹取子的整個過程好好地說一番嗎？我聽大郎說得不真切，總覺得這樣一件事不會這麼簡單。」杜二老爺問道。

劉七巧覺得這種勤學好問的傳統值得提倡，尤其是杜太醫，在整個大雍朝內醫術也是數一數二的，這樣的人物還能這樣勤學上進、不恥下問，確實很讓人敬佩。

「是這樣的，當時我問過那個接生的穩婆，林少奶奶是早上卯時開始陣痛的，當時穩婆確定了她的胎位，是頭朝上，穩婆用了整整三個時辰為她揉腹移位，期間羊水已破，但是胎位沒有任何動靜。一般這樣很難順產，也產生了保大保小的問題。其實在這種情況下，保大保小都是有風險的。保大的辦法就是穩婆將手伸進去，把胎兒強行調轉過來，然後拽出體外。但這種辦法對產婦也有極大的害處，會造成子宮的勞損，很可能大出血，就此失去生育能力。」劉七巧說著，神色也沈穩了起來，端起茶盞喝了一口道：「至於保小，這個最簡單，把肚子剖開把孩子取出來，這是最方便的辦法，但是按照醫術和穩婆的手法來說，孕婦是必死無疑的。而我做的，就是在這一步能讓孕婦活過來。」

杜二老爺一邊聽，一邊點頭道：「妳怎麼保證孕婦一定能活過來呢？」

劉七巧誠懇道：「沒辦法保證。」

杜二老爺又問道：「那妳是怎麼做到的？」

「這就是賭博。人體的血液在身體裡流動，失血過多會導致死亡，比如戰爭中，很多刀槍的傷口其實並不足以致命，但因為失血過多或傷口感染，所以將士死了。如果我能有辦法降低產婦身體的損傷率，以最快的速度把孩子拿出來，並且在這個過程中能恢復產婦的傷口，那麼產婦就會沒事。」

杜二老爺捋了捋山羊鬍子，表示贊同，臉上流露一些驚嘆，又問道：「那麼，妳又是怎麼想到這個辦法的呢？妳不覺得這個辦法太冒險了嗎？」

劉七巧很認真想了想，轉頭看見亭子邊擺著一盆盆栽，順手就捧了過來，放在桌子上道：「對於植物，我們的做法就是這樣的，如果這一片葉子壞了，就把它摘掉。」說著，她就伸手摘了一片葉子，繼續道：「其實人的身體也是一樣的，如果某個部位病入膏肓，完全沒有辦法挽救，已經到了損害其他地方的時候，那麼把那個地方給切掉或摘掉，就是最好的辦法。」

劉七巧說著，抬起頭卻見杜若微微蹙眉，便滿不在乎道：「我知道你們又要說，身體髮膚受之父母，不能有一點損壞之類的，可是如果連命都沒了，不能留著這條命好好伺候父母，那有個全屍又有什麼用呢？」

杜二老爺聽完，不由笑了笑道：「七巧姑娘的見解可真是獨到啊。」

劉七巧被誇得有些心虛，便笑著道：「哪裡哪裡，這些不都是華佗說的嗎？我就是把書本上的知識給延伸一下。」

杜若見她那小聰明的模樣，不由緩緩道：「那按照七巧姑娘的想法，人身上什麼東西壞了就切掉，那萬一腦子不好了，豈不是要連腦子一起切了？」

劉七巧看了一眼杜若，翻了一個白眼道：「我看杜少爺的腦子好得很，至少還可以用個三、五十年的，到時候沒準你就想到了什麼辦法，可以不切腦子也能治好腦殘的毛病。」

杜若不由皺起了眉頭道：「腦殘？世上有這種病嗎？」他疑惑地看了一眼杜二老爺，尋求幫助。

杜二老爺捋了捋山羊鬍子，想了片刻道：「這種病倒真的沒有聽過，宮裡的醫案上也沒有提到過，七巧姑娘能說說這種病是個什麼症狀嗎？」

見兩人一本正經的樣子，劉七巧又是心虛又是憋笑，瞟了杜若好幾眼，見兩人似乎沒有要換話題的意思，便含糊回答道：「腦殘就是一種……一種很奇怪的病，我也見得不多，一般症狀就是，不管你說了什麼話、做了什麼事，那人都會覺得你說的是錯的，做的也是錯的，想盡了辦法胡攪蠻纏到底，非要讓對方氣得牙癢癢才行。」

杜若心裡細細想了一遍，恍然大悟。好妳個劉七巧，這是拐著彎地罵人呢！他氣得牙癢癢，就見劉七巧若無其事的樣子，心裡越發憋悶。偏偏杜二老爺聽了劉七巧的話，哈哈大笑了起來，道：「七巧姑娘，妳說的那個人，他不是得了腦殘病，他大抵是喜歡上妳了，姑娘的好姻緣就要到了，恭喜恭喜！」

劉七巧和杜若兩人正埋頭喝水，聽了這句話，不約而同地噴了一桌子水。這下，饒是淡定如風的杜二老爺，心裡也如明鏡一樣亮晃晃的了。

劉七巧清了清嗓子，裝作若無其事地拿起筷子挾菜吃；杜若則拿出帕子，緩緩擦乾唇邊的茶水，低著頭不說話。杜二老爺雲淡風輕地吃著菜，只是時不時看一看在座的兩個年輕人。

杜若看著桌面上的各道菜色，就是不動筷子。過了沒多久，丫鬟們送上了一碗熬得碧瑩瑩的小菜粥，又放下了幾盤看上去很鮮嫩的時蔬，小聲道：「這是老爺特意為少東家準備的。」

杜若這才動了筷子，輕聲道：「多謝你們林莊頭費心了。」

杜二老爺見了，便開口問道：「我聽你王嬤嬤說，你在牛家莊的時候一口氣已能吃下一碗刀削麵了，怎麼最近又不舒服了嗎？要不要我晚上過去給你看看，幫你調一調方子。一個藥方用的時間長了，也會沒有作用的。」

杜若聽杜二老爺說起這些，忍不住看了一眼坐在對面的劉七巧，頓時覺得有些臉紅。「已經沒什麼大礙了，養一養就好。前幾日我自己調過一次方子，正用著，看看效果，過幾日再去請教二叔。」

劉七巧卻想起了那碗可以讓杜若瞬間繳械投降的硬米飯，一邊吃一邊傻笑了起來，再抬頭看杜若，這陽光下，他臉色白白的，帶著一些羞澀的笑，怎麼就越看越好看呢？

杜若抬起頭，正巧看見她嘴角揚起一個淺淺的弧度，便也安心了，心想她倒是沒有因為自己的身子而嫌棄自己，哪裡知道劉七巧是個以貌取人的，自己的皮囊已經把她給收買了。

杜若稍微用了一些清粥，開始和杜二老爺攀談了起來。

「二叔，最近我看你經常往宮裡去，是不是太后娘娘的病情有反覆？」

杜二老爺最近確實正在為太后娘娘的身體心煩，聽杜若問起了，便道：「是啊，太后娘娘的腿潰爛已經很嚴重，也經常看不清東西，只是神智還很清醒，幾位太醫正在商討，看看有什麼辦法能減緩太后娘娘的病情。」

劉七巧聽杜二老爺這麼說，也皺著眉頭思考起來。聽杜二老爺形容的病情，可是很嚴重的糖尿病併發症。治療糖尿病最好的辦法就是飯後百步走，因為運動可以消耗大量的碳水化合物，但……太后娘娘這樣的人肯定是能站著不如坐著、能坐著不如躺著的，而且不管去什麼地方，肯定也是鳳輦來鳳輦去的，對於她來說，她的兩條腿，除了擺設還真是多餘的。

杜二老爺正凝神思考，抬頭卻見那盆方才被劉七巧蹂躪過的盆栽，猛地有了想法，扭頭看著杜若道：「你說，若是按照七巧姑娘方才的辦法，可行不可行？」

杜若蹙眉想了想，有些不確定道：「二叔，上次因為梁貴妃被扣的俸祿還沒扣完吧？二叔這樣也未免太鋌而走險了。」

杜二老爺笑著搖搖頭，道：「光靠那幾個俸祿，你說能養活家裡幾口人？要不是宮裡醫書典籍眾多，又有歷朝歷代的醫案可以供我研究，我又如何改良藥方，讓更多的百姓能用得起價廉又有效的藥呢？」

劉七巧頓時就被他的氣節給折服。身為當朝太醫院院判，怎麼說也是一個國手級的人物，能這樣謙虛待人、不恥下問也就算了，還有這麼一顆懸壺濟世之心，實在不得不讓她敬佩。

杜二老爺看了眼劉七巧，問道：「七巧姑娘，不知妳對太后娘娘的病有什麼看法？」

劉七巧苦思冥想了半刻。都怪她上學時候沒選修中醫，現在連糖尿病的古稱都想不起來，正當快絕望的時候，腦子裡忽然靈光一現。

「這個……太后娘娘得的是消渴症吧？」

杜二老爺眼睛放光，點了點頭道：「正是消渴症，已經五年了，最初控制得不錯，只是近一、兩年越發嚴重了起來。」

第十六章

劉七巧聽杜二老爺這麼說，便道：「那杜太醫平日裡有勸太后限制飲食、多運動嗎？」

杜二老爺聞言，有些不好意思道：「太后素來喜靜，深居簡出，連永壽宮的門都很少出。」

劉七巧知道自己猜測沒有錯，嘆了一口氣道：「這就是富貴病啊，這跟生孩子一樣，富貴人家的少奶奶們吃好喝好，可是真的到了生孩子的時候，還不如村婦們快，就是因為缺乏運動。」

杜二老爺聽了劉七巧的話，也忍不住點頭道：「七巧姑娘說得確實有道理，這些話我在就診的時候也時常提及，但是能做到的人不多。」那些達官貴人家的少奶奶們出嫁前都是養在深閨、大門不出二門不邁的小姐，往往少奶奶們懷上了孩子之後，恨不得一直躺在床上，少走動、少勞累，以期待孩子能平安生下來。

劉七巧見杜二老爺這樣說，也知道他說出去的話肯定是收效甚微。「杜太醫平日裡會要求太后娘娘沒事去御花園散散心嗎？」

「這個……」杜二老爺謙遜一笑，倒是被劉七巧給問住了。太醫院眾人都知道太后不喜走動，平日也只讓她多下軟榻活動活動，其他的實在不是他一個臣下能左右的。

劉七巧又問道：「那麼杜太醫有沒有詢問太后娘娘每日進食的食譜呢？消渴症最重要的一點就是要克制口腹之慾，但凡有一點甜的都不能吃，不然吃進去了，對病人來說就是禍害。」

杜二老爺道：「御膳房每日的菜色都會送來給太醫院過目，但是各宮娘娘們孝敬太后娘娘的小點心之類，就不知道了。」

就知道給宮裡人辦差不是簡單的事情，她只能搖了搖頭道：「太后娘娘那麼愛鳳輦，看來只能在鳳輦上過下半輩子了。杜太醫身為醫生，明明知道事情的嚴重性，卻沒有能控制病患，那怎麼能行呢？不管她是太后也好，是皇帝也罷，在你的面前也只是一個病人啊，是不是？」

劉七巧一時心直口快，說話就難免有些失禮，杜二老爺被一個晚輩這樣說，雖然心裡慚愧，可還是有點不爽快，臉上的神色不由就變了變。

杜若見杜二老爺蹙眉不語，以為他生氣了，忙在桌子底下扯了扯劉七巧的袖子，又轉頭對杜二老爺道：「二叔，七巧就是這麼一張臭嘴，說什麼都直來直去，能把人氣死。」

杜二老爺回過神來，見杜若臉上表情緊張，只是搖頭笑了笑，道：「你放心，我不是生氣，我只是在反思。作為一個太醫、一個太醫院的院判，給皇上和太后看病的時候，還是不能做到心中只有病情，總是考慮太多，是我的失職。七巧姑娘說得沒錯，大夫在病人面前就應該有這種醫者的氣勢，不然病人怎麼相信你，怎麼把自己的命交到你的手上？」

其實剛剛說完這段話，劉七巧也後悔了，覺得自己又是班門弄斧了，可誰知道杜二老爺居然說出這樣一番話來。

酒宴接近尾聲，丫鬟們又上了幾個菜，但畢竟只有三個人吃，大家都用不了多少，杜若又是形同虛設，倒是劉七巧開懷暢飲，和杜二老爺又攀談了好久，兩人一起研究太后娘娘的病情，以及以後應該實施的治療方案。

杜二老爺見杜若不說話，便轉頭問他。「大郎，如今你的醫術也越發精進了，過幾日我便求了太后娘娘的恩典，讓你去宮裡行走，先好好跟著前輩們學一學。」

說起來，杜家還真是一個很奇特的家族，杜大老爺擅長經商，偏偏自己的兒子只喜歡醫術；杜二老爺是個太醫，可自己的兒子卻對醫術一點也沒興趣，如今跟著大老爺走南闖北經營家裡的生意，倒已看出是個經商的能手了。

杜若想了想道：「也好，以後總是要進宮供職的，先進去學習一下也是好的，這事就請二叔為我安排吧。」

劉七巧瞧了一眼杜若，見他那張向來白皙的臉上不知為何泛著淡淡的紅暈，抬頭的時候，濃密的睫羽微微一閃，劉七巧頓時就被電到了，唰地臉紅到了耳根。

杜若也有些不自然地低頭，場面一下子變得有些尷尬，幸好院子裡走來一個小丫鬟道：「七巧姑娘，周二媳婦家來人了，說她已經喝了藥，正等著你們過去呢。」

劉七巧站起來。「走啊，開工了！」

「開……開工？」杜若有點不明白地問她。

「唉呀，就是輪到你上場了，看你的了，我的杜大夫，快走吧？你不是還沒吃飽吧？」

劉七巧這麼一說，杜若頓時又覺得胃部隱隱作痛起來，急忙站起來道：「吃、吃飽了。」他說著，轉身向杜二老爺行了一個禮道：「二叔，那我先跟七巧姑娘去那產婦家看看。」

這時，劉七巧又注意到一個細節。方才杜若急急忙忙扯自己袖子的時候，是喊她「七巧」，這會兒告退，他喊她「七巧姑娘」，看來還是親疏有別。

「快走吧，別磨磨蹭蹭的了。」劉七巧也不理他，自己邁了大步子出去，在門口正好見到在招呼客人的林莊頭，便笑著道：「林老爺，一會兒我和老四就回去了，晚上那席就不用了，你也知道我家遠。」

林莊頭便道：「這怎麼好呢？我都整理好了廂房了，姑娘不如住一晚上，我找個人回去跟姑娘家裡說一聲，大老遠跑來只吃一頓飯，我也過意不去啊。」

劉七巧忙道：「不用了，我知道林老爺好客，可我家就要搬家了，這幾天都在整理東西，我得回去幫襯著點。一會兒我幫那產婦生完就直接走了，林老爺不用送了。」

她走出去，見王老四和上次的幾個長工喝酒喝得正盡興，便拍了拍他的肩膀道：「老四，我先去那村婦家，你慢慢喝著，一會兒完了再去找我，我們一起回牛家莊。」

王老四一聽，急忙放下了酒碗就要跟劉七巧走，被幾個長工給拉住了道：「老四，再喝兩杯再走吧，難得來一次。」

劉七巧忙按著王老四坐下。「你就玩你的，這不難得才來一次嗎？我跟杜大夫的馬車過去，用不著你送。」

王老四這才又坐下來繼續喝酒。

杜若跟著劉七巧出門，在她身後小聲道：「青梅竹馬的，倒是挺關照的啊，我家齊旺就不用吃飯喝酒嗎？」

劉七巧一聽杜若這話不對勁，總覺得散發出一種奇怪的氣息，一時間卻也不好形容，便停下來，轉身看著杜若道：「你不介意走路的話，那咱們走過去就是了，又不遠，才一里地而已。」

杜若想了想，最後還是喊了齊旺出來，看看劉七巧的腳踝道：「傷筋動骨一百天，我看妳現在恢復得很好，又活蹦亂跳的了。」

劉七巧扭了扭自己的腳踝道：「我天賦異稟，這一些小傷小痛能算得了什麼？」

杜若忍俊不禁。兩人一起來到馬車邊，劉七巧讓到一邊，蹙眉道：「你先上去吧。」

杜若笑笑，挽開車簾一步跨了上去，回過身來伸手。「快上來吧，別磨蹭了，孩子都快落地了。」

劉七巧撇撇嘴，伸手拽住了杜若的手，一個使力上了馬車。一下子，兩人湊得很近，杜若的氣息就在劉七巧的耳邊，有一股如蘭似麝的香味，劉七巧只覺得腦門轟隆一下，心跳陡然加速。

她的手還被杜若握在手中，似乎沒有放開的意思，劉七巧使勁拽了拽，杜若卻還是緊緊握著她的手。

劉七巧抬起頭來，挑眉看著杜若，見他也嘴角含笑地看著自己，一下子生出窘迫來，問道：「你、你把手放開啊！」

杜若笑了笑道：「那妳回答我一個問題。」

「什麼問題？」劉七巧覺得這問題顯然是個陷阱，可是自己似乎只能乖乖往陷阱裡頭跳。

「妳什麼時候及笄？」杜若開門見山地問道。

「明年七夕。」劉七巧脹紅了臉回答道，忽然又覺得自己上當了，追問道：「這跟你有關係嗎？」

「本來沒關係，但是現在有關係了。」杜若想了想，一本正經地回答。

「為什麼啊？」劉七巧拔高了嗓門道：「你別在這裡裝神弄鬼的，我可不怕。」

杜若鬆開劉七巧的手，有些自得地坐了下來，吩咐外頭道：「齊旺，去剛才那戶村婦家，你出門問一下路。」

齊旺熱情地答道：「好嘞，少爺您坐好了。」正說著，馬車骨碌碌地行駛了起來。

劉七巧也坐下來。她的心還在怦怦跳，強忍著怒火道：「你還沒回答我為什麼呢？」

杜若也不理她，掀開簾子往外頭瞧瞧風景，偷偷傻笑。

劉七巧本想用暴力手段偷襲他，但是這馬車太小，實在很難施展，於是扭著頭不說話，一臉氣呼呼的表情。

過了沒多久，杜若道：「角落裡那個罐子是給妳的。」

劉七巧上車的時候也注意到了罐子，只是被杜若一番調戲，她也忘記了這件事，這時候聽杜若自己說起來，不由好奇地彎腰把罐子抱起來，打開蓋子低頭聞了聞道：「唔，什麼東西？好濃的藥味。」

「還有藥味？這已經是最低限度了。」杜神醫沒有得到表揚，心裡很不開心。

「那你告訴我這是什麼東西？」劉七巧笑著問他。

「這是給妳治病用的，以後每日早晚三勺用熱水沖服，過一陣子應該會好很多。」

「給我治病？我能有什麼病？你看我像是有病的人嗎？」

「不通則痛，痛則不通，妳的病只有我能治。」杜若表示對自己的醫術很有信心。

劉七巧一聽，忽然明白了，敢情這人真不是人啊！她從來沒跟他說過自己有那個毛病，他到底是哪隻眼睛看出來的？居然還說出這樣不知廉恥的話來……

「去你的登徒子，我通不通跟你有什麼關係？我指望你來給我通嗎？少自作多情了！」

劉七巧只覺得面紅耳赤，完全不知道自己在說些什麼。

而對面的杜若則是一臉茫然地看著劉七巧道：「妳通不通跟我有什麼關係？」但是……

當他把這句話真正說出口的時候，才發現……兩者之間確實是有關係的。

可惜為時已晚，劉七巧一臉怒容地伸出她的腳，踢在他的小腿骨上。杜若啊了一聲，扭頭時發現劉七巧已經放下瓷罐子，伸著脖子探到了馬車外頭喊道：「齊旺，停車，我自己走去！」

她才探出頭去，卻發現車子到了一排院子面前，院子裡面是五間瓦房。方才和劉七巧一起坐牛車的一個小姑娘正蹲在門口玩耍。

劉七巧忙跳下車道：「就是這家了。」

這家是典型的農民家庭，一排五間房子也是木頭做的，屋頂用茅草蓋著，一進門就是家徒四壁，連個像樣的家具也沒有，看起來是很清苦的人家。

第十七章

劉七巧來到產婦的房中，聽她正在小聲呻吟，知道她已經開始陣痛，上前問她。「現在疼的間隔時間長不長？」

產婦躺在炕上，下面墊了一張油布，生怕弄髒了炕台，見劉七巧進來，便忍著疼道：「還沒到時間，我生過兩胎了，知道大抵是個什麼時間。」

劉七巧上前，伸手摸了摸產婦的肚皮道：「妳這還沒入盆，一會兒別著急使力，等痛一陣接著一陣的時候，我給妳破水。」

杜若這時也從門外進來。不得不說，杜若作為一個醫生是很稱職的，不管是什麼樣的病人，他都一視同仁。

這時候，外頭傳來一個男人的聲音，正是這產婦的男人周二。原來剛才就是他去林家找的人，可誰知杜若和劉七巧是坐馬車來的，反而比他快。

周二見了杜若，便道：「少東家，我媳婦沒事吧？」

「你媳婦沒事，不過她腹中的胎兒沒了，這會兒正給她引產呢。」劉七巧回道。

「引產？這個說法挺有意思的！」杜若聽劉七巧回答，便繼續道：「正常的生孩子就叫生產，把腹中死去的孩子生出來就叫引產，倒是貼切得很。」接著安慰周二道：「孩子沒了以後還會有的，只要人沒事就好，你說對不對？」

「是這個話，少東家，我已經有兩閨女了，這不是打算好事成三嗎？想給自己添個帶把的、想給老周家添後的。」周二憨笑說道。

劉七巧這時候正在安慰產婦，時不時檢查一下宮口，轉身對杜若道：「你這藥還真厲害，這要是給人打孩子，只怕也下來得很快吧？」

杜若皺了皺眉道：「我從來不害人，七巧姑娘可是要失望了。」

劉七巧也不跟他耍嘴皮子，轉身對他道：「我這邊要開始了，你們還是到外面去吧。不是誰說的嗎？男人進產房是要倒楣的？」

杜若看看劉七巧，沒有動腳步，倒是周二拉著杜若往外頭去道：「少東家和我一起外頭等吧，都說產房不乾淨。」

杜若被周二拉到了外面，周二給他搬了張長凳坐下，這時候，周二他娘倒了一杯水過來。杜若看看那茶杯，只是端在手中笑笑。那婆子也不好意思地用手擦了擦身上的圍裙道：「鄉下人家沒啥好招待的，少東家可別客氣。」

裡頭的產婦正在生產的關鍵時刻，幸好她是第三胎，早有經驗，就連喊聲也是很壓抑的抿著唇，用力的姿勢也對。

劉七巧一邊替她擦汗一邊道：「快了快了，已經看見孩子的頭了。」

她跪在產婦的兩腿之間，伸手按住產婦的肚皮，感覺到產婦的陣痛之後，用力往下壓。

產婦仰起頭，咬著牙關喊了一聲，身子緩緩滑下去。劉七巧見孩子的頭出來，連忙伸手接過，將已經死去的胎兒從產婦的體內拉了出來。

嬰孩的身子青紫，身上某些地方已經有輕微的溶脂，顯然已經死了有一段時間。劉七巧仔細檢查一下，孩子臍帶繞頸三圈，顯然這是最關鍵的死因。

劉七巧剪下了臍帶，產婦已經從炕上支起了身子道：「姑娘，讓我看一眼我的娃吧！」

劉七巧怕她害怕，便轉身背對著她道：「沒什麼好看的，妳先好好休息一會兒。」說著向著外頭喊道：「杜若，你進來。」

杜若聽見裡頭沒了動靜，也知道大約是孩子出來了，便起身進去。劉七巧把布裹著的嬰兒遞給杜若看了一眼道：「你能看出來這死了幾天嗎？」

杜若看了一眼，有些不忍心，嬰兒是一個長得挺好的女嬰，身上也挺結實的，要是活著，肯定是一個活蹦亂跳的可愛孩子。

杜若忍不住心酸了起來，嘆了口氣道：「看樣子，死了至少有五、六天了，不然身上的皮肉也不會壞成這樣。」

劉七巧把嬰兒交給杜若，又去照顧產婦，讓她把胎盤也分娩出來，這才洗了手出門。

這時候，外頭的周二和周老婆子都看了孩子。周老婆子一看是個女娃，臉上沒有半點在意的，只是一個勁兒地拍大腿道：「狗日的陳婆子，還騙我說什麼這是保准生男孩子的藥，我這就把孩子抱到她家去，讓她把銀子還我！」

周二聽了道：「娘，消停點吧，自己聽了人家上了當了，還想怎樣？還是先找個地方把這孩子埋了吧！」

劉七巧走到外頭，看見周老婆子那張臉，瞬間氣就不打一處來，指著她的鼻子罵道：「就妳這重男輕女的模樣，還指望著自己能有孫子？陰德都被妳損光了，活該妳就沒孫子。」

周老婆子哪裡被人這樣罵過，頓時氣得指著劉七巧道：「唉唉，妳哪裡來的？妳管我家的事？」

劉七巧懶得跟她理論，見杜若還站在門口，拉著他的手往外頭走道：「還不快走，沒看見我都要被氣死了嗎？就沒見過這麼重男輕女的，自己還是個女的呢！真是活該她一輩子沒孫子抱！」

杜若瞧著劉七巧氣呼呼的表情，反而覺得有意思，任由她拉著走到籬笆外。「沒見過妳這樣的，人家要兒子是人家的事情，這麼生氣做什麼呢？」

劉七巧見杜若說這種話大為不爽，指著他的鼻子問：「那你是不是也是這樣重男輕女的？老實交代。」

杜若淡淡一笑，伸手握住劉七巧指著自己的手指，柔聲道：「我天生重女輕男。」

劉七巧聽了，噗哧一笑，抬起頭看看天上的太陽，一本正經。「嗯，太陽沒從西邊出來啊，怎麼今天杜大夫的話能說得這麼好聽呢？」

杜若知道她又故意在調侃自己，便沒搭話，自己上了車，伸手把劉七巧拉了上去。「妳的青梅竹馬怎麼還沒來呢？」

「青梅竹馬怎麼了？近水樓臺先得月又怎麼了？杜大夫不會是對本姑娘有意思了吧？」

劉七巧直勾勾地盯著杜若，然後親眼驗證了杜若的臉慢慢泛紅，最後連耳根都一起紅了起來。

這招果然奏效，當一個人厚臉皮的時候，能壓過對方的就是要比對方的臉皮更厚。

杜若見劉七巧臉上露出得意的笑容，便知道又被她給耍了，狠狠瞪了她一眼道：「女孩子這樣沒臉沒皮的，我也算是見識了，妳這個樣子只怕真的很難嫁出去。這樣吧，我在我的百草院裡給妳留個席位，要是妳爹娘不想養妳了，我可以收留妳。」

劉七巧見杜若又得意了，正準備伸腿，杜若身子一扭坐到了側面，劉七巧又撲了個空。

「就知道妳沒安好心。」杜若抿著唇笑。

劉七巧抬起頭看著杜若，長得真是好看，明明是男子，皮膚光潔到連毛孔都看不見，眼珠子又黑又深邃，睫毛還那麼長，臉上的線條那麼柔和，真想摸一把，怎麼辦？

杜若被看得不好意思道：「妳這麼看著我幹麼？我臉上有東西嗎？」

劉七巧搖搖頭，撇了頭不看杜若。「你沒看我怎麼就知道我看你了呢？明明是你看我在先。」

杜若坦然道：「是，我是在看妳，但是妳為什麼也要看我呢？」

劉七巧反問道：「那憑什麼你能看我，我不能看你呢？」

杜若索性拍了拍膝蓋，坐端正了。「我沒說不準妳看我，妳喜歡看，那我們就互相看著吧。」

劉七巧頓時覺得，杜若平常看起來文質彬彬，不說話的時候如神仙一樣的人物，怎麼說起來話就那麼無恥呢？

「誰要跟你互相看了？你，從現在開始不准看我。」劉七巧瞪著他道。

「好吧。」杜若低下頭，覺得跟她玩得差不多了，便恢復了方才一本正經的模樣，臉上卻又時不時泛出一些不正常的紅暈來。

真是一個可愛又討人喜歡的姑娘，只是……明年七夕，為什麼還要讓自己等那麼久呢？杜若又忍不住抬起頭，看了眼劉七巧，見她胸口平平，臉上還帶著嬰兒肥，不免又有些憂傷了起來。看來還得給她配些別的藥材才行，這樣的身板，可禁不起他母親和祖母火眼金睛的考驗啊……

兩人坐著馬車回了林莊頭家，果然筵席還在繼續。人家一個孩子都生出來了，這邊還在胡吃海喝的。劉七巧走到王老四身邊，見他已經喝多了，正趴在桌沿上睡覺，她看看天色，也就是申時三刻的樣子，這會兒回家大概不會天黑，可是看王老四這架勢，只怕一時半會兒醒不過來。

「老四、老四，你醒醒！」劉七巧推了推王老四，那人哼了兩句，沒吭聲。

杜若進去跟杜二老爺說了一下那產婦的情況，出來時見劉七巧還沒叫醒王老四，皺了皺眉頭。

「妳著急回家嗎？林莊頭說已經備了廂房的。」

「我娘交代了，一定要讓我回家。過兩天我爹就來接我們進城了，家裡正整理東西呢。」

「那我讓齊旺送妳吧，趁著天亮好趕路，不然走夜路兩個時辰也到不了。」杜若開口道。

劉七巧看看杜若，咬了咬嘴唇道：「你別這樣行不？」

杜若一臉茫然的問道：「我怎麼了？」

「你平常說話帶刺、時不時跟我頂兩句，那樣挺好。你這樣子對我好，我就不喜歡。」

劉七巧如實道，雖然作為穿越女，但是……真正在這裡生活了幾年，她很清楚，自己和杜若之間，不管在身分還是在家世上，都有著天差地別的區別。他們兩個人若是能走到一起，那只有三個結果。第一：劉七巧拐騙了杜若，讓他跟著自己私奔。第二：杜若拐騙了劉七巧，讓她跟著自己私奔；第三，劉七巧做了杜若的妾室。

杜若見劉七巧的神色帶著淡淡的哀愁，心裡也有些著急，想了良久，這才對劉七巧道：「我早已記住，妳說妳嫁人只做正室。」

劉七巧臉一紅，頓時不知道說什麼好，又是欣喜又是難過的，愣是沒弄清杜若的話怎麼一下子從那裡又跳到了這裡，這兩句話有什麼關係嗎？好像沒有……

杜若進門跟林莊頭和杜二老爺打了招呼，出來送劉七巧。

劉七巧見他上車，便問道：「你怎麼也上去了？」

杜若轉身道：「我看看路上的風景，你們村那條河邊的風景不錯。」

劉七巧吐吐舌頭道：「那條河每年都淹死人，你不怕？」

杜若搖頭。「我是個大夫，天生不信鬼神之說，有什麼好怕的呢。」

劉七巧被杜若拉著上了馬車，坐在他身邊。杜若衝著齊旺交代了一聲，馬車開始慢慢走了起來，他忽然伸出手，摟著劉七巧的腰，然後讓她往自己身上靠了靠，有些尷尬道：「我知道這樣不好，可是……這會兒沒人看見，齊旺不會亂說的。」

劉七巧只覺得半邊身子都僵硬了起來，就著杜若的動作靠在他的肩膀上，她抬起頭看了一眼杜若的臉，有些不好意思地說：「你確定我們要這樣嗎？好像不大合禮數？」

杜若沒有低頭看劉七巧，只是抱住她道：「我不知道，可是心裡很想這樣做，所以就做了，也許……」杜若說著，有些不好意思，想要把手收回去，結果被劉七巧按住了。「做都做了，再說這些有意思嗎？你不是也說了嗎？反正沒人看見。」

劉七巧說著，忽然抬起頭來，在杜若的臉頰上輕輕吻了一下。

第十八章

那是很柔軟的觸感，冰冰涼涼的，就跟他的手指一樣。

杜若的臉頰一下子又紅到了耳根，抱住劉七巧的手顯然有些掙扎，卻被她按住了，在他耳邊道：「杜若若，你被我親過了，以後就是我劉七巧的人了喔。」

杜若哪裡知道劉七巧居然膽大如斯，他方才想摟一下她，都是經過了很強烈很深刻的自我反省、自我麻痺、自我催眠之後，才在身體不受控制之下摸上去的，可是劉七巧呢，她居然就這樣親了上來。

杜若細瘦的手指握得緊緊的，到現在都還沒弄明白剛才到底發生了什麼。明明是自己占便宜在先，怎麼到最後反而被劉七巧給占了便宜？

「我叫杜若，不叫杜若若。」杜若沈著臉道。「杜若是一種草，可以入藥，也可以製香，我出身的時候早產，險些養不活，所以我爹才會給我取一個野草的名字，希望我能健康地長大。」

怪不得劉七巧覺得這名字耳熟呢，原來是中藥。作為交換，劉七巧也告訴他。「我會叫劉七巧呢，是因為我在七夕出生，所以我奶奶就給我取名叫作劉七巧，以至於我弟就變成劉八順，別人都以為劉八順上頭有七個哥哥姊姊，其實就只有我一個。他還經常告訴別人自己家有七個哥哥姊姊，然後那些人就不敢欺負他，怕他的哥哥姊姊們去為他報仇！」

杜若聽劉七巧說著，也笑道：「原來還有這個好處，倒是見識了。」

劉七巧又問杜若道：「你把方巧兒怎麼樣了？」

杜若想了想道：「她現在在我書房伺候，可惜我想要個識字的，她不識字，只能給她換個地方。」

「不准換到房裡！」劉七巧噘嘴道。其實對於春心暗動的人來說，吃醋好像是免不了的事情，她雖然覺得自己應該克制一點，還是忍不住說出這樣的話來。

杜若點頭道：「我房裡已經有兩個丫鬟了，其實也用不著那麼多人。」

劉七巧皺了皺眉，想想《紅樓夢》裡面的賈寶玉，房裡都有七、八個丫鬟，他才兩個人，好像已經好了很多。

「那些丫鬟平常都怎麼服侍你呢？」劉七巧開口問。

「端茶送水、鋪床疊被的，還能怎麼服侍？」杜若很老實地回答。

「那會不會偶爾有人給你暗送秋波什麼的？」

「這個嘛……」杜若很認真地想了想，笑著回答。「我還真沒注意，等我回去注意看看。」

「你敢？」劉七巧嬌嗔地哼了一聲，乾脆把身子倚到杜若的身上，拽著他的手腕道：「我不管，等到明年七夕，如果你沒來我家提親的話，我就剃了頭髮做姑子去。」

她說這句話無非就是嚇唬嚇唬杜若，看看他有幾分真心，雖然她對自己和杜若的將來不看好，但是……有句話說「情不知所以，一往而深」，她覺得自己的心裡真的有杜若這個人了。

杜若握拳道：「妳放心吧，妳要是去做姑子，我大不了去做和尚，咱們尼姑和尚還能湊一對是不是？」

劉七巧噗哧笑出了聲。「沒正經的，我說真的。」

杜若蹙起了眉宇道：「好歹還有一年多時間，妳信我，我便努力給妳看。」

劉七巧愣了愣，眨了眨眼，發現裡面熱熱的，只看著杜若不說話。她知道杜若這句話，雖然不是什麼海誓山盟的保證，卻那樣真實，真實地感覺到自己正被他在乎著。

「傻丫頭，怎麼了這是？」杜若伸手，大拇指擦了擦劉七巧眼角的淚痕。「別哭啊，搞得我跟欺負小孩子一樣。」

劉七巧吸吸鼻子，抱胸坐在一旁道：「少像哄孩子一樣地哄我，你覺得我看起來像是小娃娃嗎？」

杜若道：「不像，不過身材還是個娃娃身材。」

劉七巧氣得揮起了拳頭，杜若連忙往角落裡閃了閃，堪堪躲過了她的攻擊。

「一會兒請我去妳家坐坐嗎？」

「去我家幹什麼？」劉七巧問他。

杜若想了想道：「看看門檻啊，這快一個月沒來，不知道門檻有沒有被踏破了。」

劉七巧哼了一句，嘀咕道：「不就開一個玩笑嘛，值得你記到現在？不過說真的，最近還真有不少人給我提親，方圓幾十里的媒婆都認得我了。」

杜若皺眉道：「有條件比我好的嗎？」

劉七巧一本正經地回答。「有，有買一送二的。」

「什麼叫買一送二？」杜若不解道。

「就是……我嫁過去，人家附贈我兩個兒子。」劉七巧說著，呵呵笑了起來。

杜若也哈哈笑起來，卻在不知不覺中握住劉七巧的手，兩人的手就這樣牽在一起。

劉七巧決定保持一下女性的矜持，悄悄把手抽回，低著頭道：「要不……你回去再想想？反正我也要到明年七夕才及笄呢，萬一到時候你又看上了別人什麼的……」

杜若方才帶著歡笑的臉色一下子冷了下來，看著劉七巧道：「妳就這麼不信我嗎？我杜若是這樣的男人嗎？七巧姑娘，如果我杜若是這樣朝三暮四的男人，那我就天打雷劈，不得好死！」

這下把劉七巧嚇得連忙拽著他的袖子道：「你怎麼就急了呢？我這不是說如果嗎？」

杜若蹙起眉頭，低下頭道：「怪我不好，嚇壞了妳，我不該這麼著急，妳還是一個孩子。」

劉七巧聽杜若這麼說，越發覺得沒法解釋，這事只怕越描越黑了，也只好低著頭一路不說話。

一個半時辰很快就過去了，馬車停在劉七巧家門口的時候，天色還沒黑。杜若送劉七巧下車，轉身又上了馬車。

「你不來我家坐坐嗎？」劉七巧小聲問杜若。

「不了，以後還怕沒機會坐嗎？」杜若雖這麼說，臉色卻不大好，顯然還有些生氣。

李氏在裡面聽見了動靜，從院子裡迎了出來。「這不是杜大夫嗎？怎麼是你送七巧回來？多謝你了，兩次都讓你送回來。」

是啊……兩次，他們才見面兩次而已，兩次見面的感情基礎怎麼能足以談婚論嫁呢？劉七巧低著頭，拉著李氏道：「娘，我們進去吧，天色不早了，人家還要急著回林家莊呢。」

杜若聽了越發生氣，一甩簾子就在馬車裡坐下，命齊旺趕馬車回去。

劉七巧頭也不回地拉著李氏往裡面去。李氏覺得這兩人有些奇怪，便問道：「七巧，妳和杜大夫鬧彆扭了嗎？怎麼兩個人的臉色都黑乎乎的？」

劉七巧心裡有氣，聽李氏這麼問，便道：「我憑什麼跟他鬧彆扭啊，我跟他很熟嗎？我們加起來就見過兩次而已。」

李氏也被劉七巧的回答堵得啞口無言，只好跟著劉七巧一起進去。「妳歇一會兒，就快開飯了。」

杜若坐著馬車到了村口，忽然發現劉七巧沒把那罐藥拿走，想了想讓齊旺又折了回去。

這時候，錢喜兒的姊姊錢大妞正好從不遠處回來。原來錢大妞自從錢寡婦死了之後就跟著她姥姥、姥爺過，可前一陣子她舅舅忽然說要把她賣了當下人，兩老走投無路，只能來求了劉家，錢大妞因為捨不得錢喜兒，自願留在劉家當個下人。

錢大妞這會兒見了杜若也沒認出來，只問道：「這位公子是來找人的嗎？」

杜若也不知道錢大妞是誰，略有些尷尬，齊旺便道：「我們家公子是來找七巧姑娘的，麻煩妳幫我們進去喊一聲。」

錢大妞從外面回來，不知道劉七巧已經回來了，只隨口道：「七巧她今天不在家呀？」

杜若便道：「姑娘，這裡有些東西麻煩妳幫我帶給七巧姑娘，多謝。」杜若把那個瓷罐子遞到了錢大妞的手裡，轉身要走。

他今天中午吃得不多，方才在車上又被劉七巧氣了一下，這會兒胃已經在隱隱作痛，一轉身的工夫，就扶著車門直不起腰來了。

方才齊旺光顧著趕車，也沒聽見車裡頭有什麼動靜，這會兒見杜若扶著車門捣肚子，頓時就知道不好了。他們杜家上上下下誰都知道杜若有這毛病，連忙跳下了馬車道：「姑娘，快快快，進去打一碗熱水來，讓我們少爺吃藥。」

杜若心裡又氣又悶，甩開齊旺的手道：「我們回去吧，我沒事。」

錢大妞隱約覺得杜若有些眼熟，又多瞧了兩眼才道：「你是少東家吧？這是又犯病了？」錢大妞記得，大約是在一年多前，杜家領著人來林家莊的馬場，當時她就見到過這樣一個英俊瀟灑的公子，後來也不知道怎麼，聽說身子骨不大好，玩了兩天就回去了。

她急忙揣著罐子往裡頭跑，一邊跑一邊喊：「大娘，城裡的杜大夫犯病了，我能讓他進來歇歇嗎？」

李氏一聽，城裡的杜大夫，可不是杜若嗎？怎麼一眨眼又到了自己家門口了？

劉七巧這時候剛剛換了一身家常的衣服出來，聽錢大妞說杜若又回來了，又見錢大妞手裡捧著的瓷罐子，便明白了。她往外頭跑去，見杜若已經坐到了車裡，聲音有點不自然地說：「齊旺，趕車。」

劉七巧一把抓住了齊旺的韁繩，掀開簾子，看著臉色蒼白的杜若問道：「不准走！」

齊旺連忙雙手上繳韁繩，看著杜若道：「少爺您好歹歇會兒，下來把藥吃了。」

杜若沒辦法，只好重新從車裡面出來。

劉七巧一邊扶著杜若下車，一邊小聲嘟囔道：「傻子！」

杜若也不跟她計較，只是抿唇不語。

劉七巧問道：「這次可沒有人逼你吃硬飯，怎麼又疼起來了？」

杜若皺著眉頭道：「氣傷胃、怒傷肝，妳讀過那麼多書，難道連這一點都不知道嗎？」

劉七巧哼了一聲，瞪著他道：「少說兩句吧，這樣倒好了，以後只有你欺負我的分了，太不公平了。」

杜若勉強露出一個難看的笑容道：「妳不氣我就好。」他才進門，李氏便搬了一張太師椅出來讓他坐，一臉擔憂地問劉七巧道：「怎麼了這是？」

劉七巧想想起因，還真的得從李氏那一碗硬米飯說起，頓時就覺得有些好笑，只接了錢大妞遞過來的水，問杜若。「藥呢？」

杜若從袖中拿出隨身攜帶的小瓷瓶，自己取了六顆出來，就著劉七巧送上來的熱水服了下去。

「好些了嗎？」劉七巧看著他問道。

杜若蹙眉道：「世上哪有那麼快的靈丹妙藥。」不過說實話，這會兒他已是好了很多。身為醫者，他其實是很關注自己的身體的，也很懂得怡情養性、調理身心健康，但是方才劉七巧那幾句話讓他心裡一陣陣難受，沒想到就引起了胃痙攣。

劉七巧見他臉色漸漸好了起來，從懷中拿出帕子遞給他道：「你擦擦汗吧。」

杜若接過來，拿在手中卻不擦，只是放在掌心看著。手帕是棉布做的，洗得很乾淨，上面還有淡淡的皂角香味，只是連一朵像樣的繡花都沒有。

劉七巧見他不動，就要搶回來，誰知杜若卻往袖中一收，堪堪避過了她的動作。

這一連串的動作被李氏看了清楚，頓時心中有了警覺，總覺得兩人之間有些曖昧，見兩人不說話，便故意開口道：「這時候也不早了，也該張羅張羅弄晚飯吃了。」

錢大妞也是姑娘家，見了杜若這樣的男子也有幾分羞澀，但是當劉七巧扶著杜若進門的時候，錢大妞已經完全弄明白了，杜若和劉七巧之間肯定有些什麼。她是識相的姑娘，便開口道：「大娘，那我幫妳一起去準備晚飯吧！」

劉七巧忙道：「娘，今晚我想吃爛麵條。」

「爛麵條？妳不是最愛吃剛出鍋的麵條嗎？說有嚼勁。」李氏有點不解地問道。

劉七巧的臉頓時紅到了耳根，咬著唇瓣道：「娘，我今晚就要吃爛麵條嘛！」

錢大妞瞬間明白了過來，急忙道：「大娘，我也好久沒吃過麵條了，我們找沈阿婆幫忙擀麵吧。」

李氏這才回過神來，連忙喔了兩聲就出去了。

廳裡只剩下劉七巧和杜若兩人，劉七巧就著杜若身邊的椅子坐下來，見杜若臉上漸漸恢復了血色，也稍稍放下心來。

「這會兒好些了嗎？」

「好多了。」杜若看著劉七巧，嘴角微微一笑，忽然伸出手在她臉上捏了一把。

劉七巧瞪了他一眼，沒好氣地撇過頭，又看著杜若道：「你是個戀童癖吧，對著我這張臉也能笑得這麼色迷迷的？」

杜若有些不好意思地收回了手，沒有說話。劉七巧又道：「虧你還是讀聖賢書長大的呢，追起女孩子一點兒也不懂矜持，你看看，現在我們孤男寡女共處一室的，我走了！」

劉七巧說著，起身便要走，卻被杜若一把抓住。她身子瘦弱得很，杜若輕輕一拉就帶入了懷中，劉七巧嚇得抬起頭來，兩人四目相對，一時間竟然忘了動作。杜若此時的心情特別激動，嚥了嚥口水，正要低下頭去。

劉七巧見杜若的頭越來越低，也緊張得連推託都忘記了，急忙閉上了眼睛。杜若頓了頓，幾乎是很快速又很輕柔地在劉七巧的唇邊擦過，又緩緩鬆開了劉七巧，讓她站好。

他有些沙啞地開口說道：「我是讀聖賢書長大的，可是聖賢書裡面也有一個詞，是形容我現在的心境的。」

劉七巧睜大了雙眼，問道：「什麼詞？」

杜若淡然一笑，挑眉看著劉七巧道：「以後別在我面前說妳看過多少書了，難道情難自禁這個詞，妳沒學過？」他說著，正色看著劉七巧，讓劉七巧只覺得心裡撲通撲通地亂跳，急忙退後了幾步道：「我去給你倒杯熱茶。」

第十九章

杜若在大廳裡坐了會兒，覺得好了很多，便喊了齊旺進來，打算和他一起回林家莊，誰知齊旺見了杜若忙道：「少爺，您別走了，這大晚上的趕路，我也不放心。這樣吧，我先回去，省得二老爺擔心，明兒一早我們順路過來接您。」

李氏正在廚房張羅晚飯，見了便道：「杜大夫，你剛還犯病呢，萬一路上又犯起了病那可怎麼辦？你這是嫌棄我們鄉下人家，家裡亂吧？」

杜若忙擺擺手道：「不不不，只是我二叔還在林家莊，我若是不回去，他會擔心的。」

李氏笑著道：「你都這麼大的人了，有多少跟你一般大的人孩子都滿地跑了，這有什麼好擔心的？我們老劉家可是這牛家莊最靠得住的人家了。」

這時劉七巧正從外頭進來，見了杜若便小聲道：「要走就走唄，誰稀罕你留下來了。」

杜若面上有些不好意思，想了想才抬頭對齊旺道：「那你先回林家莊，跟二老爺說一聲。」

裡頭人才商量好，又聽見外面王老四的聲音喊道：「李嬸子、七巧，妳們在家不？」

劉七巧和李氏忙迎了出去，李氏見了王老四道：「這回可是你的不是了，我好好地把七巧交給你，你倒好，幸好人家杜大夫送七巧回來。」

王老四有些不好意思地撓撓頭道：「我一時貪杯喝多了，李嬸子罵得對，下次不敢了。」

劉七巧見王老四的牛車後頭還跟著一輛馬車，便問道：「你後頭是誰啊？」

王老四一拍腦門道：「差點忘了！杜太醫，劉七巧家到了。」

後頭的簾子一掀，杜二老爺從裡頭探出身子。

杜若聽見杜二老爺來了，也從廳裡迎了出來。「二叔，你怎麼來了？」

杜二老爺看了看劉七巧家的門楣，開口道：「我不放心，就來看看了。」李氏聽王老四說這是杜太醫，嚇得也不知道怎麼辨好，只能指引著人往屋裡走，衝著裡面喊道：「杜太醫裡面請。大妞，沏茶。」

杜二老爺點點頭，跟著李氏進去，杜若也跟在杜二老爺的身後，到大廳坐下後，錢大妞也沏上茶來。器具雖然都很普通，但是乾淨整潔，在鄉間也算是一個富戶了。

杜二老爺見劉七巧換了一身家常的衣服，身量還是一個沒長開的小姑娘，心裡就想著，怎麼自己這個姪兒就看上她了呢？但他也是一個愛才惜才之人，對劉七巧的見解也是非常欣賞，所以這次特意叫王老四帶著他來劉家，也是為了看看這戶人家到底怎麼樣。

有杜二老爺在場，廳裡一下子沈悶了很多。杜二老爺顯然也是發現了這一點，放下手中的茶盞。「你們隨意，不用管我。」

李氏也不知道怎麼家裡會來這樣的貴人，頓時覺得腳下發軟，連忙跑到廚房。「大妞，跟我去雞籠那邊抓一隻雞招待客人。」
杜二老爺隨意打量了幾眼，見劉七巧還站著，便道：「七巧姑娘也請坐吧。」
劉七巧連忙擺擺手道：「您坐吧，我可不敢坐，我娘見了非剝了我的皮不可。」
杜若撇過頭偷偷笑了笑。杜二老爺道：「姑娘不必客氣，我們就還像方才在林老爺家一樣。」
「那也不行，方才我們都是客人，現在杜太醫在我家，就是我家的客人，我不能沒了規矩，杜太醫就別折殺我七巧了。天色也不早了，今兒您就在我們家住一宿，想必林老爺那邊也已經打過招呼了吧？」劉七巧見杜二老爺這架勢，有一種上門考察的味道，便偷偷瞥了一眼杜若，心裡嗔怪道：你也太不收斂了，怎麼就讓人發現了呢，這會兒多尷尬呢！
杜二老爺笑著道：「見慣了七巧姑娘直抒胸臆的樣子，這會兒又這麼重禮數，倒是讓我有些不習慣了。既然七巧姑娘誠心挽留，大郎，我們今夜就在此叨擾一晚，你看如何？」
杜若自然是沒什麼意見，連著點頭道：「二叔吩咐就是，我自然沒什麼意見。」
杜二老爺看著杜若臉上略帶羞澀的模樣，心道：你要是有意見才怪了，你心裡大概是巴望著能小住一段時間才好吧？
晚上，杜若一時間睡不著，在院子裡晃悠了幾圈，來到前頭，只見劉七巧正坐在屋簷下的臺階，看天上的星星。

杜若走過去，看看不大乾淨的臺階，又看看自己還算乾淨的衣裳，想了想，還是就著劉七巧身邊坐了下來。

「七巧，在想什麼呢？」杜若問她。

「我在想今天在林家莊的那個村婦，懷胎七、八個月，沒想到都快生了，孩子卻死了，真是讓人傷心。」在古代，懷孕就是一場賭博，從頭到尾都不知道結局如何，直到孩子從母體分娩出來的那一刻，而且這場賭博隨時都會把自己的命也搭上。

杜若沒想到劉七巧還有這麼傷感的一面，伸手摟著她道：「別難過了，其實這個孩子如果活著，也未必是件好事。」

劉七巧明白杜若的意思，那家的婆婆那麼重男輕女，第三個又是女孩，還不知道會不會留下來，萬一送人什麼的也不是不可能。

劉七巧嘆口氣道：「其實如果孕婦有意識地關心胎兒，這孩子興許不會死。」

杜若聽了覺得挺有意思的，便問道：「妳倒是說說看，有什麼高見呢？」

劉七巧想了想道：「比如每個月給孕婦做定期的檢查，從她們身體的變化就可以看出胎兒的成長，哪些胎兒長得好、哪些營養不良，都看得出來。」

「有道理。還有呢？」杜若繼續問道。

「還有就是一般人講究瓜熟落地，非得足月了才把孩子生出來，但其實孩子到三十八週的時候，所有在母體中的發育已經完成了，越到後期，胎兒在母體遇到的意外就越多，臍帶繞頸、胎盤老化，都很可能造成孩子在母體裡的意外。就說今天這個孩子吧，她就是臍帶繞頸窒息而死的，如果她早一點出來，就可以避免這場悲劇。」

杜若皺了皺眉頭道：「妳說得有點深奧，我沒聽懂。瓜熟落地、生老病死，這都是古來有規律的事情，可以隨便改變嗎？」

劉七巧咬了咬唇，湊到杜若耳邊，問道：「你相不相信有前世？」

杜若搖了搖頭道：「我是個大夫，怎麼能迷信這種東西呢？」

劉七巧便笑著道：「你信不信無所謂，我只想告訴你，我生下來的時候，就帶著前世的記憶。」

「妳沒喝孟婆湯？」杜若眼珠子一亮，問她。

「你剛才還說不信的。」劉七巧忍俊不禁。「你聽我說下去。不過這事情我只告訴你一個人，你若是跟別人說，那我肯定會被當作怪物被浸豬籠的。」

杜若寵溺一笑，捏著她的嘴巴道：「胡扯，給自己男人戴綠帽子才會浸豬籠。」

劉七巧噗哧笑了笑，靠在他的肩頭道：「我的前世是一個專門給人接生的醫生。在我們那個地方，接生有兩種方式，一種和這裡一樣，產婦自己分娩；另一種就是上次我給林少奶奶用的辦法，剖腹取子。我們那個地方有很多產婦，因為怕疼，所以寧願選擇剖腹取子。」

「剖開肚子，難道她們不怕疼也不怕死嗎？」杜若好奇地問道。

「怎麼說呢，關於疼痛，我們有麻醉，這個東西華佗先生很早就發明了；關於失血過多這方面，我們有儀器，可以輸血，如果剖腹的時候流血太多，就用別人的血輸入產婦的身體，反正就是死不了。」劉七巧儘量用比較通俗的語言說給杜若聽。

「照妳的意思，妳前世那個地方，根本不會有失血過多而死的人了？」杜若覺得一扇醫學大門瞬間被劉七巧打開了，似乎有很多為什麼都想問出來。

「對，只要搶救及時就不會死。我前世那個地方有兩種醫學，一種叫中醫，就是你現在這種，吃中藥或者針灸一類；還有一種叫西醫，西醫是個很厲害的東西，和我上午在林家莊說的那個就很類似了。」

杜若點了點頭，似乎有些恍然大悟道：「就是妳說的，什麼不好就切什麼的醫療辦法？」

劉七巧點了點頭。「你說對了，剖腹產子就屬於西醫的範疇。」

杜若擰著眉頭，帶著一絲感嘆道：「世界上居然還有這麼給人治病的辦法，我真是聞所未聞，匪夷所思。看來妳之前杜撰什麼華佗的藥典，妳是一本沒看過，都是前世遺留下來的記憶對嗎？」

劉七巧吐吐舌頭道：「我可是把我的家底都給交代得清清楚楚的了，杜大夫還有什麼想問的嗎？」

杜若想了想，上下打量了一番劉七巧，有些不確定地問道：「那我可不可以知道……妳前世活了幾歲？」

劉七巧一聽，瞬間皺起了眉頭，握著拳頭要去搥杜若。「活到了七老八十，你現在是跟個老奶奶談戀愛呢！哼。」

杜若見她那個模樣，忍不住笑了起來，抱住她的腰道：「人說越老越小，怪不得妳現在是這個樣子的，老奶奶。」

劉七巧推開杜若，指著他道：「你少貧嘴了。你說，你二叔怎麼會來的？你是不是哪裡說漏嘴了？我跟你才見幾面，你就把人往我家裡帶了……」

杜若指天發誓道：「我真的沒有，我……我就是有些情不自禁。」杜若鬆開劉七巧坐著。「我杜若活了二十年，對女色這件事情從來沒有上過心。」他想了想，忽然轉過頭，掃過劉七巧貧瘠的胸口道：「再說，妳也沒什麼女色，對不？」

劉七巧扭過頭。「哼，你就是戀童、你就是猥瑣！」

「什麼意思？」杜若又被劉七巧給弄暈了。

「就是……你有特殊的愛好，喜歡未成年少女的身體。」劉七巧好心為他解釋。

杜若一臉不可置信地看著劉七巧道：「癸水都有了，還是未成年的嗎？自己身材不好就謙虛承認，下次我開幾副藥給妳，保證讓妳趕過方巧兒。」

「什麼叫趕過方巧兒？你怎麼知道方巧兒那地方就大了？你看過還是摸過還是親過？杜若你給我說清楚！」劉七巧扯著杜若的袖子不依不饒地問道。

杜若頓時覺得自己說錯話，跟誰比不好跟方巧兒比，他不是自己找打嗎？

「我錯了我錯了！」

劉七巧也只是玩笑話，既然杜若給了保證，她自然不會擔心什麼，便道：「十六時，我爹就會來接我們全家進城了，我還不知道去了京城住哪裡，到時候你可以讓小廝去恭王府打探打探，就說是劉誠劉二管家的家。」

杜若眼睛一亮道：「原來妳爹是恭王府的下人？這幾個月，恭王府我二叔還真去過不少次。這下我放心了，恭王府的人都挺親和的，妳去了那兒應該不會吃虧，只是……妳要進去做丫鬟嗎？」

劉七巧抓了抓腦門道：「我爹說讓我給少奶奶當丫鬟，其實我從來沒做過家務，心裡還七上八下的呢。」

杜若拉過劉七巧的手道：「七巧，有沒有想過去京城開一家醫館，專門為孕婦檢查身體，告訴她們怎麼防範孕期的各種突發事件，那些妳前世留下來的東西，要是就這樣斷了豈不是很浪費？七巧，妳應該救更多的人。」

劉七巧看著杜若，有些興奮又有些不確定，然後低下頭小聲道：「可是，我爹說要是我再給人接生，我就真的嫁不出去了。」

杜若恨鐵不成鋼地看著她，抓緊了她的小手，拉著她面向自己道：「除了我，妳還想嫁誰？」

第二十章

第二天一早，杜若和杜二老爺就趕回京城。

兩人上了馬車之後，杜二老爺便開始關心起杜若的個人問題。

杜二老爺是一個很開明的男人，體現在私生活方面就是他不像杜大爺，一輩子只有大太太一人。

二太太是三書六聘、明媒正娶進門的，可是身為一個年少風流的太醫院才子，杜二老爺很看重自己的感情生活，幾乎每個被他接進門的姨太太，都是他某一段感情經歷後的結果，所以他對杜若會喜歡劉七巧也不覺得奇怪，只是旁敲側擊道：「大郎，你尚未娶親，要是先接一個小妾進門，只怕老太太那邊不好交代吧？」

杜若聽杜二老爺這麼說，臉上神色嚴肅道：「二叔，我沒打算納妾，我想等七巧及笄了，明媒正娶迎她進門。」

饒是杜二老爺這麼風流的人，還是不小地震驚了。「你要納她為妾，這不難；但你要娶她進門，這輩子只怕沒指望了。」

杜若低下頭，有些鬱悶道：「這還不都是蘅哥兒給害的，老太太現在開口閉口的鄉下丫頭，覺得鄉下丫頭就是專門進城勾引主子的。」

杜二老爺聽杜若提起自己這個不孝子，也是搖頭道：「我最近忙得都沒空教訓他，那小子也是活膩了。」

杜若心道：他還不是隨你這個風流的爹嗎？

杜若嘆了一口氣，對杜二老爺道：「二叔，這事無論如何得向老太太保密，我娘那邊，我自己去交代，她是明理的人。再說七巧家是恭王府的下人，她爹是恭王府得用的二管家，雖然家世差了些，可我們杜家也是商戶，也從來不跟京城的這些官員們有什麼姻親往來，簡簡單單開醫館，安安穩穩過日子就好。」

杜二老爺見杜若這是吃了秤砣鐵了心了，也不免同情起他道：「你想得太簡單了。行了，這事我先替你保密，你娘那裡你自己看著辦。不過我看著劉七巧確實是有點能耐，她的那些醫理，我從來聽都沒聽過，卻說不出個錯處，實在是一個讓人捉摸不透的人才啊！」

杜若聽了昨晚劉七巧的話，對她保留前世記憶一說深信不疑，畢竟除了這個沒法解釋她的與眾不同，所以也只是笑著附和道：「七巧是一塊璞玉，只要精心雕琢，一定可以成為玉中精品的。」

杜二老爺見杜若眼睛放光的模樣，忍不住搖了搖頭道：「行了，媳婦還沒娶進門呢，瞧你那樣子，這十幾年的聖賢書都白讀了不成？」

當日，杜若和杜二老爺一起回了杜府。杜二老爺見過了杜老太太之後，直接回了自己住的西跨院。杜若見過杜老太太後，並沒有馬上回百草院，而是去找了杜大太太。

杜若從小乖巧聽話，從來沒在任何事情上忤逆過母親，可是這一回，杜若心裡卻沒有底，便想著不如背水一戰，沒準母親就應了呢！

杜若進了門，見房裡沒什麼人，只有王嬤嬤在面前伺候，便撲通一聲跪在了杜大太太面前。

杜大太太見兒子十幾年來從沒這樣過，心裡咯噔一下，急忙彎腰要扶杜若起身。「大郎，你這是怎麼了？有話好好說，快起來。」

杜若低著頭道：「孩兒不孝，還請母親責罰。」

杜大太太頓時心疼得不行。「你哪裡不孝了？你平常比誰都孝順，你二叔家的蘅哥兒，還有你那幾個妹子，誰能比得上你孝順？」

杜若抬起頭，清澈的眸子看了一眼杜大太太道：「娘，您能聽兒子把話說完嗎？」

杜大太太見杜若一本正經的模樣，便鬆了手道：「你說，娘聽著。」

杜若想了想道：「常言道：婚姻大事，父母之命媒妁之言，可是兒子私下裡喜歡上了一個女子，便是大大的不孝。」

杜大太太一聽，不得了了，自己兒子居然動了春心，誰家的閨女有那麼大的能耐，怎麼就讓兒子成這樣了？

「你既然喜歡，那就娶回家，只是別像你二弟一樣，隨便什麼人都往家裡抬就好了。」

杜大太太說這話的時候，其實心裡還有點吃不準，她雖然溺愛杜若，可她也不能眼睜睜看著杜若娶一個自己不入眼的媳婦啊！

杜若梗著脖子道：「娘，那人王嬤嬤見過，就是牛家莊劉家的劉七巧。」

王嬤嬤聽說是劉七巧，眼珠子一下子瞪得老大，心道：少爺怎麼就喜歡一個沒長開的姑娘呢？看那身板要讓太太抱孫子，還不得再長上幾年呢？

杜大太太連劉七巧是誰都不大清楚，只是擰眉想了想，才想起來似乎是上回王嬤嬤說過的，牛家莊富戶家的一個閨女，據說還是個會接生的？

「王嬤嬤妳說說，那劉七巧是什麼人？」杜大太太說話都有些顫抖了。

王嬤嬤心想，讓我怎麼說呢？說不好吧，少爺不高興；說好了吧，太太能信不？王嬤嬤正為難著，杜若開口道：「七巧聰明伶俐、善良純真，當日在林家莊為林少奶奶剖腹取子的就是她。娘，我們杜家不是醫藥世家嗎？七巧在這方面很有天賦，她一定會把杜家發揚光大的。」

杜大太太有些為難道：「可是……我要一個會剖腹取子的媳婦做什麼呢？我只要一個能給我生孫兒的媳婦啊！」

杜若也知道要讓杜大太太現在就接受很難，可是他不能退縮，這事情要慢慢籌謀，如果第一步連杜大太太都沒搞定，那後面杜老爺、杜老太太那邊就更難辦了。

「娘，等兒子娶了七巧，一定會給您生一個胖孫子的，娘著急什麼呢？」杜若跪在地上，一本正經地求道。

杜大太太看看跪著的兒子，為了一個女娃兒都朝自己下跪了，心裡說不心酸肯定是假的。但兒子都二十了才遇到一個喜歡的姑娘，要是自己不同意，兒子又要傷心。「你、你總要讓為娘先悄悄見上一見才行啊。」

杜若連忙點了點頭，杜大太太把他從地上扶起來道：「你瞧瞧，你平日裡那麼斯文冷靜的人，怎麼今兒這麼孟浪起來了，看來那位七巧姑娘還真是有些本事，把你的魂兒都勾沒了。」

杜若被杜大太太這麼一說，果然覺得今日又失態了，不由臉色一紅，可是歸根結柢還是因為那四個字：情難自禁啊！

杜大太太讓杜若走了，心裡卻還是七上八下的，生怕劉七巧是什麼不檢點的閨女，怎麼兒子才見兩面就惦記上了，別跟蘅哥兒的那個一樣，淨是勾引人的狐媚子，又聽王嬤嬤說劉七巧和方巧兒是同一個村的，便讓王嬤嬤把方巧兒喊了過來。

「巧兒，妳認識一個叫劉七巧的嗎？」杜大太太也不打馬虎眼，開門見山問道。

方巧兒摸不清杜大太太的意思，只能如實回答。「奴婢認得，奴婢在牛家莊的時候，跟七巧還是好姊妹。」

杜大太太本來就是一個慈眉善目的人，臉上神情也溫和，便笑著道：「那妳跟我說說，她是怎麼樣的？聽說她還會給人接生，這些是不是真的？」

方巧兒想了想道：「七巧是個很厲害的人，跟我們村裡其他姑娘不大一樣。她七歲的時候，她娘生她弟弟難產，就是她給她娘接生的。後來村裡面人知道了，就也有請她接生的，也有的人在背地裡說她，說她年紀輕輕就當穩婆，以後會嫁不出去，可她也不在意。她對人很好，我進城那天穿的衣服都是她給我的。」

杜大太太聽了，臉上表情也沒有多大變化，只是在說起接生那裡微微蹙了蹙眉，又問道：「她長得什麼樣，妳也說說看。」

方巧兒心裡越發疑惑了起來，但還是老實道：「七巧長得很漂亮。」方巧兒說到這裡，略略低下頭道：「以前村裡的人都說我們是牛家莊的兩朵花。」

杜大太太笑著道：「是呢，妳也是個可人兒，不然我也不留妳了。」她嘆了一口氣，揮了揮手示意方巧兒退下。

王嬤嬤送方巧兒出去，回來時見杜大太太臉上略帶愁容，便開口道：「太太，七巧那姑娘我見過，看著還挺厲害的，只是當時我沒想到少爺會對她有心思。」

「罷了，他既然喜歡，那就接回來吧。」杜大太太終於鬆口了。

王嬤嬤卻有點擔憂道：「太太，事情只怕沒那麼簡單，我看今日少爺這又是跪又是求的，像是只想要納一個妾嗎？」

杜大太太被王嬤嬤這句話提醒，連連退後了兩步道：「什麼？妳說他……他不是要納妾？」

王嬤嬤沈著臉道：「少爺張口閉口說的可都是要娶妻啊！」

杜大太太這時候才回過神來，伸手搥了一把一旁的几案道：「那我方才豈不就是被他給繞進來了，妳怎麼也不提醒我一番？」

王嬤嬤也左右為難道：「我這怎麼說呢？我也不好說啊！」

卻說又過了兩日，劉家倒是熱鬧得很，原來劉老二從城裡趕了四、五輛車回來接她們進城，讓村裡人瞧著很是氣派。

李氏在張羅晚飯，錢大妞忙上去幫忙，劉七巧請幾位大叔入大廳裡坐了，親自去廚房沏了茶過來，給眾人一一送上，然後抱著盤子站在劉老二身邊。

這幾個都是王府裡得用的奴才，和劉老二都是好兄弟。劉二老指著一個較年長的人道：「還不快謝謝妳鄭大叔，要不是他肯派馬車，妳和妳娘還得走路上京呢！」

劉七巧忙上前福了福身子，謝過了那位鄭大叔。那鄭大叔看著劉老二道：「老劉，這就是你的不是了，你家這麼好的閨女放著，怎麼不早帶進城呢？你看看我那兒媳婦已經娶了，不然這可不就是我家的兒媳婦？」

劉七巧雖然擁有一個十四歲少女的外表，卻不是十四歲少女的心，因此對於他們這些話題，她委實做不到羞答答或者是假裝摔盤子走了，於是她只能把頭低得更低一點。

劉老二嘆了一口氣道：「我家閨女明年才十五呢，我還沒著急張羅，這不少奶奶房裡缺一個澆花灑水的，我尋思著這差事不錯，就讓嫂子給打點了一下，在那院子裡澆花灑水，我家七巧還能做得來。」

那姓鄭的聽了道：「聽說少奶奶房裡面還缺人呢，我婆子的門檻都快被踩爛了，我原以為你是往裡頭塞的，怎麼就只放在外面？」

在這裡說話的都是劉老二的貼己兄弟，大家也不拘謹，只見另一個年紀輕一點的人道：「我看這少奶奶是個厲害的，原來裡頭伺候的那幾個，才剛滿十五就送出來配人了，說好聽的是恩典，說不好聽的，當誰不知道她心裡怎麼想？女孩子家的，十五歲能看出什麼模樣來，總也要等到十七、八才能出落得齊整一點，你們說是不是？」

這時候，另外一個一直沒開口的鬍子男人嘆了一口氣道：「我家春曉不就是嗎？上個月剛滿十五就給送了出來。在老王妃和王妃跟前服侍的姑娘，哪個不得到十七歲才出來？還有用得好的，留到個十八、九也是有的，偏生只有這位少奶奶體恤下人嗎？」

姓鄭的道：「怪不得我那婆子說，給少奶奶選人還是一個技術活。這小丫頭要得用的，怎麼也得十二、三了，可她用到十五就準時給送出來，也就兩、三年的光景，地還沒蹲熟呢。」

劉老二想了想道：「各位都是有閨女的，依我看，也未必就想著往幾位哥兒房裡放去。說句實話，雖然王府是個富貴之所，但是我們這十多年的差當下來，裡面的事大家心裡也清楚，你們看那幾個姨娘，有幾個是過得舒坦的？不過就是呼奴喚婢，其實芯子裡還是個奴才。依我看，還不如找個門當戶對的人家去做正頭太太，殷實點的，就算沒有魚翅燕窩，好歹也三餐飽足，沒個操心事情，夫妻恩愛、舉案齊眉就好。」

大家聽了劉老二的話，紛紛點頭，端著茶盞品了起來。劉七巧低著頭，不由翹了翹嘴角，覺得自家的爹還真是有一種領袖風範，要不是出身差一些，沒準還能成大事呢。

李氏弄完了晚飯，叫人吃飯，眾人起身去了飯廳。

酒席上，男人的話語就越發開闊了起來，劉七巧根據談話，終於也知道眾位大叔在王府的職位。

鄭大叔是王府專門管車馬的；另一位年輕一點的是管王府外面一條街的商鋪買賣的；還有那個有鬍子的，是專門管王府粗使雜役的；而劉七巧的爹是跟在王爺身邊的，所以，雖然劉七巧的爹看似實權最少，可在王爺面前是最說得上話的。比如這一次，他立了大功，王爺隨隨便便就撥了兩個莊子給他，對於這些不能常在王爺面前隨身服侍的人，簡直就是作夢也夢不到的事情。

「也不知道北邊的仗打得怎麼樣了，今年能不能過一個安生年？」鄭大叔開口道。

鬍子大叔也跟著嘆氣。「誰知道呢，我那表舅出了邊關已經五個月了，一封信都沒回來，家裡面已經急得不成樣子了，他媳婦吵著要改嫁。」

年輕一點的那位管事道：「風聲很緊，不好說。」

劉老二聽大家夥都發表完了意見，才沈著臉道：「這事還真說不準。前幾日我接王爺出宮，悄悄聽了幾句，只說京城裡還要派兵出去，皇上現在手裡能派的人都走得差不多了，我估摸著下面總也要輪到王爺了。」

大家一聽，面色一冷。姓鄭的道：「王爺祖上就是武將，他年輕時也是行伍出身，只不過後來因為老王妃的囑咐才棄武從文，我看王爺是不甘心就這樣下去的。」

劉老二只是喝酒，不接話，見眾人皆沈默了一會兒後才道：「王府這一代還是不降爵的，可是到了下一代就不好說了，說不準王爺想上戰場給子孫賺一個世襲罔替的爵位，那也是可能的。」

說完這一句，大家便沈默不語。戰場上的事情誰也說不準，可是一旦王爺出征，那麼恭王府的格局肯定會有所變化，到時候便是他們這些下人們動盪的年代了。

劉七巧和李氏三人在一邊聽著，這種事情她們是沒辦法插口的，但劉七巧也聽得津津有味。

幾個男人吃飽喝足，劉老二被李氏扶著回了自己的廂房，其他三人也各自回去為他們整理乾淨的廂房。

劉七巧吃完飯，照例還是睡不著覺，就坐在院裡的棗樹下看星星。

第二十一章

其實她從剛才自己爹爹的話語中，已隱隱聽出了王爺的意思。她估摸著這位年輕時救駕有功的王爺，應該會披上戰甲上前線。

劉老二其實沒喝多，他從房裡出來，看見劉七巧正坐在樹底下看星星。他鮮少回鄉下家裡，但每次回來幾乎都會看見女兒看著星星若有所思的樣子，也記不得她是什麼時候開始變成這樣的。

「七巧，想事情呢？捨不得這裡？」劉老二走到劉七巧旁邊，在她身邊坐了下來道。

劉七巧想了想，還是忍不住問道：「爹，要是王爺去戰場，您會跟著去嗎？做將軍的都有親兵，他會讓您一起去嗎？」

劉老二也有點愣了，他不過是在席上很隱晦地透露了一點，怎麼女兒就能看出來了呢？他揉了揉劉七巧的頭道：「這不是妳該想的事情，妳就想著快些長大、嫁人、然後讓爹抱外孫就好。」

劉七巧搖搖頭道：「不，爹，這才是我最關心的。我們這個家不能沒有爹，爹是這個家的希望，您把我們接進了城裡，不能丟下我們不管的。」劉七巧說著，眼眶一下紅了，撲到劉老二的懷裡哭了起來。

劉老二拍了拍劉七巧的背道：「這事還沒定下來呢，瞧妳，還哭了起來，我們家七巧不是已經長大了嗎？」

劉七巧也不知道為什麼會對劉老二這樣的依戀，也許在一切沒有涉及生死之前，這種親情看上去很淡，但是一旦想起你會失去一些真愛的人，這種傷感就滅頂而來。

她抹乾淨了臉上的淚痕，抬頭看著劉老二道：「爹，有件事我想跟您說，可是這會兒我又不敢跟您說了。」

劉老二見女兒吞吞吐吐的樣子，便立刻嚴肅了起來。「有事快說，吞吞吐吐可不像我們家七巧的作風。」

劉七巧才蹙眉道：「王老四想去邊關殺韃子當將軍，我怕他真去了，想讓爹在城裡給他找個差事，可是剛才聽說了王爺的事，我又怕王老四萬一找上王爺毛遂自薦怎麼辦？他天不怕地不怕的樣子。」

劉老二沒有回答劉七巧的問題，反而問她道：「七巧，妳對王老四這麼關心，難道是對他有意思？」

劉七巧趕緊搖頭，瞧著自己老爹道：「爹胡說什麼，我只是覺得王老四人很好，一輩子種地可惜了，就像爹一樣，要是一輩子種地，那我們又怎麼會有機會去城裡呢？」

劉老二點頭笑著道：「行，回頭我給老四看看。王府裡用人的地方多了，他哪能遇見王爺，王爺也不是隨便就能讓人遇見的。」

劉七巧急忙笑著點頭，劉老二又道：「今兒是妳在牛家莊的最後一天，從明天起，妳就是城裡的姑娘，不准再接生，明白嗎？」劉老二準時抓住話題，又繞到了劉七巧的事上。

她忙點頭保證。「爹，您放心吧，等進了城，我一定都按城裡的規矩來，絕對不會給您丟臉的。」

父女又懇談了一刻，才各自回房去睡。

第二日便是啟程的日子，李氏的爹娘也特意趕來送行，看著李氏道：「我這輩子唯一覺得自己沒做錯的事情，就是把妳嫁給了老二。閨女，到了城裡妳得好好服侍妳公公，知道不？萬事多為老二考慮考慮，知道不？」

李氏一邊抹淚一邊點頭，劉七巧覺得這場景就跟兩老又嫁一次女兒一樣。

王氏手裡抱著一大堆東西，笑著道：「大伯大娘你們快別難過了，二嫂子進城那是去享福的，還能吃苦了不成？」

李氏擦乾了眼淚道：「知道了，我會好好伺候公公，還有照顧好老二和兩個孩子。」

劉老二在前頭交代好了事情，繞過來道：「岳父岳母，你們就放心吧，我不會讓她受委屈的，過幾日我去那邊莊上，我們再見吧。」

一行人送到了村口，三大馬車的東西，一人趕一輛，劉七巧一家人坐在前頭劉老二趕的馬車裡頭。

沈阿婆抱著錢喜兒，面無表情。李氏還在傷心之中，一個勁兒地抱著劉八順抹眼淚。劉七巧這時候才發現，無論對眼前的事情有多大的期待，要跟現在告別的時候，心裡頭總有著無盡的傷感。

錢大妞看著劉七巧，小聲問道：「七巧，我們還會回來嗎？」

劉七巧愣了愣。回來是當然會回來的，可是只怕也不會長住了。她想了想，轉頭對外頭的劉老二說。「爹，一會兒在前頭橋下停一下吧。」

劉老二聽了，應了一聲，不一會兒，馬車剛出牛家莊，劉老二便把車給停下來。劉七巧看著錢大妞道：「大妞，去給妳爹娘磕個頭吧。」

錢大妞看著劉七巧，眼中蓄著感動的淚珠道：「七巧，謝謝妳！」

錢大妞牽著錢喜兒一起下了馬車，遠遠望去，河邊上有一連串的墳堆，這裡是牛家村祖祖輩輩沈睡的地方。

李氏聞言，也擦乾了眼淚道：「七巧，我們也下去給妳奶奶磕個頭吧。」

於是大家結伴下了馬車，各磕各祖宗的頭。

劉家在京城的落腳地是王府一處空置的宅子，麻雀雖小五臟俱全，進去先是一座影壁，然後是正院。院子不大，也就兩丈寬，接著就是三間正房。中間一間是大廳，左右各有兩個次間。後面那一排的三間大房就比前排大得多，想來正是劉老爺現在住的地方；左右各是幾間廂房，外面由抄手遊廊連接著，下雨天走路倒是不會濕了鞋。

劉老爺這時候從最後一排的大廳裡出來，見了劉老二道：「媳婦孩子們可都來了？」

劉七巧對劉老爺沒多大印象，記得好像也就張氏死的時候見過，平常他不怎麼回鄉下，一年也難得見到一回。

劉老爺見了劉七巧，笑著道：「七巧都長這麼大了啊？」

劉七巧低頭笑笑，喊了一聲爺爺。劉老爺城裡待的日子多了，跟鄉下漢子已經完全不同了，身上穿著緞面的銅錢紋褂子，手裡拿著一根煙桿，還真有老太爺的範兒。

劉八順也乖乖地上前去喊了劉老爺一聲，劉老爺從兜裡掏出兩個荷包來，遞給劉七巧和劉八順道：「就當見面禮吧，收起來拿著自己玩去。」

劉老爺見了錢喜兒和錢大妞，臉上也不由疑惑了一下，便笑了笑道：「這是在村子裡買的人嗎？怎麼也不好好挑挑，大的只怕快嫁人了吧？小的也太小了一點，這能頂上什麼用呢？」

錢大妞聽劉老爺這麼說，頓時臉紅到了耳根。錢喜兒雖然懵懂，但還是有點害怕，李氏更是覺得抬不起頭來，劉老二笑著道：「不是，這是我收養的兩個孩子，他們爹是錢多，爹還記得不？他老婆一早守了寡，上個月也死了，我看著兩孩子怪可憐的，就讓阿婉給養家裡了。」

劉老爺聽完，目光又閃了閃，往錢大妞和錢喜兒身上掃了掃，點點頭道：「行了，你們都下去吧，你留下，我有事問你。」

眾人這就算是行過了禮數，離開了劉老爺的屋裡。劉老爺進了客廳，劉老二跟在他後頭，劉老爺指著几案上放著的兩尊玉雕，道：「這是今兒一早有人給送來的，說是預祝喬遷之喜，我尋思著你搬家也沒幾個人知道，你看看這會是誰送來的？」

劉老二也算是見過世面的，上前看了眼那玉雕，連連搖頭道：「我哪裡認識這樣出手大方的人，看著是上乘貨色，跟王府大廳裡頭擺著的那兩個有點像，該不是送錯地方了吧？」

劉老爺敲著煙桿子，搖頭道：「哪能，人家打聽得清楚，就是送給恭王府二管家劉誠的，宅子都摸對了，還能送錯人？」他皺著眼皮子想了半天，抿著唇道：「莫非是王爺賞的？怕府裡面人多嘴雜的，誰說了出去，才故意不讓你知道？」

劉老二搖了搖頭道：「王爺可不會做這事。看這兩個玉雕，明擺著不是我們這種人家用的東西，送過來不是給遭罪嗎？難不成讓我們藏起來瞧？」

這頭，劉老二和劉老爺正納悶，那邊杜府裡頭，杜若更是被雷得外焦裡嫩的。

「什麼？你說杜管事送的禮物是品玉軒的玉雕？那你送過去了沒有？」杜若睜大了眼睛問春生，手底下的藥方子被墨汁給染成了團都沒在意。

「送了啊，這不是您吩咐我找杜管家直接拿的東西嗎？杜管家說年前給老太太修宅子的時候，有人送了一個恭賀喬遷之喜的，便讓我去領了，我就送去了。」春生沒弄明白為什麼杜若會這麼震驚，那放玉雕的底座上明明寫著「喬遷之喜」幾個字，應該是很切題的禮物才是。

杜若搖了搖頭，道：「那東西是前年老太太新修福壽堂的時候，安靖侯夫人送的賀禮，也不知道值多少錢，反正肯定不是他們那樣的人家能消受得起的。」

春生聽得直犯難，撓著腦袋道：「那少爺，要不我再去要回來？」

杜若沒好氣地白了春生一眼，只覺得哭笑不得，以後要是讓劉七巧知道自己做了這麼蠢的事情，那還了得？他只覺得一個腦袋兩個大。

杜若放下筆，無奈地安慰春生道：「算了，幸好你機靈，沒說是誰家送的，不然壞了我的好事，可有你受的。」

春生有些膽怯地看著自家少爺，這少爺最近的脾氣可不小了，話也比以前多了，有時候看書看著看著就傻笑了、寫字寫著寫著就不寫了、賞花賞著賞著就發呆了，也不知道到底是哪裡出了問題。

劉七巧一家搬完了東西，總算是歇了下來。李氏預備著要留幾位大叔和小夥子們下來吃一頓飯，可人家都很自覺地回家了，畢竟剛剛安頓下來，家裡家外都有些亂。

劉七巧和劉八順的房間是前面三間正房的右邊兩間，錢大妞和錢喜兒在東廂房，沈阿婆就在他們的隔壁，西廂房住著原來給劉老二和劉老爺做飯洗衣服的一個啞婆子，說是婆子，其實也不過四十來歲。

劉老爺和外室生了一兒一女，兒子不爭氣，吃喝嫖賭樣樣行，劉老爺當時就是死了心的，才想起家鄉的劉老二來，還好劉老二爭氣，這些年在王府越混越好，很得王爺的賞識，所以劉老爺對另外一個兒子也越來越不上心了，十天裡約莫有七、八天都不在家，劉老爺也不去找他。

劉老爺另外還有一個閨女，嫁給了王府管事，今天明知道劉七巧家搬家，卻沒有出現過，想來關係應該不那麼友好。

劉老爺現在也不過才六十不到一點，可自從老王爺死後，他就不摻和王府裡的事了。劉七巧估摸著劉老爺這麼急流勇退，肯定也是有原因的，不過這跟她也沒什麼關係。

一家人其樂融融地吃了飯，劉老爺表示心情很好，提議要帶著八順去外頭街上逛逛。這順寧街離鴻運街也不過就隔一條街，劉七巧便也想出去溜溜。

大戶人家的小姐是不能出門的，但是對平民百姓家來說，就沒有這條規矩。李氏和沈阿婆一起幫著啞婆婆收拾東西，劉七巧就站在門口往外頭望了望。出了這條小巷，外頭就是永順街，走到底就是鴻運街，來的時候就看見那條街上開著一家寶善堂，這會兒應該還沒到打烊的時候。

「娘，我也能跟著爺爺出去逛逛嗎？」劉七巧央求道。

那邊，劉老爺在前頭抱著劉八順，聽了便道：「七巧跟著一起去吧！」

劉七巧高興地往外頭跑，想了想又回頭，把坐在門檻上的錢喜兒牽了起來，又拉著錢大妞一起出去。

小巷裡其實還算安靜，到了外頭就熱鬧了起來，這會兒正是晚膳光景，路邊的小攤、兩旁的酒館都生意正好。劉老爺買了幾根冰糖葫蘆給大家吃，一路走一路對劉八順道：「八順，你爺爺我在這裡生活了快四十年了，好容易才能有今天，以後可就指望你嘍！」

劉八順似懂非懂地點點頭，幾個人轉上了鴻運街。比起順寧街來，鴻運街的道路開闊了很多，商賈林立，熱鬧非凡。劉七巧看著往來的人群，從衣著能看出來，這裡生活的人大多都不算特別有錢。

劉七巧一邊跟在後頭走，一邊左右打量著商鋪，然後在寶善堂的門口停了下來，裡面站店的掌櫃見了道：「姑娘是要來抓藥的嗎？」

劉七巧笑著搖搖頭，轉身又跟在劉老爺的身後，劉老爺便介紹道：「這是寶善堂杜家，是醫藥世家，如今的二老爺在宮裡頭當太醫院院判，醫術很是了得。大老爺十幾年前也當過御醫，但是後來老太爺死後，生意就都交給了大老爺了。這位大老爺是個好人，當年韃子入侵的時候，能跑的貴人們都跑了，我還記得當年老王爺讓我看好王府，我一個人躲在家裡不敢出門，正巧那時候妳姨奶奶要生了，我找不到人，急得要死，見了杜家的馬車便攔了下來，就是這位杜老爺下車給妳姨奶奶接生，然後有了妳姑媽。」

當年就是因為杜老爺的一時心軟，錯過了逃難的時辰，所以一路顛簸、急追慢趕，導致杜夫人早產，生出一個將將養不活的杜若，這世上因果迴圈，有時候還真的不只是一句「巧合」使然。

而劉老爺也因為在那次保衛王府的差事中表現良好，老王爺一回來就讓他當了管家。

劉七巧對於這些往日也就是過耳罷了，不一會兒就問起別的事情來了。「爺爺，我聽說城裡的姑娘都特別守規矩，我娘還說以後不准讓我出門，我看著這路上的姑娘家也不少嘛。」

劉老爺笑著道：「那是養在深閨的富家小姐，我們普通人家哪裡講究這些？」劉老爺說著倒是蹙了蹙眉道：「不過過幾日妳也要進王府了，到時候還真的得跟著人學學規矩，王府的規矩可都嚴厲著。」老頭子嘆了一口氣，繼續道：「我原本是想著妳明年就要嫁人了，也不用進去遭罪，結果聽妳爹說那差事好，我想想也不虧著，進去就進去吧，要是能混個大丫鬟，以後還能嫁得更體面一點。」

第二十二章

劉七巧在家裡待了兩日，到了第三日上頭，劉老二便帶著她進了王府。下人院落站著一排十來個小丫鬟，看年紀都比劉七巧小了不少，管事的鄭大娘對大家的態度也各有不同，無疑對劉七巧很是和顏悅色。

「七巧，一會兒我就帶妳去拜見少奶奶，妳不用緊張，少奶奶是頂頂和氣的一個人。」鄭大娘見劉七巧一路低著頭，不像其他孩子一樣左瞄右瞄的，印象就不錯。

其實劉七巧不是不想瞄，只不過這院子太大，她怕瞄一眼就走丟了。而且這古代的建築，牆都那麼高，萬一一轉彎走丟了，壓根兒沒地方找去。

劉七巧見她和氣地對自己說話，便點點頭道：「謝謝鄭大娘，我爹說讓我什麼都聽妳的就好。」

鄭大娘笑著點點頭，把其他小丫頭交給了其他的婆子，單獨帶著劉七巧往另一個院子走去。

鄭大嫂一邊走，一邊給劉七巧講解，指著荷花池對面一連排的院子道：「那是王爺和王妃的院子。」又指著荷花池西邊一座矮牆道：「那牆後面是二老爺住的地方，王府還沒有分家，二老爺就住在這花園隔壁的院子裡，不過隔了一道矮牆。」

從荷花池彎彎繞了很久，眼前便出現一座假山，假山後頭有一條寬路，劉七巧這才看清楚了，往左就是通到方才鄭大嫂說的、王爺和王妃住的地方，往右還有另外一個獨立院子。

鄭大嫂接著道：「那邊就是如今少爺和少奶奶住的地方。這裡往後面走，離荷花池遠的那處是老王妃和幾個哥兒、姑娘們住的地方，今兒先不帶妳去了，我先帶妳去認認妳的主子。」

劉七巧跟在鄭大娘後面，來到一處單獨的院子門口。鄭大娘也不進門，就在門口小聲喊了一句道：「翠屏姑娘在嗎？我帶著新丫鬟來給少奶奶請安了。」

劉七巧只顧跟在身後，不說話。這幾日劉老二已經把府裡的規矩說了個七七八八，不過按照劉七巧歸納的中心思想就是：一切聽主子的話，少聽少說少嘮嗑，能低頭最好別抬頭，能閉嘴最好別張口。

過了沒一會兒，果然裡頭傳來一個俏生生的聲音道：「是鄭嬤嬤呀，我家奶奶還正盼著呢，前幾天就聽說是劉二管家的閨女要來，我家奶奶已不知推了幾個人，就等著她呢。」

劉七巧聽了這話就覺得緊張得要命，怎麼感覺自己這關係走得有點大了，讓一個王府的少奶奶給推了幾個人，她爹現在在王府就這麼吃得開？

正亂想著，就看見一個穿豆綠色長裙，外面披著月白比甲的姑娘從裡頭迎了出來，看身量不過也就十六、七的樣子，臉上的神情容貌卻透出一股成熟的感覺，和她的實際年齡很不匹配。她見了劉七巧便上下打量了一番道：「果然是一個好姑娘，怪道鄭嬤嬤這麼打包票說少奶奶會喜歡，我看著都喜歡了。」

劉七巧聽一個和自己差不多大的人用這種口氣誇讚自己，實在覺得有些承受不了，只能低著頭笑道：「姊姊謬讚了，是我來晚了，讓姊姊和奶奶好等。」

那名叫翠屏的姑娘拿手絹摀著嘴笑道：「鄭嬤嬤，聽聽這張小嘴甜的，行了，別在門口杵著了，進去見奶奶吧。」

劉七巧對於奶奶這個稱謂，第一反應就是《紅樓夢》裡面的王熙鳳，可眼前這姑娘和平兒比卻差得遠了，也不知道裡頭的奶奶是個怎麼樣的奶奶呢？

翠屏領著鄭嬤嬤和劉七巧一起進去，過了二道垂花門，便看見裡頭圍著八、九個小丫頭，同時往劉七巧的方向看，劉七巧不敢抬頭看人，只略略瞥了一眼，按照繡花鞋的數量確定人數。

再往前走就是正廳，劉七巧便跟著進去了。翠屏打了簾子，往偏廳裡頭去，只聽她道：「回奶奶，劉七巧來了。」

裡頭的人聲音清冷，似乎有茶盞輕置的聲音，頓了頓道：「帶進來瞧瞧吧。」

這時候簾子一掀，翠屏從裡頭進來，對鄭大娘道：「鄭嬤嬤，妳在外頭候著，我帶七巧進去見奶奶。」

鄭嬤嬤似乎稍稍有些緊張，見了劉七巧又不好流露出來，便笑著道：「妳們進去吧。」

劉七巧進門，看見一雙鑲金嵌玉的繡花鞋，鞋頭上還各綴著拇指大的兩粒珍珠。正當劉七巧在想，這鞋子要是穿壞了，鞋頭上的珍珠到底會不會廢物利用的時候，面前坐著的人喊了她的名字。

「聽說妳叫七巧對嗎？」

「是。」劉七巧小聲回答。

「我的閨名裡，也有一個巧字，看來我們還真是有緣分呢。」那人不緊不慢地說道，但劉七巧總覺得有一點點不安。

她想了又想，終於明白了。名字犯沖了？該不會讓她改名字？雖然劉七巧自己也不喜歡七巧這個名字，可是這麼多年下來，大家都已經叫習慣了，難道就因為對方的名字裡面也有一個巧字，自己就不能用巧字嗎？那有本事讓全天下有巧字的姑娘都改名嗎？

劉七巧想了想，決定裝傻充愣，笑著笑道：「真的嗎？那七巧和奶奶確實很有緣分。」站在一旁的翠屏臉上都變了色，劉七巧依然低著頭，不卑不亢。那人頓了半刻，忽然笑著道：「既然那麼有緣分，那就留下吧。翠屏妳去告訴鄭嬤嬤，這個劉七巧我這裡留下了。」

劉七巧沒想到自己這麼容易就過關了，還有一種劫後餘生的不真實感，抬起頭看了一眼眼前珠光寶氣裝扮著的人，頓時縮起了脖子。那是一張很有辨識度的臉，雖然臉上還帶著三分笑意，卻又讓人覺得盛氣凌人。

劉七巧急忙低下頭，裝作一副被嚇壞的樣子，跟著翠屏出去。

簾子裡頭又是斟茶遞水的聲音，翠屏不解地問道：「奶奶，那丫頭這麼不懂規矩，犯了奶奶的忌諱，還說出那樣大膽的話來，奶奶為什麼還當真把她給留下？」

打扮華麗的美婦捧著茶盞喝了兩口，淺淺笑道：「模樣是挺招恨的，可她年歲大了，用一年就可以出去，我看著呆呆傻傻的，連這麼明擺著的事也不懂，應該不會是個有心思的。再說這丫頭選了多少天了，若是再不定下來，倒是顯得我難伺候。」

「可是，奶奶就容著她們七巧七巧地喊嗎？」

「喊幾聲又不打緊，我也不信這些，再說這裡頭知道我閨名的人又能有幾個？就算這事傳了出去，也能顯得我大度，妳說是不？」

「奶奶倒是能想通，可如今奶奶是有身子的人，只怕她沖著奶奶，可就不好了。」翠屏看著少婦微微凸起的腹部，擔憂道。

「行了，就妳們事多，我能讓她改名字，還能讓天底下所有名字裡有巧的姑娘改名不成？不過就是圖自己心裡痛快，這些東西我向來是不信的。」美婦從紅木靠背椅上站了起來，笑著道：「是時候給太太送燕窩去了。」

劉七巧坐在自己的鋪子上整理衣服。王府的待遇不錯，一等丫鬟是一人一間房的、二等丫鬟是兩人一間，原先住在這房裡的丫鬟叫綠柳，中等模樣，長著一張圓臉，見了劉七巧便笑著道：「總算有人來了，我都一個人睡好幾個月了，今晚總算可以安心睡覺了。」

劉七巧也笑著打招呼道：「我叫七巧，妳叫什麼？」

那姑娘也笑著道：「我叫綠柳，我們這院子裡的丫鬟都是跟植物有關的，奶奶給妳改了個啥名啊？」

劉七巧搖搖頭道：「奶奶沒給我改名。」

綠柳睜大了眼睛道：「怎麼可能？奶奶的名字裡也有一個巧字，之前出去的碧莎原來是叫巧珠的，後來改成了碧莎。」

劉七巧繼續裝傻道：「是嗎？奶奶方才還說我跟她名字裡有同一個字，真是有緣得很呢，我只想著有緣，就忘了要改名這回事了。」

綠柳想了想道：「興許也沒什麼關係吧。七巧，聽說妳是劉二管家的閨女，妳的命可真好啊，如今妳爹可是王府的紅人，王爺去哪兒都要帶著他。」

劉七巧無不感嘆，這世道果然到處都要拚爹，她不過就是做個丫鬟，有個當總管的爹，待遇就立馬不同了很多。

綠柳是個很健談的人，興許是一個人住一間屋子憋悶壞了，見了劉七巧，就把這幾個月想說的話一股腦兒地說了乾淨。

劉七巧也從她的話語中總結了一些有用之處，比如這王府有多少主子、有多少孩子、嫡庶怎麼區分，也知道了不少關於這個少奶奶的事情。

綠柳說這些話的時候，明顯帶著幾分不滿，卻又不敢表達出來，而她之所以敢跟劉七巧說的原因，也是因為劉七巧是個有靠山的，不必像別人一樣為了升等級而出賣朋友。

「七巧，妳長得真好看，以後可得注意點，妳看看我們院子裡，像妳這個年紀的人已經不多了，妳又那麼好看。」綠柳和劉七巧頭碰頭地睡著，認真勸慰她。

劉七巧哪裡知道這王府的秘辛，便驚訝問道：「怎麼了這是？我剛進來也覺得奇怪，除了奶奶身邊的翠屏，其他的丫鬟似乎年紀都很小，奶奶又懷著孩子，怎麼不用一些成熟老到的呢？」

綠柳苦著臉說道：「以前倒是有成熟老到的，可惜奶奶不喜歡，說她們也到了年紀配人了，就都打發了。其實那兩位姊姊都已經是少爺的通房了，再出去配人，哪裡就能配上好人家？」

劉七巧壓低了聲音問道：「少爺不管嗎？」

「少爺不怎麼在意，再說他們新婚燕爾的，少爺總要給奶奶幾分面子，不過奶奶也當真給力。」綠柳說著，便又繼續道：「碧莎是以前看管花草的，平常連房門都不怎麼進，少爺有時候賞花，她在後面跟著，被翠屏看見了幾回，也請出去了，說得好聽是放她們出去配人，說不好聽就是想往外頭攆。妳看看我們這院子，如今還剩下幾個齊頭整臉的？就剩下一群歪瓜裂棗的了。」

劉七巧噗哧笑出了聲。「聽說孕婦見多了什麼人，將來孩子就長得像誰，奶奶就不怕將來孩子生出來，也這般入不了人眼嗎？」

綠柳一聽，也哈哈笑了起來道：「七巧，妳這張毒嘴可真絕了啊！」

第二日一早，劉七巧很早就被綠柳給拉了起來，洗漱完畢之後，綠柳主要負責少奶奶平常活動之處的衛生清掃活動。劉七巧的任務則是管理花木，但是翠屏說了，王府有專門管理園藝的婆子，不需要她親自動手，只等她們來了，跟在後頭看著就成。

劉七巧見其他丫鬟都忙著，自己也不知道做什麼好，就假裝開始賞花，順便辨認這些花草有沒有她前世認識的品種。

沒一會兒，門口一個小丫鬟進來道：「杜太醫來了、杜太醫來了，這會兒去了青蓮院，一會兒就往玉荷院來了呢。」

劉七巧心道：一個四十歲的中年老男人也能讓這群丫頭如此瘋狂嗎？

丫鬟們一下子都規矩了起來，就連做起事也比往常慢了三分。翠屏從廳裡走了出來，看了一圈，見大家都各司其職，只有劉七巧似乎有些空閒，便索性叫了劉七巧道：「七巧，妳去青蓮院門口候著杜大夫去，一會兒把人往這邊領。」

於是劉七巧洗了洗手，接下了她身為丫鬟的第一個任務。

門簾子裡頭，少奶奶秦氏正對著鏡子讓丫鬟梳頭，見翠屏回來，便問：「她去了嗎？」

「去了。」翠屏脆生生答了一句，又問：「奶奶何必讓她去呢，興許她路還不認得呢。」

「不認得路，總能問的，況且就在一條道上，若真是那麼笨的倒也好了。」秦氏伸手壓了壓鬢角，讓一旁的梳頭丫鬟出去，見外頭簾子一動，腳步聲遠了，才開口道：「我讓她去，還不是要堵了那些人的嘴，說什麼我們房裡沒有一個齊頭整臉的人，全屋子歪瓜裂棗。今兒我就要讓她們看看，我不是不能容人的人，這劉七巧也夠了。」

翠屏臉上露出一絲笑意，恍然大悟道：「奶奶原來是這個意思，倒是我想錯了。我昨兒也向鄭嬤嬤打聽過了，劉二管家可疼這個女兒，說是只能做到明年七夕，等及笄了就要出去嫁人的，奶奶倒是不用太過擔心了。」

秦氏鬆了一口氣道：「我也是這麼想的，這劉二管家不是家生子，又在王府裡混得這麼風生水起的，王爺一刻都離不了他，我想他不是一個願意讓女兒做小的人。說白了，就算是嫁給了王爺，那還不是一輩子的奴才命嗎？」

翠屏點了點頭，伺候秦氏更衣。

第二十三章

虧得劉七巧昨兒進門的時候認了路，這時候倒也不至於走錯地方，一路上沒遇到什麼人就到了青蓮院的門口。

差人進去通報了之後，不一會兒就出來一個丫鬟，彎著眉眼打量了幾番，才開口道：「果然是個好的。」她自言自語之後，才抬起頭看著劉七巧道：「妳叫七巧是嗎？妳隨我進來，太太有事問妳。」

劉七巧知道她口中的太太就是懷有身孕的恭王妃，劉老二跟她說過，府裡的人都稱恭王妃為大太太，二老爺的夫人為二太太，老王妃則是老祖宗。

劉七巧跟著她進去，繞過影壁是一條寬青石板路，兩邊都有抄手遊廊，過去便是正廳，門口打著簾子，聽見外頭人腳步聲來了，裡面的人便已上前彎腰打了簾子，招呼道：「青梅姊姊請。」

劉七巧才知道引她進來的這丫鬟叫青梅。她不敢東張西望，一路上都是看著自己的腳尖走路，到了裡面也只恭恭敬敬低著頭不說話，等待王妃發話。

「太太，七巧來了。」青梅退到一旁，指著站在廳裡的劉七巧道。

劉七巧低著頭福了福身子，便聽人開口道：「果然是個好的。」

接下去，就是一連串的問話，家裡有幾個兄弟姊妹、進來過得還習慣不習慣、平常在家裡都做些什麼、進了城和鄉下有哪些不一樣……王妃問得隨便，劉七巧也答得隨便，倒是讓場面緩和了下來，忍不住笑語連連。這時，劉七巧已經不拘謹了，便抬起頭看了一眼坐在首座的王妃，只見她紅光滿面，甚是豐滿，據說胎兒才四、五個月，可看著那肚皮，倒像有六、七個月那麼大了。

劉七巧覺得自己的職業病又犯了，乾脆再次低下頭，只是低頭的時候，偷偷掃了一眼坐在一旁的杜太醫。這一眼一掃不要緊，卻發現坐著的不是杜二老爺，而是杜若！

劉七巧的臉頓時有些熱辣辣的感覺，幸好王妃以為她是被問得多了才怕羞，便開口道：「你們一家雖不是家生子，卻也是我們王府用了幾代的，我也放心。」她想了想，明媚的臉上露出些微愁容，又轉瞬即逝道：「少奶奶也是一個和氣的人，不過就是年輕些，她既然把妳留下，定然有她看上妳的地方，妳只管好好服侍。」

劉七巧又是一番小雞啄米一樣地點頭，王妃看著時間差不多了，這才起身道：「杜大夫，你跟著這丫頭去吧，我就不送了。」

劉七巧連忙謝過了，很自覺地上前揹著杜若的藥箱，跟在他身後，等著他先行離去。

杜若又對著大太太囑咐了幾句，這才離開青蓮院。出了院門，杜若便壓低了聲音道：「沒想到果真遇上了妳，我還差春生在外頭四處打聽呢，怎麼樣，妳過得好嗎？」

也不知為什麼，本有千言萬語，可在看見劉七巧的那一刻便口齒不靈，醞釀了許久，只道出這麼一句。

劉七巧還是低著頭，跟在杜若兩步遠的身後，有些不知所謂道：「什麼樣叫好？什麼樣又叫不好呢？除了不能睡懶覺，其他一切好像都還可以。」

杜若顯然對劉七巧的這個回答很不滿意，忍不住回頭偷睨了她一眼，又不敢逾越，便又道：「妳倒是有心思睡懶覺。」

劉七巧見他情緒低落，作為撫慰，小聲地問道：「聽他們叫你杜太醫，你這是去太醫院了？」

「嗯，前幾日才去的。我也只來這王府兩次，平日裡總是我父親或者二叔來。」

劉七巧聽他這麼說，總算領了他的情道：「淨想著在我面前邀功，你看我都給你揹藥箱了還想怎樣？」

杜若瞧了劉七巧一眼，眸光溫柔得幾乎要滴出水來，又問：「我給妳的東西，妳吃了沒有？」

劉七巧想起那一罐子的藥，搖頭道：「沒，放在外頭呢，沒帶進來。我亂吃這些，萬一主子以為是惡疾，把我攆出去了可怎麼好呢？」

杜若蹙著眉宇，又偷偷回眸瞧了眼劉七巧的身量，便道：「也是，下回給妳配些別的藥吧。」

劉七巧臭著一張臉道：「少來拿我當小白鼠，我才不吃呢。」

「什麼是小白鼠？」杜若有些不明白道。

劉七巧想了想便細心解釋道：「所謂小白鼠呢，就是做實驗的一種動物，比如有什麼藥物，人類不能用，就可以用小白鼠先實驗一下，看看效果。」

杜若一下子就明白了，眸光一亮道：「這倒是一個好辦法，回頭我也養一窩老鼠，正好可以幫我試藥。」

劉七巧看著杜若眉飛色舞的樣子，眨眼道：「你有沒有想過，你那些又苦又澀的藥，怎麼給小白鼠餵進去呢？」

兩人說話間，已經到了玉荷院的門口。七巧領著杜若進去，翠屏已經候在了門口，見了杜若道：「杜太醫，你可來了，奶奶正在裡面等著呢。」

杜若點了點頭，謙和道：「有勞這位姊姊了。」

翠屏臉上一下子紅了起來，親自上前挽了簾子讓杜若進去，卻從劉七巧的身上接過了藥箱，親自跟了進去。

劉七巧從來不會給自己掙活幹，理所當然地把藥箱推出去了。這時，專門管理花草的婆子也來了，劉七巧便跟在那婆子身後，手裡拿著灑壺，一路跟著一路灑。

約莫過了一炷香的時間，杜若從裡面出來，翠屏也跟著出來，身上還揹著杜若的藥箱。幾個小丫鬟不知從哪個角落裡一下子冒了出來，爭著要送杜若出門，只有劉七巧還在角落給一株不知名的花澆水。

翠屏見了就心煩，索性扯著嗓子喊：「七巧，妳過來送杜太醫出去吧。」

「我？」劉七巧放下灑壺，指著自己的鼻子問道。

「廢話什麼？就是妳，快點！」

劉七巧只好洗了洗手，乖乖走到翠屏身邊，接了藥箱對杜若道：「杜太醫，請。」

杜若瞥了她一眼，勾了勾唇角便往外頭去了。

剛出了院門，劉七巧就鬱悶道：「這院子太大，我還不認識路呢，不然你走前頭？」

杜若笑了笑，當仁不讓地走在前頭。出於習慣，劉七巧還是忍不住問道：「聽說王妃的孩子比少奶奶懷得晚，怎麼王妃的肚子比少奶奶大許多，你說會是雙生子嗎？」

杜若搖搖頭道：「從脈象來看，應該是單胎，不過胎兒確實過大，我已經讓她注意飲食了，但是王府人家，飲食起居自有規制，我說什麼，她們也未必放在心上。」

劉七巧道：「我看著少奶奶倒是保養得宜，王妃已是第二胎了，怎麼還不如一個生頭胎的？」

杜若笑著道：「年紀大了，難免就會過於緊張，我已勸她平日多出來走動走動才好。妳看這大好的荷塘，過不了幾個月就要盛開了，到時候一定很美。」

劉七巧低著頭，心道：讓她們出門都很難了，還讓她們到水邊，那是想都不用想了。

青蓮院中，大太太滿意地吃著秦氏送來的燕窩，嘴角含笑道：「也就妳有這心思，知道我素來喜好甜食，每日準備這些來。不過從明日開始，妳下午就不用送了，杜太醫今兒一早囑咐過我，不可過多進食甜食，怕影響胎兒。」

秦氏臉上露出一絲不解道：「怎麼會？杜太醫這說法倒是奇怪得很，哪有讓孕婦禁食的道理，不是應該多吃一點才能讓胎兒長得好嗎？媳婦若不是害喜得厲害，還想和婆婆一樣多吃幾樣，到時候也好有力氣生養呢！」

大太太笑了笑，放下手中的燕窩盅道：「話是這麼說，但既然是醫囑，我便遵了就是。再說如今我這胎兒倒也是大得很，看起來倒似有六、七個月，只怕再這樣下去，反倒不好生養了。」

秦氏天真地笑道：「怎麼會呢？婆婆您都要生第二個了，這一個定然也是平平安安的。再說，我看婆婆這肚子，倒像是懷了雙生子的，沒準一出來是兩個哥兒呢。」

大太太聞言也只是笑笑，擺擺手道：「若真是雙生子，怎麼杜太醫卻不說呢？」

秦氏擰眉道：「婆婆這就說笑了，太醫又不是千里眼順風耳的，不過是把把脈而已，還能看見腹中有幾個嗎？我卻不信了。」

大太太依舊笑，起身走動了幾圈，頗覺得有些疲累，卻開口道：「陪我去老祖宗那裡走走吧！自從我懷了孩子，晨昏定省倒是疏忽了很多，偏妳又是一個知禮的，倒顯得我嬌貴了起來。」

秦氏起身，上前扶著大太太道：「婆婆說笑了，您自然是比媳婦嬌貴的，再說您只有我一房媳婦，可老祖宗那邊不是還有二太太嗎？老祖宗不會怪罪婆婆的。」

幾人說笑著，便往外頭去了。

劉七巧澆完了水，又和院子裡的丫鬟們聊了一會兒。方才翠屏陪著大少奶奶出去了，其他人也出去玩去了，只剩下劉七巧和幾個粗使丫頭在，粗使丫頭又不能進門服侍，偏生這個時候，少爺回來了！

沒人進門伺候茶水自然是不應該的，幾個小丫頭又不敢逾矩，劉七巧便只好硬著頭皮，進去倒了水送到大少爺的茶几旁放下。

正要出門，那人卻問她道：「奶奶又出去了嗎？」

劉七巧忙小聲答道：「奶奶方才去看過了太太，這會兒和太太一起去了老祖宗那裡。」

少爺一聽這聲音不甚熟悉，抬起頭來看了一眼，想了想方問道：「妳是劉誠家的閨女？」

劉七巧又點了點頭，那人便沒再問什麼，過了一會兒才道：「下次不用沏新茶，這西湖龍井就是要三澆之後才出味道的。」

劉七巧面若死灰地喔了一聲，心想伺候人還真是技術活啊！

屋裡頭一時靜悄悄的，劉七巧低頭不語，充當乖順丫鬟。那人也沒有說話，只埋頭喝了幾口茶，等他把茶杯放在了茶几上，才抬起頭問劉七巧道：「對了，我聽妳爹說，妳也曾唸過兩年私塾的，可會讀書寫字？」

劉七巧覺得騙人不大好，便老實道：「讀書倒是會的，就是寫字寫得不好。」

那少爺笑著道：「會認字就好，寫字那是要練習的，沒有幾年的功夫，寫不出一手好字來，妳們姑娘家平常只拿繡花針，哪裡有空練字？」

劉七巧頓時覺得汗顏，她連繡花針都很少拿呢……

「回頭我跟奶奶說一聲，讓妳去外書房伺候吧，妳一個會寫字的丫鬟，在這裡澆花弄草的，平白就浪費了，我外書房那邊正好還差一個得用的人。」那人不緊不慢地開口，就像是在說一件天經地義的事。

劉七巧一時沒回過神，愣了半天才道：「可少爺剛才還嫌棄我茶都沏不好呢。」

大少爺笑了笑道：「術業有專攻，妳雖然不會沏茶，但好歹能入口了。」

劉七巧見他微微一笑，倒是覺得大少爺並不是想像中的那個樣子，有幾分和藹可親的感覺。

劉七巧低下頭，想了想道：「那就全憑主子吩咐吧。」

於是，劉七巧到任不到一天之後，光榮地轉業了。她不知道大少爺是怎麼跟少奶奶說這件事，但最後的結果就是翠屏面無表情的來通知劉七巧，讓她明天起到外書房去當值了。

最傷心的人莫過於綠柳，她盼了幾個月，終於盼到了一個能說話的人，結果沒睡兩天又要走了。外書房屬於外院，有專門供人睡覺的地方，也有專門管制的老媽子，屬於王爺、老爺、少爺們自己調度的地盤，和內院截然不同，劉七巧想了想，其實自己是和爹進了同一個部門了。

第二天一早，劉七巧特意起了一個早，等著外院的管事嬤嬤前來領人。翠屏從秦氏的房裡出來，把劉七巧喊了進去。這會兒正是大早，大少爺也還在房中，穿衣就緒，正捧著一杯熱茶。

秦氏見了劉七巧，臉上堆著笑道：「我前兒頭一天見妳，便覺得妳我是有緣的，還想著等妳年紀上來了，給少爺做個通房，等有了子嗣抬個姨娘也是小事。沒想少爺竟把妳要去了外書房，這外書房畢竟不是房裡的人，妳可願意去？」

劉七巧心道：這話說的，好的壞的、黑的白的都給妳占盡了，還挑不出個錯處來。再說了，大少爺要是真看上了什麼人，他會管是內書房外書房、房裡房外、府裡府外的嗎？說著一大堆還不就是想絕了大少爺的念頭嗎？幸好我劉七巧也沒這想法，便依了妳吧。

「奶奶說的什麼話？只有奶奶和爺吩咐的，沒有奴婢不願意的。」

秦氏臉上的笑容更甚，越發裝出不樂意的樣子道：「說得我又捨不得妳走了。」

這時候，大少爺忽然站了起來道：「妳說完了沒有？說完了，我領著她走了。」

秦氏臉色愀然一變，起身問道：「我已經吩咐了讓外頭來領人了。」

「我自己帶著去不是更好？妳歇著吧。」大少爺一言九鼎，給劉七巧丟過來一個眼神。

「妳跟我走吧。」劉七巧只能悄悄地福了福身子，跟在大少爺的身後。

到了門口，大少爺轉頭問她。「妳有什麼東西，一起帶著走吧。」

劉七巧一早就把自己的東西整理好了，這會兒綠柳正給她抱著，於是接過了道：「沒什麼東西，少爺我們走吧。」

大少爺瞇眼笑了笑，負手而立，看看外頭的天色，跨步出門。兩人到了門口，劉七巧一路小雞啄米似地跟在身後，大少爺轉過頭來，偶爾看她一眼，見她倒是一個老實模樣，便問：「妳是真傻還是裝傻？」

劉七巧冷不防被這麼問，一臉茫然地抬起頭，鬼使神差道：「您說呢？」

大少爺那雙黑漆漆的深邃眸子忽然閃了閃，笑著不語，領著劉七巧到了外院來。

劉七巧到了外院，才看見劉老二等在了門口，見了劉七巧，臉上也沒什麼不好看的氣色，倒是對著大少爺行了一個禮，又轉頭對劉七巧道：「還不快跪下來謝大少爺。」

劉七巧丈二和尚摸不著頭腦地跪了下來，口中振振有辭道：「謝大少爺。」

大少爺笑了笑，抬頭看著劉老二道：「二管家，只怕她到現在都還不知道為什麼要謝我呢！」

第二十四章

劉七巧被說中了心事，面上一紅，不好意思地看著劉老二求救。劉老二嘆了一口氣道：「這都怪我，不知奶奶的名諱中竟也有一個巧字，原本預備著也就一年的時間，誰想衝撞了奶奶，是奴才的不是。」

「不知者無罪，更何況她也沒有怎麼樣，你大可以讓七巧放心待在玉荷院的。」大少爺說道。

「那可不好，總不能讓奴才們就這樣七巧七巧地喊，對奶奶不尊重。」劉老二謙遜道。

「行了，以後就在我的外書房當差吧，反正原來的缺也總要人補的。」

劉老二又是千恩萬謝了一番，囑咐了劉七巧幾句，這才離去。劉七巧到現在終於弄明白了，事情的關鍵還是出在自己的名字上頭，劉老二見自己鬧了一個烏龍，亡羊補牢，請了大少爺來救場，於是大少爺去救場，把劉七巧塞到了自己的外書房。

既來之則安之，劉七巧一臉無奈地跟在大少爺的身後，想了想道：「少爺，不然您就給我改個名字吧，在府裡頭叫，出去我還叫劉七巧，成嗎？」

大少爺看了一眼劉七巧，斬釘截鐵道：「不成。」

劉七巧垂下腦袋，覺得很苦悶，好心勸說道：「少爺，您就改吧，奴婢不想您每次喊到我就想起您媳婦來。」
大少爺聞言，忍不住勾了勾唇角，咳了兩聲道：「劉七巧，妳這張嘴倒是比妳爹還巧啊？」

杜府之內，杜大太太在命丫鬟們在門口堵了幾次後，終於把一直聲稱公務繁忙的杜二老爺給堵到了。
杜大太太是溫柔的美人，雖然人到中年卻還沒有同二太太一樣中年發福，對於這樣美豔的嫂子，杜二老爺其實也不忍心拒絕。
「嫂子，有什麼話就直說吧，我一會兒還要去安福侯府為侯夫人請脈。」杜二老爺想用三十六計裡的走為上策，無奈大太太沒有給他這個機會。
「安福侯府我已經讓大郎去了。二叔子，你這躲了我快半個月了，有什麼話不能跟我明說嗎？」杜大太太命人上了茶，遣了下人出去，才幽幽地開口道：「不怕我說句笑話，大郎從小和你在一起的時候比我家老爺還多，他與你素來親厚，有什麼事情自然也先跟你說，連我這個親娘都要靠邊站了。」
杜大太太說著，還擦了擦眼角，溫婉地低著頭繼續道：「前些日子，大郎說他看上一個姑娘，叫什麼七巧的，那日你跟著大郎一起去的林家莊，那劉七巧你見過沒有，是個什麼樣的姑娘？大郎緣何一心只想要她，還說一定要娶回家當正室。」

杜二老爺不承想杜若是如此雷厲風行的人，居然已經和杜大太太攤牌了，便也只好捋了捋山羊鬍子道：「見是見過了，確實是一個有才的姑娘，容貌也是上等的，只是年歲尚小，我本來以為大郎只是說說而已，並未當真。」

杜大太太聽杜二老爺這麼說，一雙眼珠子已睜得極大，恨不得湊上前問清了才好，急忙道：「什麼並未當真，大郎他跪在我的前頭直說非她不娶，我當時也是昏了頭了，以為他就是要納個小妾，居然就鬆口了。如今想想，腸子都快悔青了。」杜大太太說到這裡不禁扼腕，一邊搖頭一邊道：「我雖不是一個嫌貧愛富之人，但總也希望給大郎找一個知書達禮的媳婦，可聽說她年紀輕輕就出去給人接生，這樣厲害的媳婦，我哪裡受得起？」杜大太太又嘆了一口氣，接著道：「如今老太太那邊還不知道，萬一讓老太太知道了，越發不得了了。你也知道，因為蘅哥兒的事，老太太聽見鄉下丫頭幾個字眉毛都要湊到一塊兒的，二叔，你就看在老太太的分上，勸勸大郎，讓他回心轉意吧。」

杜二老爺聽了，也是一臉為難，且不說他自己也是一個風流的性子，愛一個也要往家裡抬一個的，而且這拆散姻緣的事情，在古人看來也是缺德的。

「嫂子，那劉七巧是個好姑娘，我雖然只見過一次，卻已經讚賞得很，有膽有謀，大郎的性子本就溫良端厚，正是要有這樣一個媳婦幫襯著才好呢。」杜二老爺安慰道。

杜大太太聞言，又愣了，支著額頭道：「你們都說她好，我可是連個人影都還沒有見到的，好歹等我見了這姑娘一面才成啊！」

卻說劉七巧在周珅的外書房好容易過了十來日，終於到了休沐的時候，一回家就跟李氏說了要出去逛逛，李氏便塞給她一個荷包，裡頭放了一些碎銀子，隨她逛去了。

穿過順寧街，走到底拐彎就是鴻運街，劉七巧記得寶善堂的門頭，可不知為什麼，越往那邊走，心裡就越發緊張了起來。

即使是寶善堂的分號，在劉七巧的眼裡也是華貴的。她才進門，掌櫃的就迎了上來道：「姑娘，妳是抓藥呢，還是看診？」

劉七巧愣了一下，笑道：「我是來看診的。」

那掌櫃的也跟著笑道：「那姑娘今天好運氣，今日本店坐堂的大夫是我們少東家，醫術那是大大地好，剛剛進了太醫院做太醫。」

劉七巧裝作奇怪地問道：「是嗎？太醫平常也會來做坐堂的大夫？」

「平常當然不會，要不然怎麼會說姑娘運氣好呢？今兒我們原來的坐堂陳大夫家中有事，告假一日，所以少東家臨時來救場的。」掌櫃的熱情迎接著客人，並讓小二把人領進去。

店小二掀開簾子，就看見春生從走廊上走了過來，見了劉七巧便對那個小二道：「你出去吧，我領這位姑娘過去。」

店小二聞言離去，春生立即換上了一副看自家少奶奶的眼神，笑咪咪道：「七巧姑娘，我家少爺正等著呢，快進去。」

劉七巧心裡甜蜜蜜的，嘴上卻道：「他這麼早就來了？」

春生笑著道：「可不是，今兒正好是少爺太醫院輪休，所以一早就過來了。」

劉七巧又忍不住問：「那他吃過早飯了嗎？」

春生想了想道：「匆匆用了幾口。」

劉七巧從荷包中拿了一塊碎銀子出來，遞到春生的手裡道：「你出去再買一些好消化的早點來，我出來得早，也還沒吃飽呢。」

春生接了銀子，嘿嘿笑著出去，劉七巧見他跑得快，便道：「你想吃什麼就買，我請客。」

順著遊廊走到底，就是寶善堂大夫看診的地方，杜若正坐在裡頭低頭寫著藥方。劉七巧挽了簾子進去，見東邊的太陽從窗子裡頭透進來，照在杜若的臉頰上，說不出的好看，她一時就看呆了。

杜若抬起頭，溫潤的眸光像是能滴出水一樣。他今天穿著一件天藍色的長袍，腰中是月白色玉帶，整個人都顯得清雅華貴。劉七巧再一看自己，照例是家常穿的棉布長裙，外面罩著一件小對襟馬甲，活脫脫就是一個丫鬟的打扮。

劉七巧見杜若硯臺裡的墨有點乾了，便上前規規矩矩地福了福身子，彎眸看著他，甜甜道：「少爺，奴婢給您磨墨可好？」

杜若看著劉七巧，幾日不見，越發覺得她靈秀了起來，那一雙彎彎的眸子墨如黑漆，亮晶晶地看著自己，讓自己覺得舒心極了。

「看來這幾日規矩學得不錯，王府還真是一個養人的地方，不知七巧姑娘在那裡可還習慣？」

劉七巧見杜若這麼文謅謅的，一下子就綳不住了，瞪了一眼杜若道：「哼，就知道占我便宜。」劉七巧捏著袖子，開始為杜若磨墨，一邊抬頭看看杜若正在寫的東西，問道：「你這寫的都是什麼，我還以為你在寫藥方呢。」

杜若低頭看了一眼道：「這是陳大夫的醫案，我看著有用的抄錄一下，省得時間長了就忘了。」

劉七巧從自己的小背包裡也掏出了幾張紙來，問杜若道：「我前幾日在王府閒著也是閒著，就拿起了大少爺的書看，這些字句都不大認識，你幫我看看什麼意思？」

杜若低頭辨認了一下。不得不說劉七巧的毛筆字實在是沒學好，筆劃一多，整個字就像是墨團子一樣，分不清楚。杜若一邊揣測一邊看，然後臉頰慢慢泛紅，眼神有些閃爍地看著劉七巧道：「這句話妳沒看懂是嗎？」

劉七巧點點頭，指著上面的話唸，皺眉道：「已產屬胞門、未產屬龍門、未嫁女屬玉門。人身上明明只有兩個門，難道是把上面的嘴巴也算上去了？我想了半天也沒弄清楚，這三個門是從哪裡來的。」

杜若聽著劉七巧如此「精闢」的論斷，對於她說自己讀過很多書的話，再一次保留意見。不過念在她如此勤奮好學、敏而好問的分上，杜若還是耐心地解釋道：「這三個門形容的都是一個地方，只不過按照女子身體的變化予以區分，妳現在明白了嗎？」杜若說著，只覺得臉上微微發燙，不敢抬頭去看劉七巧。

劉七巧聽他這麼說，頓時恍然大悟了起來，連連點頭道：「我前世文言文學得不好，你可別笑話我。不過古人也真有意思，明明是一個地方，還要用三個名字，從現在開始，再看見這三個門，我就知道是什麼了。」

房間裡一時氣氛溫馨，劉七巧覺得挺像大學時跟長得帥的學長請教問題的情景，她抬頭看看杜若，那俊朗溫雅的模樣，實在符合她對男人的一切遐想。

接下去，劉七巧又問了杜若好幾個問題，等她問完最後一個問題之後，春生的早飯也買回來了。春生比較熟悉杜若的飲食習慣，所以給杜若買的是一碗熱騰騰的小餛飩，給劉七巧買了一籠剛出籠的小籠包。

「其實我已經吃過早膳了。」杜若心裡開心，覺得劉七巧還有如此賢良淑德的一面，真是不容易，但嘴裡還是說了一句不討喜的話。

「愛吃不吃，不吃拉倒。」劉七巧起得太晚，自己還沒吃呢，此時正飢腸轆轆，所以沒管杜若，直接挾起一個小籠包吃了起來。

杜若趕緊端了那碗餛飩，捧在手中道：「不過這會兒確實又餓了。」他低下頭，很認真地吃起了小餛飩。

杜若喝了一口熱湯，見劉七巧沒咬包子，便舀了一勺遞到劉七巧的唇邊。劉七巧鬼使神差一樣張開嘴一口吃了下去，非但沒覺得噁心，心裡簡直是甜到家了。杜若又喝了幾口湯，吃了幾個餛飩，薄薄的餛飩皮沾到了他好看的唇邊，劉七巧側過頭，忽然以迅雷不及掩耳之勢吻上了杜若的唇瓣，然後舔掉了那一小塊餛飩皮，並且快速地毀屍滅跡。

天呀！劉七巧心裡已經開始哀號，再這麼下去，她會不會淪落到自薦枕席的一天呢？她整個耳根和脖子全紅了起來，低著頭，啃著小籠包不說話。

一旁的杜若一張臉也整個燒紅了，呆頭呆腦地冒出一句話。「七巧，我吃飽了。」

劉七巧急忙放下包子，一本正經道：「我也吃飽了。」

杜若只覺得整張臉都紅透了，看著劉七巧，厚顏無恥地說：「那妳……能再為我擦擦嘴嗎？」

劉七巧抬頭看著杜若，恍然大悟，從袖子裡抽了一塊帕子丟給他，起身背對著他道：「自己擦去，擦好了還我。」

杜若拿著那一方帕子，瞇著眼睛擦了擦嘴站起來，繞到劉七巧的面前，把帕子遞給她。劉七巧接過帕子，誰知卻被杜若一下子給攬到了懷裡。

她抬起頭來，迎上杜若那雙黑亮的眸子，只覺得眼前似乎一黑，自己的唇瓣已經被杜若給啃上了。

這不是一個蜻蜓點水一樣的吻，劉七巧回憶了一下前世為數不多的幾個深吻，發現沒有哪一次有這種心跳加速、渾身無力，幾乎要窒息的感覺。可越是這樣，卻越發覺得難捨難分，身子緊緊貼在一起，劉七巧幾乎能感覺到杜若身上某處激動不已地膨脹了起來。

悠遠而綿長的一個吻，當彼此慢慢分開的時候，臉上都還紅撲撲的。

第二十五章

劉七巧低著頭，就著書案一旁的墩子坐了下來，臉上依然有著比朝霞更鮮豔的顏色。她不想逼杜若說出任何山盟海誓，只想和杜若簡簡單單地談一場戀愛，並且相信他值得自己託付終身。

杜若看著劉七巧，心裡也是忍不住的翻江倒海。他活到了二十歲，與藥罐子相伴，身邊的丫鬟們小心服侍，有的人甚至在他面前連用正常音量說話都沒有試過，只有劉七巧是那麼真實，她生氣、她歡笑、她發怒，每一種面孔都是那樣的生動。身為大家族出身的杜若以前不相信愛情，可此時他卻那麼相信，這種給予他獨一無二快樂的情懷，一定就是所謂的愛情！只有劉七巧這個人，才能讓他如此心亂如麻、心如鹿撞、心心念念，甚至心力交瘁。

「下次，我們去長樂巷那家店坐診好不？」劉七巧小心試探了一下。

杜若想了想道：「那家店離朱雀大街的店最近，父親經常會過去，如果妳想提前見公公的話，我就帶妳去看看。」

劉七巧聞言，翻了一個白眼。就當自己沒說吧！

杜若見劉七巧這樣嬌俏可愛，又忍不住將她抱住了，摟著纖細的腰線親了下去。

忽然間外頭的簾子一掀，一張中年男子的臉出現在劉七巧的面前，那人容貌看著有些熟悉，也是溫文爾雅的樣子，不過就是年紀大了一點，下頷和杜二老爺一樣，留了一把山羊鬍子，她一時明白了過來，這不就是一個中年版本的杜若嗎？

劉七巧頓時腦袋轟地一聲，連推開杜若都忘記了，只睜大了眼睛看著那人，而杜若還沈浸在彼此熱切的接觸上，他背對著那人，根本看不見身後的來人。

眼看著那人眼中的怒火已經要燒到外頭來了，劉七巧的腦袋也終於反應了過來，伸手扣著杜若的手指往外一推，紅著臉站到一旁。

杜若還不知道劉七巧為什麼突然發難，正欲辯解，轉身卻看見一片衣襟，臉色頓時大變，強自忍住了緊張，轉身拉住劉七巧的手，自己跪在地上，挺直了脊背道：「父、父親，這是七巧，我……我……不關她的事。」

杜老爺看了一眼杜若身邊的劉七巧，確認她不是府裡的丫鬟，再聽杜若這麼說，似乎兩人之間已是有了私情，頓時怒不可遏，伸著手指道：「我方才去了長樂巷的藥鋪，聽老陳說你今日在這裡坐診，我還當你是真的來行醫問診的呢，你倒好，簡直敗壞家風，你現在就給我滾回去！」

古代家教禮數都很森嚴，杜老爺這樣說杜若，杜若是沒有半句可以辯駁的，只能低著頭等父親訓斥完。劉七巧低頭看杜若，他這一副苦大愁深的樣子，實在讓她覺得心疼。

劉七巧想了想，鎮定了下來，清了清嗓子道：「杜老爺，您誤會了，我是牛家莊的劉七巧，上次在林家莊給林莊頭的媳婦剖腹產子的那個，今天是來和杜太醫請教一些有關婦科病症的事情。」以前同學談戀愛被家長抓到了之後，都是以互相請教作業為藉口，雖然這個藉口頗為拙劣，但是如今也想不出更好的辦法了。

「請教病症能請教到親嘴？」當我眼瞎呢……

杜老爺也是聽杜二老爺說過林莊頭家的事情，一聽說剖腹取子，頓時也對眼前的這個女孩子高看了幾分，可她分明就長著一張娃娃臉，看上去不過十三、四歲光景，這麼小的姑娘竟然會剖腹取子，簡直讓人咋舌。

杜若見杜老爺說話放低了聲調，抬起頭，帶著幾分怯意道：「爹，我……我愛慕七巧。」

杜老爺一聽，唇瓣上兩片鬍子幾不可聞地翹了翹，氣呼呼道：「你這麼大歲數的人了，喜歡人家姑娘家就把人騙到自家的藥鋪來，你不要臉，人家也不要臉面嗎？」杜老爺氣歸氣，但聽說劉七巧是那樣的能人，還是多了一份愛才之心，又見劉七巧談吐大方、面容坦然，亦不像是一個沒見過世面的鄉下丫頭。

劉七巧聽杜老爺這麼說，希望能說出一番讓杜老爺感動流涕的話來，但她沒有動不動就向人下跪的習慣，所以只福了福身子，緩緩開口。「七巧自知婚姻大事應有父母之命，媒妁之言，但是七巧出身卑微，只怕按照父母之命，這輩子也沒辦法和大郎結成連理，更別提什麼媒妁之言。可是大郎一片情深，七巧實在不忍相負，便是捨棄了名聲又如何，只要他能開心，我便開心。」劉七巧被自己的慷慨陳詞酸倒了牙，抬頭看了一眼震驚的杜老爺，以及身旁對自己凝眸相望的杜若，索性又添了一把火道：「不求天長地久，只求曾經擁有。」

劉七巧說著，挺直了脊背。這會兒，她的心情忽然平復了很多，但同時，忽然也覺得有一種深深的無力感，她心疼杜若為了自己和家裡鬧僵，她想要做他的妻子，但卻不應是以他對抗整個杜家為代價。

劉七巧轉身，看著杜若道：「杜若，我不會為了你屈居偏房，但你也不要為了我忤逆父母。我們都磊落一點，做不成夫妻，還可以做朋友，以後我劉七巧有什麼地方不懂，也還會像今日一樣來請教你。」

杜若看著劉七巧，仍是無語，眼裡的淚卻已經留不住。他忽然站起來，拉住了劉七巧的手，把她護到身後，頭一次站著對杜老爺道：「爹，兒子已經二十了，從不曾求過您什麼，兒子想娶七巧，兒子喜歡她，母親已經知道了這事，也已經同意了，兒子本來是想等七巧及笄了，再讓母親跟您提這件事情，誰知道……」

杜老爺雖然是一個傳統的人，卻也有一顆不傳統的心。如果說杜二老爺是風流不羈，那麼杜老爺就是情深似海。說起來，杜大太太還是杜老爺自己看上的，年輕時候的杜老爺同杜若一樣，也是一個英俊瀟灑的公子哥兒，一次出門就診的機會下，見到了貌美如花的杜大太太，從此茶飯不思、形容枯槁。最後在杜老太太的逼迫之下，終於說出了病因。

也是老天有眼，那幾日杜大太太娘家正好在給杜大太太議親，眼看都要定了人家了，最後總算被杜家給截胡了。說起來杜若現在會這樣，或多或少也是遺傳了父親的基因。

杜老爺嘆了一口氣道：「此事還要從長計議，斷不可以失了禮數，一來會讓人覺得你太過孟浪，二來對七巧姑娘也顯得不尊重。」杜老爺看看杜若，又看看劉七巧，沈聲道：「你也不看看，你虛長了她幾歲，怎麼就這麼沒頭沒腦了起來？」

劉七巧看著杜老爺一個勁兒地教訓杜若，心想，其實是我勾引他的。

杜若低著頭，臉色沈重，但從杜老爺的眼中卻聽出了一些轉機，便小心謹慎道：「是孩兒的錯，孩兒的心太急了。」

劉七巧覺得似乎沒自己什麼事了，便拽著杜若的手，輕輕搖了搖道：「不然我先回去了？」

杜若點了點頭，劉七巧便鬆開了他的手，朝著杜老爺福了福身道：「杜老爺，那七巧就先告辭了，您千萬別生氣，也別打他，他身子不好，前些日子還教我說：氣傷胃、怒傷肝。」

杜老爺見劉七巧對杜若的關心，一時間連火氣也發不出來。她若是那種畏畏縮縮、讓人看一眼就煩的丫鬟，那也算了；偏偏她還是一副頭頭是道、完全不知道自己錯在哪裡的磊落模樣，自己這個年紀的人，還真不好意思跟一個小姑娘計較。

劉七巧走出寶善堂，仰天長嘆，上輩子她沒鬧過初戀、也沒偷偷約會被家長抓過，這輩子倒是一樣都沒少。她摸摸自己的臉皮，一哭二鬧三上吊是做不到了，也不知道杜若一個人扛不扛得住？

房內，劉七巧走後，杜若又很乖覺地跪了下來，低頭不語。

杜老爺看著自己膝下唯一的一個兒子，又愛又恨。杜若自幼體弱，幾次都差點夭折，杜老太太是閒不住的，幾次都要給他房裡塞人，好讓他給杜家開枝散葉，可一想起杜若已經多病，要是將來還弄出幾個不省心的庶子出來，日子只怕就更不好過了，這樣拖拖拉拉，婚姻就耽誤到了現在。

「這件事容我回去跟你母親好好商討商討，以後你不能隨意對七巧姑娘做不尊重的事情，下次若是再讓我撞見了，我就打斷你的腿！」杜老爺黑著臉教訓道。作為太醫世家，雖然有官銜，但杜家畢竟以經商為主，杜老爺並沒有根深柢固的門第觀念，況且自己的媳婦也是看對眼了才娶進門的，所以他對杜若的想法是理解的。但他也絕對不允許杜若有任何有損門風的行為，譬如方才的那一幕，真是讓杜老爺震驚得幾乎昏倒了。

下午，杜若就跟著杜老爺走了，杜老爺親自安排了別的大夫過來鴻運街坐診，把杜若親自帶回了家。

杜老太太這幾日心情頗好，因為蘅哥兒的外室最終只生下來一個女娃。趙氏也鬆口讓她們搬進了杜府，如今那女娃娃就養在趙氏跟前，趙氏見那女娃娃可愛，倒也關心得很，但對那外室不聞不問。

杜若和杜老爺回府的時候，杜老太太正在逗自己的曾孫子禮哥兒，見了杜若又嘟囔了一句道：「禮哥兒都會走路了，大郎你倒是什麼時候有個信呢？我這一把老骨頭的，還能不能抱上曾孫呢？」

杜若被說得臉色一紅，低著頭不敢說話。杜老爺清了清嗓子道：「兒子和媳婦正在為大郎物色，母親不必擔憂，不過就這一、兩年的事情。」

杜老太太把懷裡的禮哥兒遞給了奶娘道：「你們都是這種性子，當年你好歹還心思活絡點，雖然沒了禮數，我到底也應了。如今大郎進了太醫院，越發不得空了，你們當爹娘的再不好好為他張羅，我都看不過去了，難不成我這一把老骨頭了，還要為了這事操心不成？」

杜老爺聞言，急忙點頭道：「正物色著、正物色著。」

杜老太太想了想，忽然間眼珠子一亮，轉頭問杜若道：「上回你說有一個還沒及笄的，是什麼人家來著，這幾日我見了你娘，左問右問的，她也不說。」

杜若的臉越發紅了，只好低頭道：「祖母，大郎若是有了心上人，定然是會讓祖母知道的，祖母怎麼越發著急了起來？」

兩人向杜老太太請過了安，杜若規規矩矩地跟著杜老爺進了書房，進去便又是屈膝跪了下來。

杜老爺不想弄出大動靜，便讓丫鬟偷偷去請了杜大太太進來。杜大太太掀簾進來，一見這陣仗，心下就突突跳了起來，急忙上前問道：「老爺，這好好的是怎麼了？」

杜老爺只是悶聲嘆息，看了一眼杜若道：「妳問問看他都幹了什麼好事！」

杜大太太心疼地看著杜若道：「大郎，這是怎麼惹你爹生氣了，你倒是說啊！」

杜若垂著腦袋，小聲回答。「娘，我今天見七巧了。」然後杜若頓了頓，繼續說下去。「被爹撞上了。」

杜大太太眨了眨眼睛，恨不得扼腕長嘆。她今兒本來沒什麼事情，聽說杜若去了鴻運街的寶善堂，本來也想去看看，順便為他準備個午膳，誰知道一早上趙氏抱著禮哥兒過來玩，她看著可愛，就跟著一起玩了一會兒，錯過時間了，否則撞見劉七巧的人應該是她才對啊！

杜大太太問道：「老爺，那叫七巧的姑娘，你覺得如何？」

杜老爺看了一眼杜若，沈聲道：「論容貌倒是不俗的，論性格也很是直爽，難得她對大郎的心也不壞，只是那家世實在是有些配不上大郎，更可恨的是！」杜老爺眉色一凜對杜大太太道：「妳生的好兒子，居然趁著房裡沒人輕薄了人家姑娘家，還被我抓了個現形。」

杜若的臉色頓時變了又變，方才跟老爹說好的明明不是這樣的，他不過說杜大太太已經同意了，杜老爺不相信，說要自己考察一下，怎麼這一考察，把自己給考察進去了？

杜大太太一聽，嚇了一跳道：「老爺，這可怎麼好，大郎前幾日還跪在我的面前，讓我成全了他，我當時以為他只是一時鬼迷心竅，也怪我，他自從身體好了就沒好好幫他物色對象，我這幾日正找得焦頭爛額的呢！」杜大太太看著杜若，臉上是恨鐵不成鋼的神色，抹著淚道：「你這孩子，平日裡這麼沈穩，如今怎麼就變得這般沈不住氣了？這可如何是好，萬一人家的爹娘找上門怎麼辦？」

杜老爺想了想道：「出了這種事情，吃虧的總是女孩子。人家也是正經人家的閨女，家裡頭在村上還算是個富戶，指望著要做正頭太太才送進了王府學規矩的，落得這樣的下場，就算不鬧上門來，以後議親只怕也難。」杜老爺一邊說，一邊看著杜大太太的反應，只見杜大太太愁眉苦臉，杜若更是摸不清狀況，心裡大呼：爹！這回您真把我給坑了！

杜大太太想了半天，心思也漸漸平靜了下來，抬起頭勉為其難道：「老爺，那姑娘你也見過了，若是真的是個不錯的姑娘，人品能配得上大郎，我也認了。大郎我是疼了一輩子的，總不能為了這事結了冤家，以後就算是給他找了別的媳婦，他也未必領情。」

杜若聽杜大太太說出這番話來，頓時眼珠子一亮，再抬頭看自己的父親，只伸手捋了捋自己的美髯，笑著道：「太太啊，這麼看來，還是為夫小看了妳。大郎說妳已同意，但為夫覺得妳心裡未必就樂意，看妳這幾日早出晚歸地拜託媒人，就知道妳還想著大郎回心轉意，是不？」

杜大太太被說穿了心思，一時也有些不好意思，又見自己兒子還跪著，便彎腰把他扶了起來道：「你瞧瞧你這般，還真是像足了你爹。」

杜若被說得不好意思，又低下了頭，杜大太太終於鬆了口道：「罷了，明日我去找胡媒婆，先讓她去探探話，等合了八字，再過文定，好歹把這事給定下來。」

杜老爺想了想，終究覺得有些不妥，開口道：「老太太那邊，我們先別鬆口。老太太如今對鄉下丫頭幾個字像是上了緊箍咒一樣，一聽見就是要唸阿彌陀佛的。」

杜大太太也忍不住笑了道：「可不是，如今那丫頭就在那西跨院住著呢，才剛生下一個娃兒，每日裡哭哭啼啼，尋死膩活的，也虧她們能忍得下來。」

杜若聽到他們說這些，便急忙道：「七巧不是這樣的人，她是率真磊落的人，我就是看上她這一點，覺得這樣過日子才不枉費了這一輩子。」

杜大太太聽了，又有些不高興了。這人還沒進門呢，就誇得跟神仙一樣，唉，都說生兒子不如養兔子，生了兒子娶了媳婦就忘了娘。

杜若見母親臉上又有些不好看，連忙道：「娘，找個機會，我讓您偷偷瞧一瞧七巧，等您看準了再請媒婆也是一樣的，我保證您會喜歡七巧的。」

杜大太太暗自腹誹了一番，心道：我才不信呢，我就算喜歡我也說不喜歡，看你們拿我怎麼樣！

杜若搞定了爹娘，又有二叔支援，瞬間覺得離勝利又近了一步！但是他想起今天劉七巧在寶善堂說的話，聽來真假參半的，倒是惹得杜若一陣傷心。他真害怕劉七巧是那麼想的，什麼叫做「不求天長地久，只求曾經擁有」？他杜若就是想和劉七巧天長地久！

第二十六章

劉七巧在王府一晃又過去了七、八天，自從來了外院之後只有一個不好，就是不能隨便進內院。當杜若再次來王府為王妃和少奶奶請平安脈的時候，劉七巧只能遠遠看著杜若的背影，瞧別的小丫頭花枝招展地給他揹著藥箱進去了。

還好杜若沒有忘記劉七巧，讓春生又給她帶了口信，讓她這次還是去鴻運街的寶善堂等他。談個戀愛跟做情報間諜一樣，真是新鮮又刺激，她數落了春生一頓，罵他為什麼上次沒提前報信，怎麼就讓杜老爺給抓個現行。

春生一臉苦惱地說道：「老爺進門的時候，我正巧在幫掌櫃的秤藥，誰知道老爺一句話沒說逕自往裡頭走了，嚇得我三魂都掉了兩魂半。」

劉七巧見春生認錯爽快，便也不去計較，又問了他杜若的遭遇，春生只彙報說，杜若回家之後又遭遇了兩堂會審，不過最後的結果好像沒有公布。但是杜若既沒有被罰跪祠堂，又沒有請家法，看來是安然度過，劉七巧一顆懸著的心也總算是落了下來。

為了避人耳目，劉七巧和春生說了幾句便各自走開了，她回到外書房，難得見大少爺今天在家，身邊正好沒人伺候，劉七巧就在他跟前服侍了一會兒。

大少爺抬起頭，視線不經意在劉七巧的臉上掃過，慢慢道：「劉七巧，我以前也是聽說過妳的。」大戶人家用人都是很嚴格的，劉老二雖然把劉七巧的事情瞞得死死的，但是劉七巧在老家的時候實在太有名了，那個趙寡婦跳河的事情一傳十十傳百的，連京城都有人知道了。

劉七巧不敢置信地啊了一聲，然後蹙著眉頭小聲問道：「大少爺都聽過奴婢什麼呢？」

周珅擱下筆，瞥了一眼劉七巧，隨口道：「聽說妳膽子很大，死人都不怕。」

劉七巧心道完蛋了，果然好事不出門、壞事傳千里，趙寡婦的事情怎麼會傳到這些人的耳朵裡了呢？對於這樣的人來說，欺騙就是自找死路，唯一的活路就是坦白從寬。

「死人有什麼好怕的，死人最是誠實。不像活人，會騙人、會說謊，還會做壞事。」劉七巧一本正經地回答。

周珅點點頭，接著劉七巧的話道：「那麼依妳的意思，死人一點也不可怕，這世上最可怕的人是活人？」

劉七巧點了點頭，周珅見信紙已乾得差不多，便摺了起來收入信封，遞給劉七巧道：「一會兒貴順會來取這封信，他知道送往哪裡。等貴順取了信，妳進院子告訴少奶奶，我今晚不在家用膳了，讓她不必等我。」

劉七巧只是點頭聽他吩咐，末了他站起來，見劉七巧仍舊只是站著不動，便自己整了整袍子，跨步出門。劉七巧看著他的動作，再看看自己這雙手，莫不是剛才少爺等著自己給他整衣服呢這是？劉七巧頓時覺得有些臉紅，周珅卻在這時候回過頭道：「妳磨的墨很好，下次繼續。」

劉七巧愣在當場，只嗯了一聲，但因為剛才的事情，臉還紅著，在周珅的眼裡倒是有幾分欲語還休的羞澀，無端讓他翹了翹嘴角。

沒過多久，貴順果然來取了信，劉七巧也按照周珅的吩咐，進後院去給少奶奶傳口信。這會兒天氣漸熱，後院的荷花池上已經有了尖尖的小荷，九曲廊橋的中央是一座四面開闊的亭子，裡面聚集著一群人，正在說笑。

經過那座亭子是到達玉荷院對面最近的距離，如果繞路的話，就要繞一大圈。劉七巧是個懶人，所以決定走近路，何況若是少奶奶也在那亭子裡，她還可以再少走些路。

於是她走上了九曲廊橋，朝著荷花池中間的亭子走去。

原來今日天氣很好，王妃在杜大夫的一再勸說下，終於下定決心要出來運動運動。她懷孕之後，因為年紀稍大了，所以格外拘謹，就連青蓮院都很少出來，今兒正好聽外頭丫鬟說初荷開始綻放了，這才大著膽子出來散步。

饒是這樣，還是有一群丫鬟們前呼後擁地圍著，其中自然也少不了少奶奶秦氏。劉七巧走到一半的時候，就見到秦氏穿著玫瑰紫二色金的緙絲褙子，頭上戴著八寶攢珠飛燕釵，在一群人裡面很是惹眼。

她正要過去行禮並且把大少爺的吩咐說一聲，忽然人群中傳來一聲驚叫，只見王妃那已經有些發福的笨重身子往後面一倒，竟是直挺挺的就要暈過去了。

站在王妃身後的丫鬟嚇了一跳，急忙扶住了王妃道：「大太太、大太太！」

眾人見狀皆是一驚，幾個鎮靜點的大丫鬟連忙開口道：「快去請杜太醫，妳們幾個快扶住了王妃，千萬不能讓她摔倒了。」唯有秦氏，非但沒有湊上去，反倒護著自己的肚子往後躲了兩步。

出於職業病，劉七巧也急忙擠了過去，見眾人亂成了一團，急忙道：「找個通風地方讓王妃靠著，所有人都散開一點，人太多反而喘不上氣來。」

劉七巧翻了一下王妃的眼皮，見她已是暈了過去，便轉身問王妃身邊的丫鬟道：「大太太今日早上吃了什麼？」

那丫鬟見劉七巧很有主見的樣子，也鎮靜了下來，開口道：「今日大太太早上用得較少，往日杜太醫每次來，都囑咐大太太要調節飲食，不可過量，大太太怕杜太醫又提及此事，所以……」

劉七巧聽了，簡直要對這個王妃哭笑不得了。調節飲食豈是一朝一夕能做到的，虧她還是一個王妃，怎麼就……劉七巧轉身對身後的丫鬟道：「妳們快去弄一碗甜羹過來，餵王妃吃下去。」據她觀察，王妃因為長期不健康的孕期飲食，已經導致了妊娠期糖尿病，所以在過度飢餓之下出現低血糖，且方才在這亭子周圍至少有十幾個丫鬟婆子圍著，天氣又悶熱，才會直接暈了過去。

那丫鬟聞言，忙喊了身邊的小丫頭去廚房安排吃食，劉七巧摸了摸自己的荷包，裡面還有前幾日吃剩的幾顆粽子糖，便拿了一顆出來塞入王妃的口中，再伸手按壓她的虎口，希望她能快點醒過來。

外面的丫鬟都已經散開，沒過多久，王妃幽幽醒轉，只是一時間說不出話來。劉七巧看著她道：「大太太，現在覺得有些胸悶、呼吸不暢、渾身乏力，這些都是正常的，太太先閉上眼睛，慢慢深呼吸，不要著急，胎兒會沒事的。」

王妃聽了劉七巧的話，緩緩閉上眼睛，開始深呼吸起來，過了一會兒果然好了一些，才有些虛弱地開口道：「果然好一點了，多謝妳了。」

劉七巧笑著道：「這會兒外頭風不大，太太稍微多吹一會兒，等胸口不憋悶了再回去吧。」她一心關心王妃的病情，卻不知身後幾步之外，有人不解地看著她的背影，兀自暗恨。

她居然懂這些！但那個表情並沒有維持多久，那人就迎了上去，跪在王妃面前道：「婆婆，您好些了嗎？真是擔心死媳婦了，都是媳婦不好，非要讓婆婆出來走走，惹出這麼多事，是媳婦的錯。」秦氏說著，眼淚已經啪地落了下來，一副後怕的模樣。

劉七巧掃了一眼秦氏，大概是上輩子宅鬥小說看多了，心裡對這個秦氏總有些異樣的感覺。

王妃此時已經回過神來，只是還有些乏力，見秦氏哭得梨花帶雨，便安撫道：「又不是妳的錯，大抵是我長久沒出來走動了，才會這般禁受不起。」

正說著，那邊王妃的丫鬟青梅已經接過了小丫頭送來的燕窩羹，正要服侍王妃服用，卻被秦氏攔了下來，自己上前接了過來，恭恭敬敬地一小口一小口餵王妃吃了起來。

王妃用了幾口便讓她退下，秦氏仍舊站在一旁服侍，神色恭敬得體。這時候王妃已經完全回過神來，見劉七巧在旁，便抬頭看了眼道：「我認得妳，妳是劉二管家的閨女，叫七巧對嗎？」

劉七巧淺淺一笑道：「太太好記性。」

王妃笑了笑，轉頭問秦氏。「她如今是妳房裡的丫鬟，妳替我好好賞她吧。」

秦氏溫順地點了點頭，又道：「回太太，如今她已不在內院，前幾日相公聽說她是個會讀書寫字的，就把她調到了外書房去當差了。」秦氏說著，才看了一眼劉七巧道：「我正要問妳，外院的人不進內院，妳怎麼正巧就進來了呢？」

劉七巧正愁沒機會和秦氏說話，忙道：「是大少爺讓我進來同奶奶說一聲，他今日不在家用膳了，要奶奶不必等他。」

秦氏點了點，又挑眉掃了一眼劉七巧。「我知道了，妳下去吧。」

這時候，外頭的婆子已經引了杜若進來，杜若見一群人都圍著王妃，頓時有些奇怪，抬眸卻見劉七巧站在一旁，心裡又是一陣驚喜，連帶著嘴角都上揚了起來。

杜若見了王妃道：「方才聽來人說大太太有些微恙，這會兒可是好了些？不如回青蓮院，在下再為大太太好好把把脈。」

王妃點了點頭，秦氏忙讓丫鬟去喊了抬肩輿的婆子來，不一會兒，眾人送了王妃上肩輿，一路跟在身後。

王妃坐在肩輿上，和顏悅色地讓那丫鬟去回了老太太，只道自己無礙，又指了劉七巧道：「七巧，妳跟我過來。」

劉七巧不知道王妃叫她做什麼，但也只好點頭跟了上去。

青蓮院內，一眾的丫鬟服侍王妃歪在榻上，大氣也不敢喘，秦氏站在一旁一臉恭敬，杜若打開藥箱，拿出藥枕，替王妃重新搭脈診斷。

劉七巧知道，憑藉號脈來診斷糖尿病那是不可能的事情，中醫畢竟不像西醫，有科學資料可以依據。但王妃的症狀正是典型的妊娠期糖尿病現象，一旦控制不好，以後孩子出生，王妃就會成為一個真正的糖尿病患者。

「大太太最近可有覺得口乾舌燥？」杜若經過望聞切之後，開始詢問病情。

王妃想了想道：「平日裡倒沒在意，只是天氣越發炎熱，口渴不是正常的嗎？」

倒是一旁服侍著的青梅開口道：「以前大太太晚上只喝一、兩次水，最近晚上都要喝三次，奴婢也不知這算不算。」

杜若點點頭，又繼續問道：「那大太太是否餓的時候恨不得馬上就能吃到東西才好，一刻都不能等？一等就心慌手抖？」

王妃聽杜若這麼說，也有點不好意思起來，稍微低著頭道：「杜太醫果然醫術高明，這……這如何也能看出來，平日你總是要我合理飲食、注意節制，可是餓的時候便節制不了，教我如何是好呢？」

秦氏聞言，便在一旁笑著道：「這大抵是有了身子的人的通病，媳婦也是這樣呢，看見了東西恨不得馬上就能吃上才好呢！」

王妃聽秦氏這麼說，很是受用，又問杜若道：「杜大夫還有別的要問嗎？」

杜若想了想，搖搖頭，從藥箱中拿出了紙筆開始寫藥方。他時不時又蹙眉想想，添上幾筆，極其秀氣的眉目帶著自然的俊朗，不禁讓劉七巧和另外幾個丫頭都看呆了。

「從脈象上來看，並無大礙，只是大太太切不可以再吃太多甜膩之物，飲食需要少量多餐，餓了就吃，但不能多食；平日裡還是要多運動，尤其是在飯後，可幫助消食。」杜若說完，把藥方遞給了一旁的丫鬟。

秦氏不禁開口問道：「杜太醫，今日之事若不是你說要讓大太太多出去走動走動就不會發生了，如今你又說要大太太出去走動，萬一要是有什麼閃失，這可如何是好呢？」

杜若被她這麼一說，臉上頓時生出幾分尷尬。劉七巧想起上次杜二老爺感嘆對那些豪門貴冑人家的勸誡收效甚微之事，頓時有些同情。

劉七巧上前一步，恭恭敬敬向王妃福了福身道：「奴婢認為杜太醫說得有道理。奴婢是個鄉下丫頭，平日看慣那些村婦挺著大肚子下地幹活的，奴婢並不是說要讓大太太和少奶奶跟村婦比，但那些村婦大多數是兒女成群且又順產的人，她們身子骨之所以如此硬朗，自然是離不開運動兩個字。所以奴婢認為，杜太醫不過是叫大太太出門散步，並沒有什麼不妥之處，太太大可以聽從杜太醫的醫囑，平常多出去走動走動。杜太醫一切都是為了病患著想，少奶奶這麼說倒像是在嗔怪杜太醫了。」

劉七巧一口氣說完，仍舊低著頭。一旁的杜若嘴角微微一勾，笑道：「七巧，大太太不是這樣的人。」

杜若說完，王妃這才反應過來，看了一眼杜若道：「杜太醫，你認識七巧？」

杜若點了點頭，臉上帶著和煦的笑。「七巧是個聰明姑娘，對產科尤為精通，大太太要是由七巧在身邊照看，就不怕有什麼閃失了。」

王妃笑了笑問道：「喔，果真如此？」

劉七巧抬起頭，看見杜若眸若點漆，正看著自己，連忙又低下了頭道：「精通自然是算不上，就是……就是曾經稍微看過一點有關這方面的書，稍微知道一點點而已。」

王妃聞言，立即發話道：「既然如此，妳也不要回大少爺的外書房了，就在我這房裡當個隨侍的丫鬟吧。」

劉七巧頓時尷尬。她換部門的頻率也太快了一點吧？她想了想，道：「奴婢也不是不願意服侍大太太，但既然要讓奴婢服侍，大太太能否答應奴婢兩個條件？」

劉七巧的話還沒說完，那秦氏忽然開口道：「七巧，妳也太過放肆了，大太太要妳進內院，妳只管謝恩就是了，怎麼還談起了條件？方才妳頂撞於我，我都沒有治妳的罪，如今妳頂撞太太，我是萬萬看不下去的。」

劉七巧見秦氏這麼說，蹙起了眉宇，略略抬眸，在秦氏那張打扮明豔的臉上掃了一眼，繼續道：「七巧以為，一切當以太太的身體為重，所以七巧的這兩個條件，也是以此為基礎。」

王妃聽劉七巧這麼說，便也來了興致，對秦氏道：「妳讓她但說無妨。」

劉七巧神色肅然，一本正經道：「第一點，太太要是想孩子平平安安地出生，從今日起就要按照奴婢制定的飲食方案用餐。第二點，太太平日所有進食的吃食，都要由奴婢批准。」

劉七巧說出這兩點，就連王妃身邊的大丫頭青梅也忍不住數落道：「妳這丫頭，也忒大膽了，難道我們還會害了太太不成？」

劉七巧辯解道：「姊姊還沒聽我說完，俗語有云：病從口入，吃了不好的東西，自然會生病。但其實大家不知道，吃了好東西，那也是會生病的，不信妳問杜太醫。」

劉七巧把球踢到了杜若的身上，杜若只是神色淡然，微微含笑，聞言便道：「七巧姑娘說得有道理，水滿則溢、月滿則盈。好東西吃多了人也會承受不住，這就是為什麼許多鄉間人家粗茶淡飯反而活到七老八十，而有些鐘鼎望族之家雖然山珍海味卻未必有那福壽。大太太如今的身子已略有發福，確實更應該控制飲食。」

第二十七章

王妃本就是一個心寬體胖之人，聽杜若這麼說，也就警覺了起來，再仔細想想她懷孕後的幾個月，身材完全是呈橫向發展，又因是老來子，她越發小心翼翼。平心而論，這幾個月她確實連出門的機會都不多，今天心血來潮想要出去看看，卻又發生了這種事情，想來也是讓她有些後怕的。

王妃看看劉七巧，又看看杜若，為了自己的身體考慮，勉強點了點頭道：「七巧既然說得這麼頭頭是道，又有杜太醫給妳打包票，那我就姑且信妳一回。」

劉七巧眉眼一彎，笑咪咪地應了下來。

杜若離去，劉七巧自請送他出門，兩人仍舊是一前一後走著。她揹著杜若的藥箱，仰著頭問他。「你怎麼又讓我挪了一個地方？我這才去了一個清閒的好地方，裡頭還有很多醫書看，我正樂著呢！」

「等妳進了杜家的大門，想要看多少醫書沒有？」杜若也如平常一樣慢慢走著，兩人的距離越來越近。「妳一個姑娘家，在少爺的外書房伺候總是不好的……」杜若說著，皺了皺眉，沒有再說下去。

「有什麼不好的？你說說看呢。」劉七巧故意逗他。

杜若臉上隱隱現出一些不悅，冷著聲音道：「外書房是個可以見外男的地方……」

劉七巧噗哧一聲笑了出來，緩緩跟上去，用手指輕輕勾了勾杜若的掌心，忽然又退後了兩步，規規矩矩跟在他後頭道：「以前你老跟我頂嘴，這會兒怎麼又這麼護著？」

杜若面上一本正經。「反正妳在王妃身邊，總比在外書房強。」

劉七巧撇了撇嘴，心裡卻閃過一絲甜蜜。「若若，你覺得王妃的病是偶然的嗎？」

杜若猛然聽劉七巧這樣喊，沒來由停下了腳步，只道：「我遇到很多這樣的病人，富貴人家的少奶奶、太太們大多會這樣，過度小心謹慎。王妃已經三十六了，又懷有一胎，這種緊張的心情是可以理解的。」

劉七巧卻搖了搖頭道：「我覺得問題不在這裡。你看少奶奶也懷孕了，可是她看上去和王妃很不一樣，我曾在少奶奶的院裡待過兩日，見每日少奶奶早晚都要給王妃送燕窩羹去，自己卻不吃，我在想，王府這樣富貴的地方，不可能連多一碗燕窩羹都沒有，你說奇怪不奇怪？」

杜若聽劉七巧這麼說，蹙眉想了想道：「我看少奶奶孝順得很，孝順公婆、體貼夫婿，這都是女子出嫁後應該做的，我覺得她做的也沒什麼不妥。」

劉七巧心中暗道：要真的是我多心就好了，就怕不是我多心，那就不是好事了。

送走了杜若，劉七巧回到了青蓮院，秦氏仍舊在院中服侍。見了劉七巧進來，便道：「七巧，妳如今在大太太這裡服侍，更要盡心盡力，知道嗎？」

人。」

劉七巧點頭道：「奴婢知道了。」

王妃見秦氏一臉嚴肅，便笑著道：「妳也累了一早上了，回去歇息吧，妳也是有身子的人。」

秦氏笑著起身道：「媳婦倒是不累，不過如今有七巧陪妳，媳婦也放心了不少。」

王妃這會兒臉色已經好多了，青梅捧了茶上來道：「這是今年貢上的胎菊茶，少奶奶不如喝一口茶再走。」

秦氏接了茶，微微抿了一口道：「茶是好茶，就是太淡了些，這菊花茶最清熱解火，在夏日裡喝是最好的，若是再加一些冰糖，口感就越發好了。」

青梅恍然大悟道：「正是呢，平日裡太太就是愛喝一點甜味的，我怎麼就忘了擱上冰糖。」才說著，青梅便轉身，要往茶房去重新泡茶去。

劉七巧忙攔住了道：「青梅姊姊等等，方才杜太醫還說要太太戒了甜膩，這會兒怎麼又吃上了？」

青梅一愣，走也不是留也不是，蹙眉道：「冰糖甘甜，不是甜膩。」

劉七巧搖頭道：「不行，太太如今不能吃甜的，哪怕一點也不行。」

「七巧？」青梅頓時覺得有些面上過不去，抬起頭往王妃那邊瞧過去。

王妃也擺了擺手道：「罷了，吃多了這身子越發胖了，還是少吃些好。」

秦氏不語，只低頭笑笑，又道：「昨兒宮裡頭賞的甜瓜我吃著味道不錯，算不得太甜，婆婆不如試試？」

青梅聞言道：「昨兒奴婢已經端過來讓太太嚐過了，因是生冷的東西，所以沒多吃，只吃了幾塊就罷了。」

秦氏笑著道：「如今天氣越發熱了，這廳裡都要擺上冰塊了，吃幾塊甜瓜算什麼生冷？妳們也太過謹慎了，沒得讓太太過得這麼苦哈哈的。」秦氏說著，便招呼自己身邊的翠屏道：「妳去跟廚房說一聲，今兒的甜瓜不用放井裡冰鎮了，直接切了吃就好。」

劉七巧想了想，終覺不妥，但沒有立即阻止，只站在一旁囑咐道：「甜瓜雖好吃，終究還是生冷了些，太太可以嚐幾塊潤潤嗓子，多吃可不好。」

王妃見劉七巧這副一本正經的模樣，笑著道：「我這青蓮院算是來了一個大管家了，照妳這麼管制，只怕我等到要生，還能瘦幾斤下去了。」

青梅見王妃都這麼說，便也不好再說什麼，只是跟著眾人一起笑了笑。劉七巧偷偷看了一眼秦氏，笑得也很自然，半點沒有違和的模樣，倒是不讓人生疑。

是夜，玉荷院中，秦氏慵懶地靠在軟榻上，神情琢磨不定。「妳說我這法子如此不動聲色，不會被人識破了吧？」

翠屏跪在秦氏身邊，為她敲著開始微微浮腫的小腿道：「奶奶這辦法如此隱秘，奴婢以前連聽都沒聽過，只看著大太太那身子跟打了氣一樣鼓起來了，還以為是萬無一失的，難道那劉七巧會懂這些？」

秦氏也微微擰眉，搖頭想了想，對翠屏道：「妳派個人去牛家莊好好查查這劉七巧有些什麼來歷，我看著倒是很不簡單。」

正說著，外頭的丫鬟朝裡面傳話道：「奶奶，大少爺回來了。」只聽見一個穩健有力的步伐從門外進來，秦氏連忙從軟榻上起身，低眉順眼地上前，遞了水上去道：「我正有事要同你說。今兒你書房的劉七巧進來回話，被太太看上了，要了過去，留在身邊做貼身丫鬟。我想著不過就是一個丫鬟，太太喜歡就給她了，也沒派人同你先說一聲，你不會怪我吧？」

周珅揭開茶蓋，低頭抿了一口道：「母親要了劉七巧也好，七巧本就對婦女受孕產子一事有些見地，讓她在母親身邊，母親也能安心一點。」

秦氏聞言，眸光一動，轉身問道：「怎麼，這劉七巧難道有什麼過人之處嗎？」

周珅笑，起身扶著秦氏往房裡邊走邊道：「那也算不得什麼過人之處，不過是膽子大一點，當過幾次穩婆而已。」

秦氏的眉眼中閃過一絲不確定，只順著周珅往房裡走，又命翠屏服侍周珅去淨房洗漱。

下午劉七巧就把外書房的鋪蓋捲進了青蓮院。青梅已經服侍王妃睡下，便帶著劉七巧去房間。「太太說今日就讓妳先跟我睡一晚，明日再命老婆子給妳整理一間屋子，今晚太太也按照妳的要求少吃了許多，晚上我按照妳的要求，備了一些好消化的食物，在蒸籠裡面暖著，若是太太餓了，就讓她吃上兩、三口。」

劉七巧聽了，忙道：「這怎麼好意思呢？姊姊今晚我就跟妳一起值夜照看太太吧，我不是這般偷懶慣了的人。」

青梅笑道：「明日一早妳還要起身為太太去廚房布置早膳，若不早些睡，只怕明日起不來，我服侍太太習慣了，妳先睡吧。」

劉七巧感激地點點頭，又裝作隨意道：「青梅姊姊，少奶奶看著甚是孝順，太太有妳服侍，又有少奶奶這般貼心，真是好福氣的人。」

青梅見劉七巧這麼說，也道：「少奶奶的好呀，可多著了，在京裡的人沒幾個不知道我們家少奶奶的，她可是名滿京畿的大才女，她做的詩詞，就是連沈太傅那也誇讚過呢。」

劉七巧頓時裝出一副羨慕驚訝地道：「少奶奶還會寫詩？怪不得我看少奶奶平常那般沈靜內斂，今日我當眾頂撞了她，也不知道她會不會生我的氣。」劉七巧說著，又裝作煩惱地皺起眉頭來。

「妳呀，少操這份心，少奶奶是極好的人，平日裡從不跟下人們臉紅，今日大概也是因為過於擔心太太，所以才會對杜太醫有所失禮的，妳千萬別往心裡去。」青梅說著，已幫劉七巧鋪好了鋪蓋，吩咐她早些安睡。

劉七巧洗漱過後，合上眸子昏昏欲睡，一時間又睡不著，也不知道過了多久，月光下，柳樹的影子移到了牆根下，才微微有了些睡意。

杜若回府之後，對劉七巧方才的話細細思量，果真覺得有些不妥了起來。他素來也是心思謹慎的人，但是作為一個男子兼大夫，他的謹慎也只停留在對病患本身的照顧之上，所以劉七巧今日這樣提起來，倒是猛地讓他有所警覺。

用過晚膳，杜若去西跨院找了杜二老爺，杜二老爺正在書房裡研究太后娘娘的醫案。皇上已經同意為太后娘娘截肢，現已要求太醫院給出一個最穩妥的辦法來，杜二老爺這幾日也著實繁忙，一些常去的人家都由杜若代勞。

「今兒恭王妃和少奶奶的身子如何？可有異樣？」杜二老爺命丫鬟上了茶，開始例行公事的問話。

杜若托著茶盞，想了片刻後先道：「我在王府遇上七巧了。」

「你上回就說過了。」杜二老爺不以為意。

杜若抿了一口茶，放在一旁，起身道：「七巧同我說了一件事，讓我隱隱覺得恭王妃體型發福、食慾大增可能並非偶然。」

杜若這麼一說，杜二老爺也頓時警覺了起來。他是慣給這種鐘鼎侯門看病的，知道這裡頭的陰私實在不容小覷，便道：「恭王妃這一胎可不能出岔子，前幾日我去給皇上請脈，聽聞上頭的意思，是要讓恭王去北邊，恭王這會兒正用恭王妃懷胎推辭，想來最後還是要去的，皇上特地囑咐了我，要保證恭王妃這一胎萬無一失才好。」

杜若垂眸聽著，越發覺得自己今日讓劉七巧留在恭王妃身邊是一個明智的決定。「我今日向王妃推舉了七巧，如今她在王妃的身邊當丫鬟，她素來懂這些，我也略略放心些，改日我再跟她說明了其中的厲害，也讓她存個心眼。」

杜二老爺點了點頭道：「去年禮部侍郎陳大人家的小妾沒了，據說是因為孩子太大，難產了。那小妾自進門後就不受陳太太的青眼，誰知懷胎後備得關護，就沒控住自己的嘴。這些大戶人家的齷齪事情我懶得與你說，你畢竟還是一個未娶妻的人，沒得讓你見了女人就心生厭惡。」

杜若不好意思地低下頭，想起劉七巧來又覺得暖心，勾了勾唇角。

杜二老爺又道：「今日你父親也來尋了我，我已在他面前給劉七巧打了包票，看樣子他和你母親這一關算是過去了，只是老太太那裡，還得你親自想個辦法。雖說婚事由父母做主，但若是老太太不點頭，那也是白搭的。」

杜若嘆了一口氣，想起門第觀念根深柢固的杜老太太，就算因著對自己的寵愛，迫不得已答應了讓劉七巧這樣一個鄉下姑娘進門，只怕以後給自己房裡塞女人的事也會時常發生。

叔姪兩人又談了片刻，一起研究了一下太后截肢的事情，杜若便起身告辭了。剛至門口，杜二老爺又喊住了他。「這輪休沐，你把劉七巧喊到寶善堂來，有幾個問題，我還想問問她。」

杜若知道是關於截肢的事情，便道：「那二叔和我一同去鴻運街那間寶善堂就好，那兒離七巧家近些。」

劉七巧第二天特意起了個大早，說起來，王妃現在的生活是很愜意的。都說古代女人可憐，當媳婦的古代女人更可憐，沒事就要給婆婆站規矩，但是老王妃卻是一個比較開明的婆婆，念在王妃老來懷子，甚是辛苦，便免了她的晨昏定省。這樣一來，王妃的生活幾乎不用出這個青蓮院。

青梅一邊布早膳，一邊道：「當時還是少奶奶先發現有了孩子，太太就先免了她的晨昏定省；少奶奶是個孝順的，後來得知太太也懷上了，就求了老太太也免了太太的晨昏定省。」

劉七巧一邊聽，一邊感慨道：多麼相親相愛的一對婆媳啊……

青梅看著今日的菜色，努了努嘴道：「七巧，平日裡太太最愛喝八寶粥，今兒的粥裡頭怎麼只有小米呢？」而且太太平日裡最喜歡的蜜汁黃瓜居然也沒，劉七巧換成了一盤筍絲梅菜，看著也沒多少的油水。還有以前的糖三角、棗泥糕、豆沙卷，也全部都換成了素花卷、素千層蒸糕，還有粗麵饅頭，看得青梅一個勁兒地搖頭，這東西哪裡是給主子吃的，就算是她一個奴才，平日裡吃得比這個還好些呢。

青梅雖然心裡有千萬個不理解，但還是恭恭敬敬請了王妃到偏廳用膳。王妃看了今日的早膳，也是略略皺眉，劉七巧只站在一旁不說話。

王妃正要動筷子，秦氏卻來得正及時，看了滿桌子的菜色，搖了搖頭道：「婆婆怎麼吃這些？」說著，眸光在眾丫鬟臉上一掃，眾人皆驚懼地退後了一步，低頭不說話，只有劉七巧還站在那裡，想了想道：「太太吃這些也儘夠了。」

「七巧，妳也太過放肆了，我們這樣的人家，難道吃食還不如外頭隨便一個貧苦人家嗎？」秦氏說著，稍稍按下了怒火，轉身對身後的翠屏道：「快把我熬好的燕窩送上來，太太趁熱吃了吧。」

翠屏領命，上前兩步，遞給了一旁上來接過的青梅，小聲道：「這是我們奶奶才吩咐廚房現熬的，太太趁熱吃吧。」

青梅把燕窩放下，正要揭開了蓋子打算餵王妃，劉七巧卻上前攔住了她的動作道：「當今的太后娘娘身在皇宮，什麼錦衣玉食山珍海味沒有吃過，現在不也只能粗茶淡飯地吃嗎？一個人的富貴享受那都是有額度的，過了那個度，後半輩子就要受苦了。」

第二十八章

王妃聽劉七巧這麼一說，心裡也是一動。太后消渴症日益嚴重已是朝野皆知的事情，這幾次杜院判沒能親自前來請脈，也正是在研究太后娘娘的病情。

劉七巧轉頭看了一眼坐著的王妃，見她臉色果然有些警惕，便小心翼翼地笑著道：「太太留我在這裡，我自當小心翼翼服侍太太。在我劉七巧手中接生的孩子，從我七歲開始，至今也不下三、四十個，太太若是信我，就聽七巧一言，太太前幾個月已吃得太多，若是再這樣下去，到了後面可就苦了。如今太太已不像少奶奶這般年輕有力氣，還得為以後考慮考慮。」

秦氏聽劉七巧這麼說，眸中戾色一閃，卻轉瞬即逝，陪道：「七巧說得也有道理，可也斷沒有讓太太如此受苦的，不過是一碗燕窩，難道太太也吃不成嗎？」

劉七巧看了一眼秦氏，擰眉想了想道：「吃得成，可是奴婢總覺得少奶奶燉的燕窩太過甜膩了點，不如下次不要放冰糖，太太還是能吃的。」

秦氏聞言，掩著嘴笑道：「素來燕窩就是放冰糖燉才好吃，這人人都知道，七巧妳叫人不放冰糖，那燕窩還有什麼好吃呢？」

劉七巧也笑著道：「燕窩本是滋補佳品，食用是為了增強體質，多放一點冰糖也不過就是為了滿足口腹，加與不加本就沒什麼區別。杜太醫已經說了，太太不得食用甜膩的東西，少奶奶一再往這邊送，知道的，只當少奶奶孝順婆母；不知道的，還以為少奶奶有什麼別的居心。」

「妳……」秦氏臉色煞白地指著劉七巧，身體連連退後兩步跌坐在椅子上，忽然低下頭擦起了眼淚來。

劉七巧心裡暗暗敬佩，秦氏這情緒轉換簡直都不用醞釀的。

「七巧，不得胡言亂語。」王妃這時候才發話道。「少奶奶也是對我一片關心，怎能如此曲解於她。」王妃見秦氏哭得委屈，便道：「翠屏，還不快勸著妳家主子。」

誰知連翠屏也哭了起來，跪在地上道：「太太明鑒，奶奶對太太是一片真心，這七巧也太不識好歹了，說出這樣的渾話，沒得挑撥離間。奶奶自進門之後，從未和太太臉紅過一次，便是昨日對杜太醫，那也是因為關心太太，才一時口不擇言，七巧這樣說，可真是要冤死我家奶奶了。」

劉七巧冷眼看著這一主一僕把戲都演足了，也不說話，只轉身對王妃說：「太太快用早膳吧，一會兒都涼了。反正七巧心裡只記掛著太太的身子，誰要是不遵醫囑，非要給太太吃一些對身子不好的東西，七巧不管是天王老子也照說不誤的。」她咬著唇瓣低頭，也裝出一副寧死不屈的倔樣，還隱隱透著幾分委屈。沒辦法，和影后級別的人物在一起，總也要表現出幾分專業。

王妃見劉七巧這麼說，又見她低頭時眼底似乎有淚痕，也軟了心思道：「妳也不用忙了，以後燕窩也不必送了，我若是想吃就吩咐下去。妳也是有身子的人了，應當多照顧著自己。七巧，以後妳不准再說這種話，若是再有下次，妳還是回少爺的外書房去吧。」

劉七巧聽王妃這麼說，也知道這一頁算是揭過去了，只是心裡隱隱還是有些不痛快。拜託啊這位歐巴桑，要不是為了妳和妳的孩子，我才不願意來服侍妳，在外書房看看書、睡睡覺不比在妳這邊強嗎？

於是，劉七巧給王妃制定了一系列的孕婦健康飲食起居注意事項，包括早上辰時準時起床，辰時一刻用膳，辰時三刻到青蓮院以及門口散步。散步時間長短按照王妃的心情來定，午時二刻準時用午膳，然後至未正開始歇中覺，一般是兩個小時。

因為現下已是初夏，天氣越發熱了起來，所以未時過後王妃便鮮少出門，大多是在青蓮院裡面歇著，和丫鬟們聊天打趣。

自從劉七巧進了青蓮院，王妃的生活簡直和以前枯燥的吃喝睡生活不能同日而語。

「七巧，我聽大少爺說妳曾經為一個被冤枉跟人有染、暗結珠胎的寡婦給洗冤，可是真事？快說來給我聽聽。」王妃昨夜見了周珅，聽他略略說起劉七巧以前的事情，便越發覺得劉七巧是個可靠的人，言語間也更親厚了起來。

劉七巧紅著臉點頭，幸好這時候內間沒什麼人，只有青梅一個人在服侍，她便把那日為趙寡婦剖腹洗冤的事情說給王妃聽。

劉七巧頓了頓，喝了一口水繼續道：「她年紀輕輕的守寡已是苦命，偏生還有不要臉的人這般誣陷她，我當時便想幫她出一口惡氣。後來她爹娘聽我說了，也同意了我的辦法，要還他們閨女一個清白，所以我就……」她做了一個下刀子的動作，然後低頭道：「我就是那時候認識杜大夫，他怕我姑娘家做這種事情名聲不好，所以後面的事情都是他做的，我不過就是用繡花針重新把那寡婦的肚子給縫了起來。」

王妃也是唏噓不已，還有些傷感了起來，用帕子壓了壓眼角道：「我們女人家的命真是苦。」

一旁的青梅見了，只笑著道：「太太便當是聽故事，聽聽也就罷了，怎麼還傷心了起來呢？以後七巧可不敢講了。」

王妃嘆了一口氣道：「我不過就是想起了我那妹妹，年紀輕輕就沒了，若是那時候認識七巧，只怕她也未必就這麼苦命了。」

劉七巧不知道王妃口中的妹子是誰。這恭王妃是梁家的閨女，年頭宮裡一屍兩命的貴妃，也是姓梁的。

青梅在旁忙勸慰道：「太太何必淨想一些難過的事情呢？如今表小姐不也已經進宮了嗎？聽說已經封了貴人，她年輕漂亮，皇上自然會寵著她的。」

主僕幾個又閒聊了一會兒，就聽見小丫鬟在外頭嚷道：「快看，出彩虹了。」

原來方才正下了一場小雨，這會兒天邊果然掛了一道七色的彩虹，小丫鬟們不常見這般美景，便咋咋呼呼地嚷了起來。青梅出去瞧了一眼，說了一通，那幾個丫鬟便乖乖散去了。

劉七巧也到門口看了看，見地上青石板磚只是微微潮濕，外頭的空氣非常清爽，難得下午沒有太陽，正應該往外頭走走才好，於是便進來道：「太太不如也出去瞧瞧那彩虹，我看著是極美的。」

這時候來外頭看彩虹的人不少，劉七巧進了王府就沒見過這麼熱鬧的陣勢，只見那荷花池中央的亭子裡頭鶯鶯燕燕、環珮叮噹，離得這麼遠都能聽見裡頭清脆悅耳的笑聲。

王妃自覺這幾日身子骨好了很多，便提議也去那亭子裡湊湊熱鬧。劉七巧和青梅扶著她過去，身後還跟著幾個壯實的婆子，劉七巧還特意揹著一個小包，裡面放著各色小點心，若是王妃想吃，就可以隨意拿出來吃一些。

王妃育有一子之後便再也沒有身孕，直到十幾年後的今天，她膝下另只有兩個庶女，一個已經出嫁，還有一個剛剛及笄，目前待字閨中，正在議親。

二太太比王妃能生些，育有二子一女，大兒子正在議親，小兒子和劉八順一般大，還有一個女兒是嫡出的，今年和劉七巧同歲。除了這三個嫡出的，還有兩個庶出的姑娘。

現在在這個亭子裡頭，光是王府家的姑娘共有四個，老大家一個、老二家三個，加上少奶奶就是五個主子。可劉七巧仔細看了看，裡頭分明還有兩位打扮不俗的姑娘，看上去十五、六歲的光景，其中有一位模樣出落得倒是與秦氏有幾分相仿，還有一位是圓圓的臉蛋，一臉和氣，臉上神色有點淡，顯然並不喜歡這種場合。

眾人見王妃也親自出來了，便都迎了上去道：「太太怎麼也來了，這天剛下過雨，可別滑了。」說著，大家眾星拱月一樣地把王妃拱到了亭子裡。首先上前來扶的是秦氏和王府的二小姐，也就是王妃的庶女。劉七巧和青梅很識相地退到了一旁，讓兩位表表孝心。

王妃就著主位落坐，見眾人都站了起來，便笑著道：「妳們繼續，不必顧忌著我，反倒拘謹了。」又看著那個與秦氏有些相似的姑娘道：「月姑娘是來看妳姊姊了？」

那姑娘朝著王妃福了福身子道：「正是呢，幾日不見姊姊便來看一看，本想等太太歇過中覺了，再去向您請安的，倒是晚輩失禮了。」

「沒有的事。」王妃隨意笑過，又見了方才那圓臉的姑娘，問道：「秋姑娘可見過妳姑母了？」

「回太太的話，一早來就見了姑母和老祖宗了，要去給太太請安，姊妹們說太太還歇著，就先來這兒了。」圓臉的姑娘說話珠圓玉潤，和她的臉蛋倒是相配得很。

劉七巧見亭中擺著几案，上面放著筆墨紙硯，在微風下略略輕擺。按照前世看小說的記憶，她知道這些大戶人家的閨女最喜歡結詩社什麼的，才名遠播的女子似乎更容易嫁入豪門，從這幾日和青梅的交談中聽得出，青梅對秦氏的才華很是敬佩，還說她才滿京畿，這可是天大的讚賞了。

王妃落坐，二太太家的幾個女兒也一一來問安，其中二太太的嫡女道：「大太太來得正好，方才我們見荷塘上難得有彩虹，正是一副美不勝收的勝景，便邀了大少奶奶一起來作詩了，這會兒剛剛得了幾首，請大太太給我們評一評。」
幾個姑娘裡面唯有這二老爺家的姑娘是嫡女，所以她在姑娘中最有聲望，說話談吐也確實比另外幾個看上去大方得體。王妃笑著道：「我倒是不大懂這個的，學問也算不上太好，若是妳哥哥在家，讓他來評一評，保准公正些。」
那姑娘笑著道：「哥哥今兒不在家，況且我們不過是寫著玩的，大太太先評了，一會兒我差人送去老祖宗那邊，讓她和二太太也瞧一眼，選出三個最好的便是了。」
王妃覺得有理，便點頭應了。她自然是不會親自起身去看的，便喊了劉七巧道：「七巧，妳認字，妳唸給我聽吧。」
那些姑娘們的詩作都在長几上放著，俱沒有署名，劉七巧便按著順序唸了起來。唸了幾首，便知道這些姑娘肯定是信奉女子無才便是德，雖然自己也作不出什麼好的詩作，但是這樣的打油詩比起賈府裡面的幾個姑娘，那還是差得多了。不過等劉七巧要唸到第四首的時候，眸中隱隱一動，只把那紙箋拿在手中，從頭到尾看了一遍，卻沒有唸出來。
秦氏端坐在王妃的身側，臉上帶著淡淡的笑，這會兒卻略略有些緊張，看著劉七巧的眼神帶著一絲惶惑。
劉七巧看完之後，這才道：「依奴婢看，下面的幾首也不必讀了，這首便是頂好的。」說完，拿著紙箋走到王妃的面前道：「太太也瞧瞧。」
王妃見劉七巧這麼說，也被激起了興趣，便接過劉七巧手中的紙箋唸了起來。「荷葉羅裙一色裁，芙蓉向臉兩邊開。綿綿夏雨送浮涼，玉虹千丈飛空來。」王妃略略點了點頭道：「除了第三句不大工整之外，其他幾句倒都是絕句。」

王妃唸完，眾人也紛紛讚好，只拿著紙箋互相傳閱。

劉七巧淺淺一笑，心想這前兩句和最後一句，她都是知道出處的，唯獨這第三句卻想不出來，估摸著是這秦氏臨場發揮的，能寫成這樣也不錯了。

劉七巧想了想，裝作隨意地道：「奴婢也是這麼認為，不過奴婢覺得這首詩歌的最後兩句，若是重新換一個，興許還能更好。」

大家聽劉七巧這麼說，都有些不屑。這裡人人都知道秦氏是有名的才女，一個丫鬟在才女面前指手畫腳，簡直就是班門弄斧、不自量力。

可是王妃這幾日深得劉七巧的照料，身子一日好過一日卻是真的，聽劉七巧這麼說，索性開口道：「七巧也會作詩嗎？今兒高興，妳若是也會做，一會兒也拿進去讓老祖宗和二太太評評。」

劉七巧見王妃這麼說，低下頭道：「奴婢不會作詩。」

一時間，這周圍的鶯鶯燕燕們忍不住噗哧笑了出來，劉七巧也不臉紅，繼續道：「不過少奶奶這首，奴婢倒是能給她換兩句更貼切的。」

秦氏一聽便驚覺完蛋了，怪不得這小丫頭什麼都懂，敢情這世界的穿越女還真不止她一個！於是忙起身道：「七巧果然聰明，其實這兩句詩，媳婦在家做姑娘的時候便寫了下來，那日在京郊遊玩，聽見荷塘上有採蓮女唱歌之聲，便一時有感，寫下了這麼一首詩，整首詩應是這樣的：荷葉羅裙一色裁，芙蓉向臉兩邊開。亂入池中看不見，聞歌始覺有人來。」

劉七巧聽她說完，頓時自愧不如了起來。怪不得她能才滿京畿，看來這位前世是個學霸，唐詩宋詞元曲都基礎扎實，可是好歹也拿一些冷僻一點的詩歌來招搖撞騙吧？

王妃聽秦氏說完，暗暗點頭道：「果真是如今這兩句更為貼切。」她放下紙箋，看著眾位姑娘道：「妳們嫂子如今有了身子，沒得讓她作詩這麼受累又動腦筋的，仔細讓大哥哥知道了訓妳們。」

眾姑娘聽王妃這麼說，也一臉受教地點了點頭，表示今後絕對不敢再麻煩秦氏。這時候，一直沒有說話的秦氏的妹妹卻開了口，小聲問秦氏。「姊姊什麼時候作的這麼好的詩，也不同妹妹講，哪有親姊妹之間還這麼藏著掖著的？」她的聲音雖然不大，可是這會兒大家都安靜著，所以大家都聽見了。

秦氏臉上略略一紅，小聲道：「只是平日裡閒來無事一時偶得而已，倒並不是故意藏著。」

秦氏的妹妹臉上帶著笑，往亭子外頭走了幾步，指著亭子兩旁的對聯，又道：「接天蓮葉無窮碧，映日荷花別樣紅。我還是更喜歡姊姊的這兩句，瑰麗大氣。」

劉七巧只覺得心裡有一群草泥馬呼嘯而過，差點把持不住臉上的神色，心裡直呼……這居然是秦氏的手筆？

第二十九章

劉七巧深深覺得，同樣作為穿越女，她是多麼老實、安分守己；再看看秦氏，人家憑藉前人的智慧混得風生水起。但是，一想到秦氏這個穿越女，居然用那麼下作的手段對付心無城府的王妃，劉七巧頓時覺得渾身的血液都沸騰了。

她清了清嗓子，湊到王妃的耳邊說了幾句，王妃也是一臉驚異地看著劉七巧，說道：「妳別問我，這得問少奶奶，妳要填她的對子，還得讓她同意才行。」

秦氏聞言，臉便綠了半分，但還是恭敬地問道：「婆婆有什麼吩咐嗎？」

王妃道：「七巧說妳這兩句對聯填得好，想起個頭，續成一首詩，問妳肯不肯？」

秦氏聽完臉更綠了，只怔怔地說：「這本就是一首七言絕句，媳婦只是拿了兩句出來做對子罷了——」

劉七巧見她又這麼說，生怕她又把詩句唸了出來，忙打斷了她道：「少奶奶先別唸，讓奴婢先試著起個頭子，一會兒少奶奶再唸自己的，也讓大家評一評奴婢到底是有多自不量力了。」劉七巧說著，也不等秦氏開口，不緊不慢地唸了起來。「畢竟西湖六月中，風光不與四時同，接天蓮葉無窮碧，映日荷花別樣紅。」劉七巧唸完了，規規矩矩地向秦氏福了福身子道：「奴婢獻醜了，還請少奶奶指教一下，奴婢洗耳恭聽。」

秦氏正紅著臉不知道說什麼好，這時候她妹妹卻一臉驚訝道：「姊姊，這不是妳的詩嗎？」她忽然轉身看著劉七巧，眼底閃過一絲不可捉摸，笑著道：「妳是哪裡來的丫頭？怎麼知道我姊姊作的詩呢？」

劉七巧也裝作一臉疑惑道：「這是少奶奶的詩嗎？不會啊，這是奴婢方才一時興起才想起來的，奴婢從來沒讀過少奶奶的詩。」秦氏的妹妹一臉狐疑地看著秦氏，秦氏的臉已經紅到了耳根，只道：「出來了這大半日，倒是有些乏了。」又看著她妹子道：「七巧以前是我院子裡的丫鬟，沒準看過我的詩稿也是有的。」

臉皮已經厚到了這個程度，劉七巧也是無語。不過今日已經如此掃了她的面子，只怕這梁子算是結了下來。

眾人見秦氏這麼說，也都起身告退，各自離去。

秦氏回到玉荷院，身上的中衣早已濕了後背，躺在榻上翻來覆去地睡不著，見著自己的妹妹進來，也沒什麼精神，只是懨懨地招呼她坐下。

秦氏的妹妹秦巧月坐在秦氏貴妃榻邊的繡墩上，溫婉地看著秦氏道：「姊姊也太不小心了，這樣的丫頭怎能放在跟前呢，如今去了太太的房裡，倒如了姊姊的願了。」

秦氏還在為這件事鬱悶，自從劉七巧進了青蓮院之後，整個就是關上了王妃進食的大門，無論送什麼東西進去，十回有五、六回是不收的，還有四、五回是王妃看著好，賞給了丫頭們的。

難怪秦氏要著急，她原本是個庶女，在秦家也是小心謹慎長大的，要不是有那些才名，誰會理會一個侯府的庶女？偏偏她運道好，恭王府來議親的時候，秦巧月正病著，於是她就搶了巧月的機會，在王妃面前露了臉。王妃是個寬厚的人，且從來都特別高看那些有才學的人，秦家見王府沒有嫌棄庶女的意思，就也大大方方地許下了這門親事。

「妳說的何嘗不是呢，我也是因了這一點才讓她從我這裡出去的，原本是在妳姊夫前面的外書房當值，後來又被太太要到了跟前。」

秦巧月看著秦氏有些暗淡的臉龐，試探道：「說起來，這丫頭的運道倒是不錯。」她想了想，忽然眸色一轉，轉頭對秦氏道：「不對，在太太跟前，還不如在外書房的好。」

秦氏忙問道：「怎麼說？」

秦巧月道：「在外書房到了年紀，或者就是回家去嫁人，或者就是被外頭姊夫認識的老爺同僚們看上，求過去，倒是鮮少有往自己房裡放的。可是在太太跟前就不一樣了，這種人家的人慣會把自己身邊伺候的丫鬟賞給兒子做通房，這也不是什麼尋常事了。」

秦氏一聽，略有警覺，不過想想如今王妃對劉七巧頗為信服，她又懷著身子，近期之內只怕是沒有這種危險，於是便懶洋洋道：「走一步算一步吧。」

王爺公務繁忙，劉七巧來了青蓮院半個月都不曾見到王爺。

一開始劉七巧覺得這都是青梅給王爺洗白，就算再忙，半個月還抽不出時間看看自己身懷六甲的老婆嗎？後來聽門口的幾個小廝閒聊，才知道自己錯怪了這位王爺，據說他每日卯時出門、亥時回府，這一段他回府的時間，王妃正好在會周公，所以他不來也不奇怪了。

今日卻是一個好日子，王爺早回家，還來了青蓮院吃晚飯。雖然劉七巧不知道他對自己給王妃安排的全素齋會不會有胃口，但是劉七巧在門外看見了自己的老爹。

劉老爹見了女兒，只是囑咐了幾句道：「王妃是個寬厚的人，妳一定要細心服侍，不能有一點怠慢，要好好看護她和她腹中的孩子。」

劉七巧一個勁兒地點頭，又問爹明天有沒有休沐，劉老爹說明天還要陪著王爺出門辦差，沒時間回去了。

裡頭的王爺和王妃正對著一桌子全素宴恩恩愛愛，舉案齊眉。

「這幾日我公務繁忙，沒來看妳，怎麼妳越發清減了？」王爺看著一桌子的素菜，再看看王妃比半個月前似乎確實是瘦了一圈的臉，憂心忡忡，不過還是帶著笑道：「但臉上的氣色倒是好了不少。」又看看王妃拿著筷子的手指，也比以前纖細些，便道：「手也不像以前那般浮腫了，倒是這小杜太醫的藥還管用些。」

王妃給王爺的碗裡挾了一筷子清炒百合蘆筍，笑著道：「這是七巧的功勞，她說病從口入，要養生，食補強於藥補，是藥三分毒，更何況我還有了身子。」

「七巧？」王爺只覺得這名字略熟悉，卻一時想不起從哪兒聽過，便問道：「是誰家的丫頭，可是新來的？」

「可不是，七巧是劉二管家的閨女。虧得劉二管家藏得緊，這樣的丫頭也不早點送進來，這會兒才讓我們見到，是個靈巧剔透的孩子，我看著覺得很好。」王妃一邊吃一邊道：「只是性子直爽了幾分，說話不大會拐彎，直來直去的，我原想著留給兒子，現在看來要是過去了，只怕那院裡就不安分了。」

王爺聽王妃這麼說，笑著道：「妳如今還操心這些做什麼？兒子那裡有兒媳婦，府上誰不讚兒媳婦好的？當初妳說是個庶出的，我還覺得虧待了他，畢竟他是王府的嫡長子，怎麼能配個庶女？如今看看，這面子還是有一些的，前幾日進宮見了太后娘娘，說起我們這個兒媳的文采來，也是讚嘆得很。」

王爺和王妃閒聊了半日，終於步入正題。「我尋思著珅哥兒也有二十了，是時候請旨加封他的世子之位了。之前我們只有一個嫡子，也從未為此上心過，如今妳腹中雖然不知是男是女，總也不好讓外人在這事情上嚼了舌根。」

王爺的想法很簡單，先選好了接班人，然後看看能不能等王妃生了娃再掛帥出征什麼的。只是前方戰事吃緊，可生孩子卻是要懷胎十月，一天都不能少的，所以這些日子他天天去軍營練兵，連家都顧不上了。

王妃見王爺難得回家，第一件事情想的就是過來和自己溫存，難免感動得熱淚盈眶，又聽王爺說起冊封世子之事，便道：「按王爺的意思辦就好了。」

王爺想了想，還是把自己將要出征的事情給壓了下來，決定過幾日再說。

王爺陪王妃吃完了一頓全素宴，本想留下來歇息，卻被王妃給推走了。王爺也只能聽從王妃的賢良淑德，心情愉快地到別處找另外的幾個姨娘了。

劉七巧送了劉老二出去，回來時候見王妃心情甚好，便向王妃告了一日的假，好去寶善堂和杜若約會去。

誰知卻還真是巧了，那日寶善堂送來一個被馬踢暈了的孕婦，眼看著就要一屍兩命了，劉七巧無奈之下，只好在杜若跟前親自演示了一遍剖腹取子。

劉七巧在寶善堂累了一回，回家的時候正遇上癸水來了，她的身子每月那幾日就跟要了老命一樣，李氏只能無奈地讓錢大妞去找鄭大娘說了一聲，替七巧多告了幾日假。

等劉七巧癸水走了、回恭王府的時候，卻聽到這樣一樁鬧事：原來恭王府的二姑娘是要和大少奶奶娘家的弟弟議親的，可聽說那公子在外頭縱馬傷人，所以老祖宗就發話退了這門親事，為了這事情，秦氏這幾日都在玉荷院鬧不自在呢！

王妃聽說劉七巧回來了，只讓丫鬟喊了她往壽康居去。原來今兒王妃覺得身子爽快，就去了壽康居給老太太請安去了。

丫鬟領了劉七巧進門，王妃遠遠就招呼道：「七巧，還不快見過老祖宗。」

劉七巧這時候才認真打量起眼前的老祖宗，說起來這老祖宗也夠年輕的，看容貌大約只有五十歲上下，不過按照古代人早生早育的習慣，這位老祖宗的年紀大概是五十五歲左右。

劉七巧盈盈拜下道：「七巧給老祖宗請安。」

王妃笑著道：「這孩子，怎麼還愣神了呢？」

劉七巧忙低下頭，略帶羞澀地小聲道：「先前太太跟奴婢提起老祖宗，奴婢以為老祖宗一定是一個頭髮花白、慈祥端莊的老太太，可眼前的老祖宗看著這麼年輕，奴婢一下子反倒喊不出口了。」

一屋子的丫頭、嬤嬤們都笑了起來，二太太笑著道：「看這孩子，嘴甜得跟蜜糖似的，怪不得太太也是紅光滿面的，天天被這麼一個小蜜糖罐給逗樂的吧？」

王妃溫婉笑笑，臉上卻正經道：「妳們別被她騙了，她平常嘴巴最是厲害，慣是一個直性子的。我那媳婦孝順，幾次給我送這送那的，她管得比門神還緊，一概不准入內，只准我吃她寫下來的那些菜，全是一些青菜筍子之類的，看我如今人都瘦了好大一圈。」

大夥聽了，又是一陣哄笑，個個都直不起腰來，只有老王妃道：「她是好心，妳上了年紀又懷了身子，萬一把孩子吃得太大了，到時候使不出力來，可不就是自己受罪？寧可這會兒少吃些，等哥兒出來，再慢慢補給他。」老王妃說著，拍著劉七巧的手背道：「虧妳有這心思，敢做得罪主子的差事，有多少丫鬟可不敢像妳這樣，到時也就只有主子受罪了。」

王妃聽了，心裡沒得就感動了起來，眼眶也熱熱的，笑著道：「就是這個意思，平日裡丫鬟們服侍，人人都是盡心盡力的，但斷沒有人敢忤逆了主子的意思。我就瞧著這丫頭實心思，便也從來不跟她置氣。」王妃頓了頓，又慢慢道：「說起來，老祖宗，七巧是劉老頭的孫女。」

劉七巧仔細聽著王妃給她介紹，跟晚輩們介紹，說的都是劉二管家的閨女；跟老王妃介紹，便用起了劉老頭的孫女。

老王妃聽了，果然就記起了什麼似的，連連點頭道：「原來是劉老頭的孫女，我說呢，他們家慣是效忠主子的好奴僕，當年韃子人打進來，老王爺帶著全家往南邊逃，整整五年，別人家的宅子都被那些韃子搶的搶、燒的燒，我家這宅子竟連幾樣值錢的東西都不曾少，老王爺直誇劉老頭是個能幹的，破格就讓他兒子跟了王爺。」

老王妃說著，又抬頭看著劉七巧道：「不錯不錯，好好服侍太太兩年，一個大丫鬟是少不了的，到時候再讓妳爹給妳尋一門好親事，太太補貼點嫁妝，風風光光地嫁了，將來少說也能做個管事媳婦。」

劉七巧只是陪笑。她發現一個問題，跟這群中老年朋友聊天，無論開始是什麼話題，到最後總會集中到對晚輩的終身大事以及人生規劃方面。如果沒有人岔開話題，她們可以繼續從結婚說到生子，再說到兒子討媳婦、媳婦生孫子，反正無窮無盡。

「春月，去到我房裡的紫檀木小匣子中，抓一把金錁子來給這閨女。」老王妃說著，便開始闊氣地賞人了，劉七巧也不推辭，大大方方地謝了賞，從那個叫春月的丫鬟手裡接了一捧的金錁子在手裡。

劉七巧見了這春月，心裡倒是有些奇怪。這府裡府外的，也沒見幾個年紀大的丫鬟，最大的也不過十六、七的模樣，可是按照劉七巧的判斷，這位春月姑娘少說也應該有二十出頭了，那眉眼中透出的成熟模樣，並不像翠屏那種小丫頭片子強裝出來的。

劉七巧陪著王妃一直在壽康居裡面待到了午時，老王妃今日心情好，特意留了大夥一起用了午膳，眼瞅著吃過之後要各自散了，宮裡頭卻派了人來傳旨，說是皇上要請老王妃進宮和太后娘娘敘敘舊。

傳旨的人剛剛離去，王爺後腳就趕回了王府，老王妃便讓姑娘們先散了，只留下了大太太和二太太。這時候，王爺才開口道：「太后娘娘過兩日就要動大刀子了，可她老人家到現在還沒下這狠心，似乎多有顧慮。皇上的意思是請老祖宗進宮勸勸太后娘娘，讓她放下心來，只是失去一條腿而已，她還是高高在上的太后。」

老王妃聽了，也只點點頭道：「我跟她是閨中姊妹，我自然是要勸她的，只是她這病我也不熟，倒是不知怎麼個勸法，萬一說不好徒惹她傷心怎好？」

王爺蹙眉想了想道：「幾位太醫為了太后娘娘的病已是忙了幾天幾夜，如今連日子都定了，可太后她老人家心還是有顧忌，還沒最後鬆口。她的病著實不能再等了，皇上跟我漏了個口信，說是再推遲下去，只怕連一雙腿都保不住了。」

王妃坐在下首，聽兩人說得皆是憂心忡忡。老王妃方才還有好心情，聽了這事也搖頭道：「我慣是知道我這老姊妹的，這會兒我進去，別說勸慰不了，她沒得還要給我說一堆後事來，又是囑咐這個、又是囑咐那個，反倒讓她傷心了。可既然是皇上的旨意，我也不能不去，罷了，我跑這一趟就是了。」

王妃想了想、略略抬起頭來，看了一眼劉七巧，帶著幾分詢問的意味道：「七巧，妳可願陪著老祖宗去一趟宮裡？」

劉七巧這次是真的被嚇了個不輕，但更多的只是奇怪，有些不解地問道：「太太，奴婢去宮裡有用嗎？」

王妃慈眉善目地看著劉七巧道：「妳也不必害怕，太后是最慈愛不過的人，妳只需跟她講講故事，說說妳在林家莊給人剖腹生子的事。妳想想看，那人肚子被剖開了還能安然無恙，太后娘娘聽了，興許就不會覺得少一條腿有那麼可怕了。」

劉七巧雖然知道這個道理，可是畢竟宮廷對她來說太過陌生，她根本沒有什麼把握說服一個完全不認識的老人家。但是……不得不說，如果她這一次能夠旗開得勝的話，對自己的將來確實是一個最好的基礎。

劉七巧想了想，便下定了決心，咬唇道：「那，請問能讓小杜太醫一起進宮嗎？我經手的病人，最後都是小杜太醫救的，他最瞭解這個過程，我想太后娘娘會更加相信小杜太醫勝過我。」

王爺想了想道：「今日杜家兩位太醫都在太醫院當值，一會兒我送了妳們進去，便傳小杜太醫去永壽宮。」

兩人商議妥當，便換了衣服，外頭早已經準備好馬車，只等著她們出來了。

第三十章

這是劉七巧第一次坐著舒適的馬車，往封建社會的權力中心而去。她前世不是讀歷史系，對於古代皇宮的知識都是從電視連續劇裡來的，所以真的要進宮的時候，難免還有些緊張。

老王妃姿態嫻雅地坐在一旁，臉上神色端莊，見了劉七巧的樣子便道：「怎麼？害怕了？」

劉七巧實話實說道：「怕倒不怕，就是有點緊張，沒見過太后娘娘，不知道是長什麼樣的，脾氣好不好，是不是跟老祖宗一樣？」

老王妃在劉七巧的臉頰上捏了一把道：「要是後悔了，就在宮門外等著我，一會兒我出來了，再一同回王府吧。」

劉七巧急忙搖頭，很認真地說：「這可不行，我今天是待命而來的，可一定要完成任務才好。太后娘娘既然和老祖宗您是閨中好友，那定然也是跟老祖宗一樣是和藹可親的老人家。」

老王妃被劉七巧說得樂了，回想一下她那老姊妹的樣子，笑著道：「可不是？她比我富態許多，不過這些年得了病，已經清減了。我這也有兩個多月沒進宮看她了，年紀大了，就懶得走動，平日裡我連壽康居也是難得出去的。」

「老祖宗其實也可以多走動走動，俗語說：飯後百步走，活到九十九。王妃以前也很少出青蓮院，自從奴婢去了，每日必定是要讓她出去走走幾圈的，如果不運動，等生產的時候哪裡來的力氣呢？」

「正是這個理，她上了這年紀才懷了第二個，難免緊張些，再說年前她妹子在宮裡那事情，也把她嚇得夠嗆，所以越發謹慎也是有的。」

馬車到了宮門口便停了下來，一眾人又換了小轎子，九曲八彎的，約莫又走了小半個時辰，才到了永壽宮的門口。

轎子才停下來，門口立時就熱鬧了起來，一個看上去和老王妃年歲差不多大的老嬤嬤迎了出來道：「太后娘娘天天盼著老王妃您，可算是來了。」那人先上來說了這句話，才蹲身給老王妃行禮。老王妃忙拉住她的手問道：「老姊姊，妳可好呀？太后娘娘可好？」

那老嬤嬤似是感嘆地點了點頭，一邊引著老王妃進門，一邊道：「我好著呢，就是太后娘娘這幾日……」

「我知道，我就是為了這個來的。」老王妃攔住了她的話，安撫道。

那人感激地看了老王妃一眼，點了點頭，扶著老王妃進去。「先到裡面再說。」

真正到了這種瓊樓玉宇、金碧輝煌的地方，劉七巧才覺得前世看的那些電視連續劇和貨真價實的宮廷一比，簡直連山寨貨都算不上，頂多就是一個道具模型。

一旁的老嬤嬤見了劉七巧，不由生出一些疑惑來。恭王府的那幾個姑娘她也是慣見的，就沒長成這模樣的。看這身板，分明還是一個沒及笄的姑娘家，看著打扮卻不像是王府裡尋常的丫鬟。

老王妃向劉七巧介紹道：「七巧，這是太后娘娘身邊的容嬤嬤。」劉七巧正專心致志扶著老王妃走路，冷不防聽見這一句，頓時嚇得一身冷汗，連忙抬起頭看了一眼眼前的這位容嬤嬤。只見她約莫五、六十的年紀，頭髮花白，圓臉看著很富態，臉上的笑容慈愛，想必和電視劇裡的容嬤嬤應該不是同一類型。

劉七巧低下頭，給這位容嬤嬤行了一個禮。

「真是一個俊俏的姑娘。」容嬤嬤估摸著，這大概是王府二老爺家兒子內定的媳婦吧，不然老王妃怎麼就把她往宮裡帶了呢？

「這是我家專門伺候人飲食起居、調理身子的丫鬟，今兒我把她帶進來，就是為了陪太后娘娘說說話的。」

容嬤嬤聽說劉七巧專門服侍人飲食起居、調理身子，不由也對她高看了一眼，引著兩人往偏廳裡面走道：「太后娘娘正在偏廳等著呢，老王妃快些過去吧。」

這才剛剛開始挪步子，就聽見偏廳裡頭傳來了聲音。「妳這老貨，我不喊妳來，妳就不來了。妳若是再不來，只怕就要見不著我嘍。」

這分明是一句開玩笑的話，但是劉七巧聽出了太后娘娘的不安和忐忑，以及對將來的迷茫與害怕。

老王妃急忙往裡頭走道：「妳渾說什麼？誰不知道妳才是全大雍最福壽雙全的老人家！」她一邊說著，一邊走到太后娘娘面前，恭恭敬敬地行了一個禮數道：「老婆子給太后娘娘請安了。」

太后娘娘半靠在貴妃榻上，雖然也還算富態，但是神色稍顯疲累，顯然是這幾日沒休息好的緣故。見了老王妃向她請安，一揮手道：「快免了，哀家最近尋思著要少受些禮才好，省得折了壽。」

劉七巧聽太后娘娘這麼說，心道人都是一樣的，不說是貪生怕死吧，總希望自己能活得長久一點，尤其像太后娘娘這樣的人，正處在人生的巔峰，最是享受人生的時候，這時候要去掉一條腿，確實有些殘忍了。

老王妃給劉七巧悄悄使了一個眼色，劉七巧規規矩矩上前，向太后娘娘行了一個萬安禮。按照規矩，劉七巧是應該給太后娘娘行跪拜之禮的，但是方才太后娘娘既然說了那麼一句話，她也就坦然地只福了福身子。

一旁的容嬤嬤見了微微皺眉，心道這姑娘看著容貌不俗，規矩卻是欠了些火候的，怎麼竟入了老王妃的眼？

老王妃正也覺得劉七巧踰矩了，才想著如何拐彎抹角地提醒一下，劉七巧就抬起頭來，嗓音清脆地說：「太后娘娘方才說要少受些禮數，奴婢這會兒可就正巧偷懶了，還請太后娘娘免了奴婢的不尊之罪。」

眾人一聽回過神，無不心道：好機靈的丫頭，竟是這樣會順竿爬的！

太后娘娘聞言，果然笑著道：「瞧瞧這丫頭這張嘴，還真是能說會道。」她見七巧談吐不俗、舉止大方，便也和容嬤嬤一樣，以為是老王妃看中的孫媳婦，便順勢拉了劉七巧到跟前，上上下下打量了一番道：「妳是從哪兒找來這麼靈秀的姑娘家？算妳有良心，也知道帶來給我瞧瞧。」

老王妃笑著道：「聽聽，這是什麼話？不過是個丫鬟而已，我還藏著掖著了不成？」

太后娘娘一聽說劉七巧只是一個丫鬟，似乎也微微詫異，但還是笑著打量了一番，便讓容嬤嬤給老王妃賜坐，兩個老姊妹攀談了起來。

「我的日子算是倒著數了，也不知道還能有幾天的活頭，看見妳們一個個都跟以前一樣，我這心裡既是羨慕又是妒忌。」太后娘娘見了閨中姊妹，便也不端著架子，只同尋常人家聊天一樣。

「我聽說這病也不是不能治，太后娘娘何必這麼沮喪，大好的日子還在後頭呢。」老王妃誠心勸慰。

「唉，說是這麼說，可是這一刀下去，先別說沒了一條腿，能不能活下去還是兩說，就算是僥倖活了過來，以後沒了腿的日子又能好過到哪裡呢？」太后娘娘對著老姊妹說出自己的顧慮。「俗話說身體髮膚受之父母，我為了活命，砍掉自己一條腿，豈不是大不孝？」

老王妃被太后娘娘這一番話說下來，還真覺得有些口拙了。這句句肺腑之言，當真是讓人覺得太后娘娘的現狀很是讓人擔憂，她一時也不知道如何勸慰起來。

劉七巧心想，做說客的人最怕的就是陷入對方的思維中，這時候自己還沒開口呢，反倒先被對方給說服了，所以她決定打破這個僵局。

「老祖宗，我想起一件事，倒是可以說給太后娘娘聽聽。」

「什麼事，妳倒是說說看？」老王妃知道劉七巧是來做說客的，見她救場很是感激，急忙繼續發問。

太后也從方才自怨自艾的情緒中拔了出來，忍不住聽著劉七巧往下說。

「這也是一個關於身體髮膚受之父母的故事。」劉七巧開口道：「兩個月前，奴婢去林家莊找林莊頭，正巧遇上他家媳婦難產，那穩婆從天亮開始一直忙到中午，林家少奶奶的肚子還是一點動靜也沒有。全家人急得團團轉，那穩婆說這可沒辦法了，胎位不正，腳朝下，生不下來了。那時候的林家少奶奶已經被折騰得夠嗆了，就算是胎位正了，只怕她也沒什麼力氣能把孩子生下來了。一家人灰頭土臉的，就只差在門頭掛上白幡了。」

劉七巧本來就是一個能說會道的姑娘，說起話加油添醋也是有的，而且為了引起兩位老太太的注意力，她必須還得說得繪聲繪影，讓聽眾忍不住聽下去。這不，她才頓了頓，太后就發問道：「這可怎麼是好啊？頭朝下可是難產，要是胎位正不過來，可是要一屍兩命的。」

劉七巧嘆了一口氣，臉上裝作沈重道：「是啊，林少奶奶是頭胎，沒想到就遭了罪，當時林少爺哭得唏哩嘩啦的，完全沒有一點公子哥兒的形象了。我看著林少奶奶那模樣，只怕是不行了，便好心問了一句林少爺：要是大人小孩只能保一個，您是要大人呢，還是要小孩呢？妳們猜猜那林少爺是怎麼說的？」

這時候，兩個老人家開始動腦筋了，老王妃皺眉想了想道：「那林少爺肯定是要小孩，頭一胎呢，弄不好是個男孩。」

太后娘娘也跟著想了起來，擰眉說：「哀家覺得，他會要大人，怎麼說一日夫妻百日恩，孩子沒了可以再懷，大人沒了，這輩子的緣分也就斷了。」

劉七巧笑著說：「太后娘娘果然是個明理的。」她說著，又朝老王妃那邊看了一眼，老王妃也朝著劉七巧微微一笑，一副「妳看我這綠葉做得還不錯」的邀功表情。劉七笑了笑，繼續道：「沒錯，那個林少爺也決定要讓林少奶奶活著。可是……」劉七巧又頓了頓，見眾人又睜大了眼睛，才繼續道：「現在這種情況，就算是要林少奶奶活著，那也是非常不容易的，於是奴婢大膽地想了一個法子，為林少奶奶剖腹取子。」

這話一說出來，幾個年幼的宮女都忍不住輕呼出聲，自知失禮之後，急忙低頭摀著自己的嘴。就連一旁的容嬤嬤也張大了嘴巴，被嚇得無言。

太后娘娘緊張地看著老王妃，一臉不可置信地說：「這怎麼可能？剖腹取子，只怕死的最後還是這苦命的少奶奶吧？」

劉七巧神色淡定，正想笑著繼續說下去，外頭的張公公拉長了嗓子道：「杜太醫覲見。」

太后娘娘正聽到興頭上，鳳眸微蹙，略略沈吟。「這會兒太醫來幹什麼？」

老王妃小聲道：「是我喊他來的，他和七巧是舊識，七巧說的這事，他也知道，太后娘娘何不傳他進來再好好問問。」

太后娘娘這時候有些了然，點了點頭，命張公公傳杜若進來。

杜若走至偏殿，一直只是畢恭畢敬低著頭，至太后娘娘面前，才一甩袍子跪下行禮道：「臣杜若給太后娘娘請安。」

太后娘娘隨意抬了抬手道：「杜太醫免禮吧，張公公賜坐。」

「謝太后娘娘。」杜若恭敬謝恩，起身退到一旁。

劉七巧看了一眼杜若，他一直低垂著頭，也不知道有沒有看見自己？見杜若斂著袍子坐下，不禁感嘆道：這才是天子近臣啊，在太后娘娘面前還能混到個臨時座位。

太后娘娘見杜若多有拘謹，便開口道：「杜太醫，我們這會兒正在聽這位姑娘說故事，聽說你跟她是舊識，你說說她這故事是真的還是假的，若是隨便編的拿出來騙我這老婆子，哀家就要治她的罪。」

杜若方才一直不敢抬頭，這會兒聽太后娘娘這麼說，自然是毫無顧忌地抬頭，卻看見劉七巧亭亭玉立地站在離他幾尺遠的地方，一身綠色的衣裙，清雅飄逸，臉上未施脂粉，但是膚色健康白嫩。若不是前幾日她飽受了癸水之苦，臉上應該還能多一些紅潤之色。

杜若一下子覺得自己卡住了，愣了半天之後，才硬著頭皮道：「微臣和七巧姑娘之間確實有過幾面之緣，不知道七巧姑娘說起的是哪個故事？」杜若略略思忖，索性大著膽子道：「不過最近微臣倒是有一個新鮮的故事，想講給太后娘娘聽聽。」

劉七巧見杜若這種一本正經的模樣，俊美的容顏繃得一絲不苟，略略清了清嗓子道：「杜太醫，還是先告訴太后娘娘，那林家少奶奶最後是活了還是死了？你進來的時辰不好，少奶奶的命可全捏在你的手上呢！」

眾人聞言都笑了起來，太后娘娘忙道：「對對，先把頭一個故事講完，再說後一個，今兒哀家就聽你們講故事了。」

杜若恭恭敬敬朝著太后娘娘作了一揖，開口道：「回太后娘娘，那林家少奶奶現下已經痊癒了，他家哥兒的滿月宴，微臣和七巧都去過，母子平安，再過個幾年就可以生二胎了。」

太后娘娘聽了直搖頭。「哀家讓你來是講故事的，不是讓你來彙報工作的。你們聽聽，好好的一個故事被他一說，沒半點意思了，算了，七巧還是妳來說吧。」

杜若聽太后娘娘這麼說，臉上一紅，起身告罪。「太后娘娘恕罪，微臣愚鈍。」

劉七巧見了杜若的小模樣，心情甚好，又繼續道：「那奴婢就把方才那個故事後面的事再細細說一說。」劉七巧繼續道：「後來，我跟林家的老爺太太說，要救你們媳婦，只有這一個辦法了，再拖下去就是一屍兩命，喜事就要變成喪事了。這時候大家就都犯難了，古語有云：身體髮膚受之父母，自己沒有經過父母的同意，是不能隨意造成創傷的，林家少奶奶要是不來這一刀，那她只有死路一條。這時候林少爺道：我也是讀聖賢書的人，也知道這句話，可是身體髮膚再重要，那也比不過人命啊，我媳婦活著，她身上多個傷口沒什麼，她照樣能陪著我說話彈琴、舉案齊眉；可若是她死了，就算有個全屍又有什麼意思呢？不過就是一個不能動的死物，過不了多少年就化成了灰，還不是一樣損了父母給的身體嗎？還不若多活個幾年孝順父母、伺候公婆來得實在。」

大家聽到這裡，紛紛點頭，太后娘娘更是贊同道：「這林少爺真是難得通透的讀書人，沒讀死書，不是那種迂腐的書生。」

劉七巧點點頭。「是啊，因為有林少爺的理解和支持，我給林少奶奶剖腹生子，總算皇天在上，母子平安。如今林少奶奶雖然肚皮上多了一道疤痕，可她還是個活生生的少婦，還能和林少爺有一輩子的好日子過。」

老王妃聽到這裡，沈吟不語，過了半晌才抬起頭，看著太后娘娘道：「如今皇上雖然正當壯年，但是後宮無主、儲君未立，太后娘娘即便看在這些分上，也應該想著法子多活幾年，皇上是您打小疼大的，大雍朝開國至今，有幾個太后是自己親兒子當上皇帝的？」

太后娘娘也越發動容起來，想了半天，眼角都有些濕潤了，才緩緩道：「這人砍去了一條腿，真的還能活嗎？」

劉七巧知道，這時候的病人很脆弱，最需要的就是醫生的鼓勵和支持。

「太后娘娘不要怕，一條腿不算什麼，打仗的年代，那些軍前將士別說是一條腿、一個胳膊，就是兩條腿、兩個胳膊沒有的也不少，還不是好好活著？再說太醫院裡的太醫們個個醫術高明，一定會用最穩妥的辦法為太后娘娘截肢的。」

太后娘娘想起年輕時跟著老皇帝接見那些有功的將士，確實有不少是殘疾人士，可人家還是活得好好的，頓時又鼓起了一點勇氣。

「唉，身為太后卻身患重疾，最後連自己的腿都保不住，真是讓天下人恥笑啊。」作為太后，其實截肢不光是一件身體上的大事，更是一件心理的大事，劉七巧順利摸到了癥結，來緩解太后娘娘心裡的擔憂。

「太后娘娘這一點也不用擔憂，等太后娘娘的傷好了，七巧親自為太后娘娘做一個義肢，只要裝上之後，太后娘娘可以跟以前一樣走動，外人絕對不會看出不同的。」作為太后，經常要參加國宴，這種場合難免需要她出面。劉七巧決定好事做到底，乾脆研究研究義肢算了。

「此話當真？」果然，在太后娘娘聽說還有這個東西之後，臉上鬱悶的表情又散去了不少，眸中甚至帶著幾分期待道：「若是還能讓哀家站起來走幾步，那哀家便應了這事。」

眾人臉上皆露出如釋重負的感覺，老王妃眼角的皺紋都笑出了褶子，道：「妳呀早該答應了，身子的事情怎麼好如此拖拉呢，妳可是大雍的頂梁柱啊！」

太后娘娘心頭的顧慮被劉七巧一點點地引導並解決，杜若坐在一旁，看著劉七巧就像是一件流光溢彩的美玉，散發著光芒。

第三十一章

容嬤嬤見太后娘娘終於答應了讓太醫們治療，老懷安慰道：「也不枉老王妃大老遠跑一趟，總算只有她能勸得動娘娘。」容嬤嬤說著，雙手合十唸了幾聲佛，又轉身對站在一旁伺候著的宮女道：「妳們還不快下去給七巧姑娘和杜太醫都上一杯茶來，這說客做得也忒不容易了些。」

劉七巧故作不知道。「奴婢可不是來做說客的，奴婢就是來給太后娘娘講故事的，承蒙太后娘娘捧場，不嫌奴婢囉嗦，奴婢感激不盡了。」

這一番又是惹得太后和老王妃笑得不止，指著劉七巧道：「這姑娘的嘴巴，竟比街上的說書先生還強些了。」

杜若又悄悄看了一眼劉七巧，心中的溫情越發擴大了起來。他又細細打量了一下劉七巧今天的裝扮，才發現前幾個月還是一馬平川的劉七巧，竟然有了些微起伏的弧度。杜若心中生出滿滿的甜蜜，也許不久的將來，等到劉七巧及笄的那一天，她就會成為一個真正的大姑娘了。

劉七巧抬起頭，和杜若的視線在空中撞了個正著，這才略略低頭，捧了宮女們送上的茶慢慢抿了一口，嘴角微微帶笑。她自然不知道，方才杜若看她的那一眼，包含了多少的深意。

太后原本是想賞些東西給劉七巧的，但是被老王妃給攔了下來。「她就是一個胡打海摔的鄉下丫頭，在王府裡頭跟著我大兒媳，如今領了二等丫鬟的差事，還有一堆人眼紅著呢，太后娘娘可千萬別給她添顏色了。」

這話正合劉七巧的心意。「老太太說得對，太后娘娘還是收起賞賜，讓七巧做一個平平凡凡的丫鬟吧。再說奴婢就算從宮裡面空手回去了，老太太自然還是會給奴婢賞賜的，奴婢還想過幾年清清靜靜的日子。」

太后娘娘想了想，覺得劉七巧說得有道理，她一介王府丫鬟，若是在宮裡得了賞賜，少不得會傳出什麼風聲，到時候反倒害得她不清靜了。於是便點頭道：「那行，就依了妳們的意思。」她又看了一眼老王妃道：「妳可得給我好好賞賜這丫頭，回頭我再把妳賞賜的東西都給妳搬回去，保准妳虧不了。」

老王妃打趣道：「唉呀呀，聽聽，害怕我虧待了這丫頭不成，原來我在妳心裡頭就是這麼個小氣人兒？」

太后娘娘也笑了半晌，見天色漸漸黑了，便想請老王妃和劉七巧留下用晚膳。老王妃看看天色道：「我們還是先走了，天黑了路上不好走，外頭家裡的下人還等著，一會兒又要遞牌子請人進來問了。」

太后娘娘見老王妃這麼說，也不強留，又說了幾句貼己的話，便命下人送了她們出去。

劉七巧和老王妃回到王府之後，當夜老王妃就賞了劉七巧幾樣首飾，卻也不是特別貴重之物，都是平常姑娘們常戴的。劉七巧對於賞賜從不拒絕，一轉眼回了青蓮院，便挑了一樣送給了青梅。

王府的丫鬟都很守規矩，基本上沒有幾個敢亂嚼舌根的，劉七巧回來之後照舊在王妃的青蓮院當差，王妃想破格提升劉七巧為一等丫鬟，也被她婉拒了。

「太太賞識我是好事，可七巧不想為此壞了王府的規矩。」劉七巧恭敬地站在王妃的面前，替王妃奉上特意調配的花草茶，繼續道：「七巧今年已經十四了，明年我爹自然是要來求了太太把我放出去的，七巧總共也只能再服侍太太這麼長時間，這一等丫鬟也當不了多久，不如就算了，想想青梅姊姊這樣沒日沒夜地伺候著，奴婢可是個懶胚子。」

王妃聽劉七巧這麼說自己，沒得就瞪了她一眼，佯怒道：「出了王府嫁了人了，難道就不要服侍人了嗎？做媳婦的總是逃不掉的，到時候又要管家，又要服侍相公、孝順公婆，妳想懶也沒處懶去了。」

劉七巧點頭如搗蒜，不過王妃這時候的心思倒是開闊了許多，見劉七巧這樣坦然地把劉老二的打算說出來，便也放下了對劉七巧的那一點點念想，只是還有些捨不得道：「只怕我被妳服侍習慣了，到時候捨不得妳走了。」

劉七巧只是抿唇笑笑，這會兒，青梅已經領了杜若進來，原來今日又是給王妃和秦氏請平安脈的日子。

劉七巧見杜若進來，親自去茶房沏了一杯茶奉上，見他正專心給王妃診脈，便安安靜靜站在一旁。

杜若替王妃診斷完了脈搏，劉七巧才上前把茶遞到他手中。杜若微笑著接了茶抿了一口道：「王妃的氣色倒是比上次又好了不少，連體態都看上去輕盈了許多。脈象一切正常，已經沒有氣虛之症了。」

劉七巧笑著道：「奴婢之前在大少爺的外書房看見藥典上寫了，山藥是補氣的上品，王妃如今有孕在身，不適合用人參之類大補的藥材，所以奴婢命廚房做了一些棗泥山藥糕。一來大棗補血，孕婦正是需要；二來呢，棗泥帶些甜味，最近王妃忌口頗有成效，奴婢便給她開禁了。」

杜若也連連點頭道：「是藥三分毒，向來藥補不如食補，七巧如今也可以開藥鋪做大夫了。」

劉七巧低頭傻笑了一陣子，覺得自己真是沒救了，被他誇一句都能得意成這樣，真是不好意思。

王妃以為劉七巧羞澀，禁不起誇獎，便道：「杜太醫說的也是實話，以前看妳挺大方的，今日怎麼如此怕羞了起來。」

杜若也低下頭，略略想了想道：「聽說過兩日法華寺的了然大師要開壇講經，在法華寺裡面做個小法事，我家老太太約了安靖侯家的老夫人一起去齋戒，不知王府有沒有人去？」

王妃以前也是一個喜好禮佛之人，初一十五定是要去法華寺上香的，況且如今二姑娘的婚事又要另議，她心裡屬意的是安靖侯府的二少爺，聽說安靖侯府的老太太常年在法華寺禮佛，倒是可以去探探口風。只是這安靖侯府二少爺的身子似乎並不是太好，王妃思及此處，忍不住開口問道：「不知安靖侯家二少爺的身子，如今好了沒有？」

「安靖侯二少爺的病已經全好了，只需好好調養，想來是無礙的。」杜若經常出入這些侯門公府，對這些事情倒也熟悉。

王妃聽在心裡，略略有些放心，點了點頭又問道：「杜太醫，如今我身懷六甲，不知道能不能去外頭廟裡走動走動？」

杜若聽王妃這麼說，喜上眉梢，但還是一如既往地道：「自是無礙的，況且在外頭，遇上熟人聊聊家常，還能讓太太心情愉快，總比悶在王府強些。」杜若抬起頭，看了一眼劉七巧繼續道：「況且有七巧姑娘陪著，太太還有什麼好不放心的呢？」

王妃得到了杜若的首肯，心情很是舒暢，不一會兒，劉七巧送杜若出門，因玉荷院那邊已經派了小丫頭來接，所以劉七巧和杜若連幾句貼心話都沒說成。

當天王妃去給老王妃請安，便說起了法華寺和尚開壇講經的事情，老王妃也決定帶上全家一起去法華寺。

一屋子的姑娘們正和老王妃聊得開心，外頭丫鬟來說，少奶奶也來給老太太請安了。自從秦氏上次在荷花池被劉七巧撞上之後，便常躲著劉七巧，每次去王妃那邊請安，也只當劉七巧是一個隱形人，今兒明知道劉七巧跟著王妃來給老太太請安，她卻來了，倒是讓劉七巧意外得很。

秦氏進門，見大家都在，恭恭敬敬向各位長輩請安，四位小姐也向秦氏請安。劉七巧從請安中又發現了一個問題，周菁和周蕙兩人看秦氏的時候都帶著幾分不屑，另外兩個二房的庶女則明顯對秦氏非常崇拜。

「孫媳婦特來給老太太和太太告一天假，宣武侯府來人說我母親病了，我想回去瞧瞧。」秦氏嬌滴滴地開口，言語禮數都周全得很。

老王妃發話道：「既然是親家母病了，那妳回去看看是應該的，不用著急回來，妳嫁過來之後，還沒在娘家住過呢。這幾日，我和太太正好要去法華寺上香，估摸著也要在那兒住上幾晚，妳在家住幾日再回來也是一樣的。」老王妃說著，招呼一旁的丫鬟道：「春月，去我庫裡拿幾樣藥材，讓少奶奶帶去給親家母。」

王妃也吩咐了青梅去庫裡拿幾樣東西，一併交給秦氏帶去宣武侯府。

這日，劉七巧和青梅一早就起床，服侍王妃用過了早膳之後，老太太那邊的丫鬟就來了，說是老太太也準備啟程了。

從王府到法華寺路上大概要一個時辰，而且今天情況特殊，一路上頗為熱鬧，所以大隊人馬走得比較慢。走到半路的時候，看見有一座供人歇息的長亭，亭外停了五、六輛馬車，雖然算不上豪華，卻也是中等偏上的。

劉七巧現在悟出一個道理，現代人看身分是看名車、古代人看身分是看馬車，從這幾輛馬車來看，應該也是豪門一族的人出行。

王妃是有身孕的人，不宜久坐，老王妃便提議下來休息一段時間。老王妃下了車，看了前頭幾輛馬車車身的標誌，笑著道：「果然遇到老熟人了。」

這頭正要過去聊兩句，那頭的人正休息好了起身，轉身看見車隊前來，下面的人便迎上去稟報道：「回老太太，來的是恭王府老王妃的車駕。」

那老太太臉上閃過不解，朝著一旁的杜老太太道：「她怎麼也來湊這個熱鬧了。」說話的人正是和杜老太太結伴而來的安靖侯府老夫人，杜若這時候正乖乖站在兩位老人的身後，邊上還站著一個杜大太太。

安靖侯府的老夫人沒有老恭王妃好命，雖然都是打小一起長大的閨中姊妹，但是安靖侯府的老夫人沒有生出嫡子，不過老夫人也是聰明人，把自己的親姪女嫁給了自己的庶子，總算過了幾年舒心的日子。誰知道後來侯夫人一病不起，沒幾年就去世了，後來安靖侯年紀大了，在同僚的介紹下娶了一個續弦，老侯夫人的好日子也算是到頭了。雖然場面上的一概都有，奈何大家心裡面清楚，彼此的關係是到哪個程度。

見老王妃下了馬車，兩位老太太也都迎了過去。杜老太太雖然沒有什麼誥命在身，但她家世代是御醫，哪個達官貴人家沒有請她的男人或者兒子看過病的？所以大家對她也都很尊重。

「我才說是不是看走眼了，果然還真是妳，妳最近身子骨可好些？」老侯夫人見了老王妃，嘴上雖然熱絡，但是禮數俱全。她身邊沒跟著媳婦，大孫女也都出閣了，如今那幾個小的都是現任侯夫人生的，她也不喜歡，於是獨來獨往慣了。

杜老太太知書達禮，娘家雖然不是大官，卻也是世代簪纓，禮數周全地給老王妃請安。「老婆子給老王妃請安了。」杜老太太說著，引了杜若和杜大太太上前，兩人均給老王妃問安。

這時，劉七巧已經扶著王妃下了馬車。王妃出自梁家，父親是當朝首輔，朝廷肱骨，禮數上更是沒話說，她如今雖然身為王妃，卻是前面兩人的晚輩，所以很是恭敬地向老侯夫人和杜老太太都行了一個晚輩禮。

兩人自是不敢當，連連還禮，杜老太太見王妃氣色紅潤、呼吸平緩，手上身上沒有半點臃腫疲態，忍不住誇讚道：「王妃這一胎懷相倒是不錯的。」

老王妃聽杜老太太這麼說，也連連點頭道：「可不是？這才敢帶她出來走走，老悶在家裡也不好。」說著，又對杜老太太道：「幸虧有兩位杜太醫不辭辛勞地調理著，不然哪能那麼順當，她都十幾年沒害過喜了。」

劉七巧就站在王妃的邊上，看了一眼對面的杜若、杜大太太和杜老太太，心裡頓時全明白了，低著頭用眼珠子剜了杜若一眼，恭恭敬敬地扶著王妃到一旁長亭裡的位子上坐了下來。

劉七巧心道：好你個杜若，這種事情怎麼也不事先打個招呼呢？幸好我昨夜就覺得不對勁，今兒特意換了一身乾淨整潔的衣服。這時，青梅也從後面的馬車上拿了隨車準備的點心和熱水，開口道：「七巧，快擺了東西讓老祖宗和王妃吃一點墊墊肚子。」

劉七巧應了一聲，上前去接青梅手裡的東西。

此時，杜大太太的眼珠子已經集中到劉七巧的身上，只見她目不轉睛地看著這個伸手接東西的小姑娘。她是瓜子臉，只是還未長開，帶著些嬰兒肥，身量嬌小、體型勻稱，就是前面後頭都沒啥肉。不過容貌倒是明豔照人的，臉上帶著親切的笑意，又顯得落落大方。

杜大太太小心翼翼的把侯府的、王府的以及自家帶的所有的丫鬟們都比了比，發現劉七巧果然是裡頭最出挑的了。

可是再怎麼出挑，也改變不了她是個鄉下丫頭的真相啊！杜若看著杜大太太的眼神從好奇到欣喜再到失落，這一路轉變而來，他已經急得心跳加速，掌心都出了細汗。

老王妃留了眾人一起吃了一些點心，小憩了片刻，便又各自上路了。

老王妃來法華寺上香，那是大事，所以王府的下人早兩天就來掛單，預定好了禪房院落。老侯夫人是這裡的常客，有自己的長包房，所以杜家婆媳也跟著她一起住到了她的院落中。

第三十二章

法華寺背靠鍾山，正面對著紫霞湖，風光極好。從後山的鐘樓上面望下來，湖光山色，風景秀麗。

眾人到達法華寺的時候已近午時，劉七巧扶著王妃，先讓她坐在隨行攜帶過來的貴妃榻上休息，她和青梅兩人負責房間裡的擺設布置，外頭一應陳設則由幾個老嬤嬤打點，不過片刻便也收拾得妥妥當當。

劉七巧和青梅安頓好了王妃，也總算有了些閒暇，只瞧著老太太那邊的春月還在裡裡外外地忙，劉七巧禁不起好奇便拉著青梅問道：「我這兒有事想問妳呢，老太太房裡的春月多大年紀了？看著都有二十出頭的樣子，怎麼沒有出去嫁人？」

青梅只壓低了聲音道：「我當妳是知道的呢，妳原來不認得她啊？她就是兩個多月前，劉二管家在山賊堆裡帶回來的姑娘啊！」

劉七巧想起來青梅所說的劉二管家就是自己的爹，嚇了一跳，急忙問道：「她這麼大年紀了，來路不明的，怎麼老祖宗也留她？」

青梅搖搖頭，小聲在劉七巧耳邊道：「她可不是來路不明的，據說她是官家的女兒，幾年前路過那邊山寨，被搶了去當了山賊的小老婆，後來跟著妳爹逃了出來，說了自己家在哪兒，老太太派人去問了，可她家人愣是不肯認她，說她毀了清白，回家也是給祖宗蒙黑。她知道以後哭了一場，原是要尋死的，後來老太太可憐她，就留在了身邊。」

劉七巧聽得津津有味，忍不住又問道：「她還是官家的姑娘？」

「可不是，聽說還是個京官，她被搶走的時候才十三、四歲，這都好些年了，她家裡人早當她死了。」青梅說著，又補充了一句。「她還是個嫡出的呢，不過據說親娘死了，現在當家的是她的繼母，反正那戶人家不要她了，她現在還不如咱們呢。」

到了下午的時候，外頭下起雨來，淅淅瀝瀝地把暑氣都沖散了。雨停之後，寺廟裡更是一片安寧，只有屋簷下的雨水滴答滴答落下來。

老王妃歇好了中覺，覺得精神不錯，便帶著劉七巧去安靖侯老夫人的禪院串門子去了。

老王妃進去之後，才發現裡面原來還有別的客人，是富安侯府的老夫人。法華寺開壇講經，雖然沒有宣傳，可慕名而來的老太太還真不少。

「我正說一會兒要過去瞧妳，怎麼妳就自己來了呢？難不成是知道我在這處，便著急見我了不成？」富安侯家老太太也是這幾位老太太的同齡人，年輕的時候也都是熟識的，見了老王妃也不生分，只打趣道。

「妳這老貨，分明就是沒把我放在眼裡，見我巴巴地過來還說這種話，我倒要問問妳，年頭妳兒媳婦懷了，這會兒都快抱孫子了，怎麼還有空往這廟裡跑？」老王妃也順勢打趣道。

富安侯老夫人聞言，臉上便斂去笑，生出一副愁容道：「唉，別提了，年頭那個早沒了。前兩個月好不容易又有了一個，結果好好地打了一個哈欠，又沒了。」老太太說著，越發難受了起來。「別人家是懷不上，我家偏偏是懷上了又留不住，這一個、兩個的，都讓人白開心一場。」

老王妃聽了，頓時覺得有些失禮，忙上前安慰道：「年紀輕輕的，以後多得是機會有，妳也別太在意了。」

安靖侯老夫人忙上前迎了老王妃入座，又命丫鬟沏了茶上來，也跟著安慰富安侯老夫人。「老王妃說得對，年紀輕總會有孩子的，不要著急，先把孩子的身子養好了再說。妳也不想想妳自己，是幾歲上才懷上妳家這小子的？」

富安侯老夫人帶著幾分羞澀，苦笑道：「我那是蒼天有眼，老蚌懷珠，可如今我也一把年紀了，妳們都抱曾孫了，我連個孫兒也沒有，走出來都覺得自己寒磣得慌。」富安侯老夫人又嘆了一口氣，繼續道：「這不，出來廟裡走走，一來散散心，二來也求菩薩保佑，讓我能早日抱上孫兒。」

劉七巧聽到這裡，才發覺原來富安侯老夫人家比其他兩家都少了一代。

她見富安侯老夫人依舊愁容滿面，便上前勸慰道：「老太太千萬別著急，這流產對女子的身體多有損傷，雖然平常只坐一個月的小月子，但是養身子至少得養上半年以上。方才聽老太太說少夫人前頭流了一胎，前兩個月又流了一胎，這可不好，每一胎之間間隔半年以上才有助於女子身體恢復，如果半年以內連續受孕，很容易引發習慣性流產，這樣少夫人的身體就越發沒辦法好了。」

富安侯老夫人聞言，抬起頭看看眼前這位姑娘。他們家請太醫的時候，太醫也略有提醒這些，不過都沒說得那麼詳細，可今天劉七巧仔仔細細說了一遍，富安侯老夫人才覺得似乎是之前太著急要孩子了，身子沒養好才連帶著第二次也沒了。

劉七巧又繼續說道：「女人的身子最是柔弱嬌貴，流產之後，要多開一些藥吃吃才好，有沒有讓靠得住的大夫調理調理？」

「這姊兒說得對，是要好好將養，回頭我再請個大夫給她瞧瞧。」富安侯老夫人正說著，杜若扶著杜大太太打了簾子從門外進來了，他抬眼就看見了劉七巧，連忙裝作淡定地低下頭來。

劉七巧瞧見杜若，起了一點惡趣味，道：「老太太，眼前這位小杜太醫可是最精通婦科疑難雜症的，不若喊他去給少夫人瞧瞧？」

中醫靠的是資歷和經驗，所以雖然杜若出身寶善堂，但是大家大多喜歡相信那些年紀很大、眉毛鬍子一把白的老中醫。

富安侯老夫人道：「平常我們都是請陳太醫來看的，如今正吃著藥調理，過幾日請杜太醫也去瞧一瞧。」

杜若聞言，只搖搖頭道：「陳太醫的醫術是極好的，老太太儘管放心讓少夫人吃上半個月，中醫要時間長了才能見效，關鍵還是得將養著，短時間內最好不要有房事。」

富安侯老夫人點點頭，一一記在心上，又笑道：「倒讓妳們笑話了，我這一把年紀沒抱上孫子，也是急了。」

杜老太太聽了半晌，見她這麼說，也湊趣道：「那又如何，妳看我這一把年紀，不是也連孫媳婦都還沒著落嗎？不急不急，兒孫自有兒孫福。」

杜大太太見杜老太太這麼說，忍不住瞄了一眼劉七巧，這會兒再看看，似乎又覺得很不錯，心想也不是沒孫媳婦，只不過還沒定下來就是。她又轉頭看了一眼杜若，只見杜若的臉早已經紅到了耳根，心裡又暗罵：瞧你這小樣，媳婦還沒到手呢，急得跟什麼似的！怎麼看都跟他老爹是一個性子的人，以前還覺得他沈穩，讀書都讀到豬腦子裡去了！

富安侯老夫人瞧了一眼杜若，只覺得他儀態俊雅、一表人才，點頭笑道：「放心吧，過不了多久，我準能有孫兒、妳準能有孫媳婦，咱們不著急，慢慢等著！」

老王妃聞言，湊趣道：「妳們一個有孫兒、一個有孫媳婦，我和她可就不依了。來來來，今兒我們也談談孫兒和孫媳婦。」老王妃說著，扭頭對坐在自己身側的安靖侯老夫人道：「妳的孫兒未娶、我的孫女未嫁，不如就湊了一對如何？」

安靖侯老夫人聽老王妃這麼說，頓時笑著道：「我一早就等著妳開口呢，心裡還想著，萬一妳一直憋著，我可是要耐不住了。」

「妳這老貨，還是和以前一樣。」老王妃故作嗔怪。

這幾位老婦人都笑了起來，富安侯老夫人更是笑著指著老王妃和安靖侯夫人，轉頭對杜老太太道：「聽聽，我的孫子、妳的孫媳婦都還沒著落呢，倒是又被她們兩個給搶了先了，這還是真是運氣背啊！」

「依我看如今過得最好的，便是妳們兩位了。」安靖侯老夫人指著杜老太太和老王妃道：「也就妳們兩個兒女順遂些，便是沒了老伴，至少有個貼心的兒女。」

幾個老太太聊著聊著就到了用膳的時候，老王妃便讓劉七巧先回去通知王妃一聲，說是要在這邊和老姊妹們聚聚，不回去用膳了，讓王妃自己吃吧。

劉七巧應聲出門，杜若也悄悄跟了出來。兩人出了禪院的小門，杜若才喊住了她道：「七巧，妳可別生我的氣，我……」

劉七巧轉身，低著頭瞄了杜若一眼，扭頭道：「要是我生氣，早就被你氣死了。你也不事先跟我說一聲，是覺得我反正臉皮厚，不懂矜持是不？」

杜若皺著眉頭，臉上略微泛紅，來到劉七巧身邊，和她並排走著道：「不是，我娘說想見見妳，我怕妳太拘謹了，所以就沒告訴妳。」

「你娘知道我了？那你祖母呢？」劉七巧扭頭問杜若。劉七巧也看出來了，杜若的祖母跟著一群王妃侯夫人稱姊道妹的，肯定是大戶人家出身的閨女，對杜若的婚事肯定是有門戶之見的。

杜若低下頭道：「祖母她還不知道，不過看上去她也挺喜歡妳的。」

劉七巧不以為然地搖搖頭。「她喜歡的是丫鬟劉七巧，不是孫媳婦劉七巧。你信不信要是這會兒去告訴她，你喜歡的人是我，她能氣得頭頂冒煙。」

杜老太太是錢家的閨女，現在雖然在京城也算不得什麼頂頂體面的人家，可錢老太爺是在先帝的時候當過太傅的，當時多少名門大戶想要攀這門親事都沒攀上，最後愣是把老太太下嫁給了杜家。

「七巧，妳別這麼想，我想著總有一天，她也會接受妳的。」杜若拉住劉七巧的手，領著她拐到一處牆根後頭，捧著她的臉蛋，含情脈脈道：「七巧，我們一起努力好不好？不管如何，我不會放棄妳的。」

劉七巧只覺得自己的心臟快要禁不起負荷，有一種要跳出胸腔的衝動，鬼使神差地點了點頭，咬著嘴唇道：「我還不是一樣嗎？不然我才不會進宮，我如今出盡了風頭，也不知道是福是禍。杜若，你聽好了，我會努力爭取，跟你在一起。」

杜若幽深的眸中透出水色，低下頭封住了劉七巧的唇瓣，伸手牢牢扣著她的腰，攬入自己的懷中。

也不知道過了多久，劉七巧才奮力推開了他，紅著臉道：「不准再親了，再親就腫了，我怎麼出去見人？」

「妳就說這兒蚊子多，被蚊子咬的。」

「那憑什麼蚊子就只咬在嘴唇上？說出去也沒人相信的。」

劉七巧抬起頭，看了一眼杜若也有些泛紅的嘴唇，噗哧笑道：「萬一有人說，怎麼蚊子這麼會找地方，偏偏盯著我們兩個的嘴唇咬，到時候就是跳進黃河也洗不清了。」

杜若想了想道：「蚊子怎麼想，她們怎麼知道呢？沒準是因為我倆的嘴甜，蚊子就愛上了呢！」杜若說著，又低頭在劉七巧的嘴角親了一口，伸出手指捲了她鬢邊的一縷秀髮，滿含哀怨道：「七巧啊，為什麼妳要明年才及笄呢。」

劉七巧白了他一眼，轉身自顧自走了幾步。「你要是等不及，就趕緊讓你祖母給你納妾啊，再不濟你身邊還有一個方巧兒呢，何必惦記著我？」

杜若聽劉七巧提起方巧兒，有苦難言。「行了，當我說錯了。」杜若想了想，忽然笑著道：「不過七巧，妳有沒有發現，最近妳的胸口有了變化。」

劉七巧聽杜若這麼說，頓時臉紅到了耳根。可不是，最近胸口倒是跟打了豐胸針一樣，一個勁兒地長了起來，換肚兜的時候，隱隱看感覺有了小土坡的樣子，只是起伏的幅度比較小而已。

「管好你的眼睛吧，少往不該看的地方看，再看我就戳瞎你！」劉七巧轉身，伸出兩個手指在杜若的眼前比了比。

杜若連連退後兩步，兩人並排慢慢走著。

「明日我先回去了，大後天是給太后娘娘動刀的時日，從後天開始我就要在太醫院值夜，只怕有一段日子要忙了。」杜若平緩地說。

「那你可注意著點你的胃，千萬別吃生冷的東西，不要因為忙就忘了時辰吃飯，知道不？」

杜若看著劉七巧，再一次在心裡暗下決心，這是他這一輩子要牽著的人，執子之手，與子偕老。

——未完，待續，請看文創風430《巧手回春》2

2016年6月出版

福氣臨門

文創風 418～423

管妳是福星還是災星，
愛情面前，百無禁忌！

溫馨時光甜甜蜜蜜 嘻笑怒罵活靈活現／翦曉

唉……世人都說她是災星，依她看，其實是「孤星」才對吧？
前世她是禮儀師，親人、前夫因此忌諱疏遠，最後孤獨以終，
不料穿越來到古代，她卻在母親死後才出生於棺中，
從此落得災星轉世的惡名，連祖母都嚷著要燒死她以絕後患，
幸有外婆帶著她避居山中，還為她在佛前求得名字「祈福」，小名九月，
哪怕眾人懼她、嫌棄她，她也是個有人祝福的孩子！
好不容易兩輩子加起來，終於有個外婆真心疼愛她，
偏偏當她及笄了，正要報答養育之恩時，外婆卻過世了，
如今又回到一個人生活，不管未來有多坎坷，她都記得外婆的叮嚀——
「要好好活給所有人看，告訴他們，妳不是災星！」

文創風
429
巧手回春 1

國家圖書館出版品預行編目資料

巧手回春 / 芳菲著. --
初版. -- 臺北市 : 狗屋, 2016.07-
冊 ; 公分. --（文創風）
ISBN 978-986-328-614-1（第1冊：平裝）. --

857.7　　　105008043

著作者	芳菲
編輯	張蕙芸
校對	黃亭蓁　許雯婷
發行所	狗屋出版社有限公司
地址	台北市104中山區龍江路71巷15號1樓
電話	02-2776-5889～0
發行字號	局版台業字845號
法律顧問	蕭雄淋律師
總經銷	知遠文化事業有限公司
電話	02-2664-8800
初版	2016年7月
國際書碼	ISBN-13　978-986-328-614-1
原著書名	**《回到古代开产科》**，由北京晉江原創網絡科技有限公司授權出版

定價250元
狗屋劃撥帳號：19001626
網址：love.doghouse.com.tw　E-mail：love@doghouse.com.tw